柳成文

郁朋社

第1部 イルカ暗殺

第2部 白村江

漆黒の海

For my wife Michiko who always supports me at anytime in my life.

漆黒の海／目次

第1部　イルカ暗殺

第2部　白村江

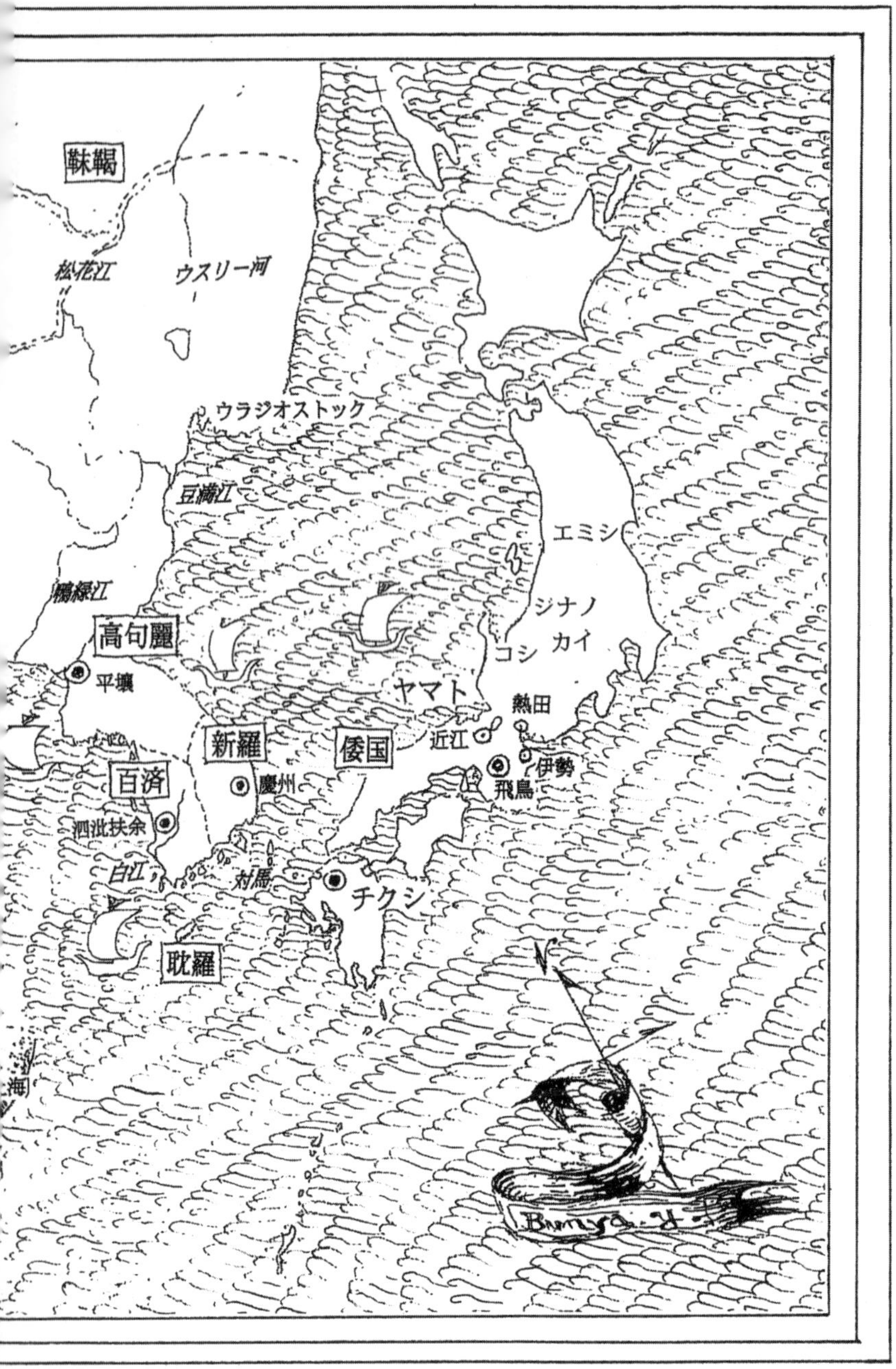

靺鞨
松花江
ウスリー河
ウラジオストック
豆満江
鴨緑江
高句麗
平壌
新羅
慶州
百済
泗沘扶余
白江
耽羅
対馬
倭国
チクシ
ヤマト
近江
飛鳥
熱田
伊勢
コシ
シナノ
カイ
エミシ
海
Bunya. K.

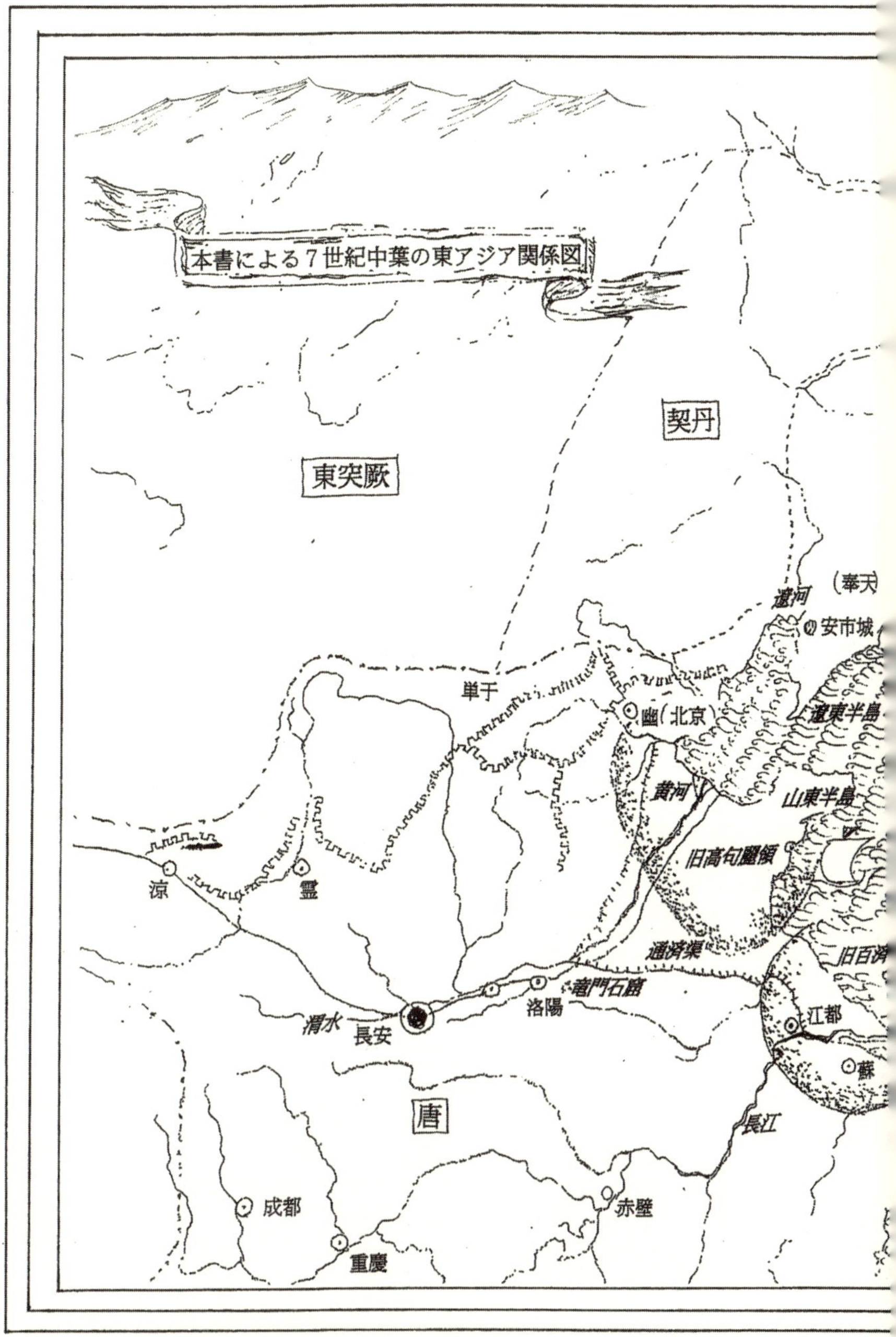
本書による7世紀中葉の東アジア関係図
契丹
東突厥
（奉天）
遼河
安市城
単于
幽（北京）
遼東半島
黄河
山東半島
旧高句麗領
涼
霊
通済渠
旧百済
龍門石窟
洛陽
江都
渭水
長安
蘇
唐
長江
成都
赤壁
重慶

装丁／寺澤彰二
装画・挿絵／柳田文也
挿絵題字／柳田美智子

第1部
イルカ暗殺

――ここに海神《わたつみ》の女《むすめ》　豊玉毘売命《とよたまびめのみこと》、自《みずか》ら参出《まゐい》でて白《まを》さく、
妾《あ》は已《すで》に妊身《はらみ》、今産む時になりぬ――

主な登場人物

カマコ　出生不明の青年。幼少時の記憶が欠落している。
カル　百済の王族。
ヨギ　百済王子。
ハシヒト　ヨギの妹。
タカラ　前百済王妃。ヨギとハシヒトの母。
ゲンリ　倭国最初の唐留学生。
イルカ　ソガ王朝最後の王。
オオアマト　イセの豪族の子。

アソカ　チクシの青年。
タマコ　アソカの妹。
ヨリコ　アソカの末の妹。
ヒミカ　チクシの王女。

ソンチュン　百済の大臣。
ウイジャ　百済王。ヨギの兄。

ボクシン　百済の若き外交官。

チュンチュ　新羅の大臣。

ユシン　新羅の将軍。

チョミゴン　新羅のスパイ。

クムファ　新羅の巫女。

ゲソムン　高句麗の豪族の子。

マンチュン　高句麗安市城主。

李世民　唐の第二代皇帝。

玄奘　三蔵法師。

B.Y.

藤原道隆《みちたか》が摂政になった頃である。

蔵人式部丞《くろうどのしきぶのじょう》藤原為時は文章生《もんじょうしょう》の頃から、氏長者《うじのちょうじゃ》に伝えられ保管されている書庫を閲覧、整理することを許されていた。

娘紫子《むらさきこ》を伴って書庫に入ったのは、この娘《こ》が男であったならと、つくづく思うような才を発揮し始めた頃であった。

書庫は薄暗く、埃《ほこり》と黴《かび》と鼠《ねずみ》の尿《にょう》の臭いがした。まだ整理がつかないところに、先頃の地震でさらに乱雑になり櫃《ひつ》の蓋《ふた》がはずれているのもある。

ふと紫子の目にとまった文箱《ふばこ》があった。

封印されていた。

埃と、虫の喰い散らかしたあとや、しみで判然としていなかったが、相当古いものらしく僅かに、不許とか、犯とか、呪とか、不等とか、穏やかならぬ文字が読み取れた。

強烈な好奇心で紫子はそれを袂《たもと》に入れてしまった。

「やあ、これは紫子ではないか」

書庫を出ようとした時、若い男がいた。

道隆の末弟道長である。

「ここは女子《おなご》の来るところではありませぬぞ」

この春、権中納言に叙されたばかりである。

どういうわけか、この少女に出会うと軽口ばかり叩いている。

おませな少女は、恋の対象ではないそのことが不満であった。

「道長さまこそ、おいでになるところが違うのではありませぬか」

「いやこれは、お互い好みが似ているということですかな」

とニヤリと笑った。

袂を見ながら笑ったような気がした。

＊　　＊　　＊

長安・六四〇年

新羅《シラ》の伊飡《いさん》（宰相）金春秋《キムチユンチユ》が長安に入ったのは、ようやく木枯らしが舞いはじめた貞観十四年（西暦六四〇年）初冬の頃である。

東西、南北二里四方の、この巨大な長安城が夕陽を浴びて鮮やかに輝き、東の果ての小さな国からの旅人を圧倒していた。

風雨に晒されたであろうマントを身に纏った旅人は、しかし凛とした眼を頭巾から覗かせ、駒を明徳門へと進めた。

陽は一段と西に傾いてゆく。日没とともに長安城の門が閉まる。

多くの人々が城内へと急いでいた。その中に異国の商人風の男たちがいた。彼らは旅人を目で追っていた。

「あの男です」

息せききって報告している男がいた。

首領格の男は押さえた声で言った。

「よし。あやつが誰と会い、何をしようとしているのか、くまなく調べ上げよ。ただし、決して手出しをしてはならぬ。

明日は西の市が開かれる。そこで落ち合おうぞ」

やがて夕闇とともに彼らは雑踏に紛れていった。


「金春秋《キムチユンチユ》とは何者か」

太宗李世民《たいそうりせいみん》は群臣に問うた。

李世民、皇帝となって十四年、四十三歳の今、すべての面で充実しきっていた。

鴻臚寺《こうろじ》(外務省)の新羅担当官が答える。

「彼は新羅王族で父は金竜春《キムヨンチユン》であります。金竜春についてはすでにご存じの通りであります。春秋は新羅随一の名将といわれている金庾信《キムユシン》の妹を娶り、庾信とは義兄弟の間柄であり、その仲は実の兄弟よりも濃いといわれております。人望が厚く、新羅の興亡は彼の肩にかかっているといっても過言ではないといえます」

虫が好くとか好かぬという言葉がある。

この時の李世民がそうであった。

チュンチュを見る目が恋人を見るようであったという。

「東方の客人よ、私に何を望むのか」

李世民が問うた。

「私に倭国を下さい」

唐突であった。

この夷人は何を言い出すのか。一座の注目が集まった。

長孫無忌《ちょうそんむき》、房玄齢《ぼうげんれい》、李靖《りせい》、李勣《りせき》、褚遂良《ちょすいりょう》、于志寧《うしねい》等々、絶頂期を支える重臣たちが顔をそろえていた。

「わが新羅が倭国と同盟を結べば、おそらくはお国に計り知れない利益をもたらすことになりましょう」

声は朗々と豪壮な客殿に響き、李世民ならずとも聞く者をして恍惚たらしめるものがあった。

唐の世界制覇の大望を前にして、高句麗《コクリヨ》と百済《ペクチユ》がいかに阻害条件として成長しつつあるか。それに対して、新羅と倭国の同盟がどのような意味を持つのか。

「……そもそも倭人はわが新羅の始祖赫居世《ヒヨクコセ》の頃からたびたびわが国土を襲い、女や財物を掠めとることをくり返していましたが、新羅はこれを懲らしめ、あるいは諭し、ついにはわが新羅に従い、ともに高句麗や百済と戦うまでになったのであります。

ところが高句麗や百済はこれを妬み、倭人に取り入りわが国と倭人とを引き離そうと計ったため、思うに任せぬまま今日にいたっております。

そして今や高句麗や百済は、陛下のいうことも聞かない無法者の国家になりはてています。

しかしながら、わが新羅がここで倭国と同盟を結べば彼らは背腹に敵を受けることになります
……」

チュンチュは朝鮮三国の情勢、倭国との歴史的な関係について委細をつくして述べた。

「今の公の話をどう思うか。李靖《りせい》答えよ」

李靖は唐第一の功臣である。この時七十歳。東方の宰相が来ると聞いて病をおして登朝していた。抜けた歯の間から息が漏れ、時々言語が不明瞭になる。

「申すまでもなく、わが大唐は今や比べるものとてない大国であります」

一息入れて李靖はチュンチュを見た。

チュンチュはにこやかな顔を向けていた。

この人は、弱小新羅とわが大唐を心中させるつもりでここに来ているに違いない。心して話さねばなるまい。

「しかし」

と李靖は続けた。

「高句麗もまた大国であると彼らは思っております。先朝隋の時の三十万のわが兵士たちの屍《しかばね》は未《いま》だ遼沢《りようたく》の泥沼に埋まったままです。わが人民はいずれ高句麗を倒し、父の、祖父の骨を取り戻すことを心に誓っております」

李世民の顔色が変わっていくのがわかった。高句麗のことに触れると、どうしても感情が表に出てしまう。

「今は表面何事もありませんが、高句麗に淵蓋蘇文《ヨンゲソムン》という主戦論者がおります。まだ若いのですが支持者が多く、日に日にその勢いを増していると聞きおよんでおります」

実は、李靖は以前にヨンゲソムンに一度だけ会ったことがある。李靖のような歴戦のつわものでさえ、かつてあのような男には出会ったことが無かった。

一言で言えば恐怖感であった。

「いずれ高句麗と雌雄を決する日を避けることは出来ますまい。その時、わが大唐は万全を期してこれに当たらなければなりません。

ただいま金《キム》先生が述べられたことは、まさに両国にとって的を射たものと考えます。新羅が、わが唐と呼応して高句麗を攻める時、高句麗と同盟関係にある百済が新羅を攻めることは明らかです。

その時、東海の倭国が仮に百済と同盟を結んだ場合、新羅は三方を敵に囲まれ身動き出来なくなります。

それどころか、わが唐が全力を高句麗に向けた場合、百済がその間隙を縫って、江都に上陸、一路長駆、長安を突いた時、残念ながら、わが大唐は壊滅の危機に瀕します」

「待て李靖。百済とはそれ程のものか」

「辺境の野蛮国だからこそ、何をするかわからないのです。彼らは性狷介《けんかい》にして常に戦いを好み続けてきた民族であります。万全の策をとるべきであろうと考えます。

恐らく、蓋蘇文《ゲソムン》はそのような戦略を立てているに相違ありません。われらは、蓋蘇文が百済の成《ソン》忠《チュン》とたびたび会っていることをつかんでいます。

倭国がわれらの側にあれば、少なくともそのような百済の動きを封じることが出来ます。われらが高句麗と戦う時、決定的な鍵を握るのが、実は東海の小国倭国の動向なのです。

倭国に対しては東海の小国と、貢物《みつぎもの》を受けていれば良いという時代ではなくなったようです。何らかの手を打たなければと考えていたところです。金《キム》先生は誠に良い時に来ていただきました」

「いかがすべきかと思うか」

宰相房玄齢《ぼうげんれい》があとを続ける。その端正な風貌は、他に比ぶべくもない智謀と合わせ還暦を迎えても少しも衰えを見せていない。

「幸い、かの煬帝《ようだい》を怒らせた倭国のタリシヒコ王の留学生がまだ何人か都に滞在しております。その者どもと、それにわが国からしかるべき者をつけ、しかるべき者とは目立たなく、しかも陛下のご意向を誤りなく倭国において実行出来る者のことであります。

彼らを留学生を送り届けるという名目で、キム先生に同行していただくのが最善かと考えています。今はまだ内密に事を運ぶ時です」

こうして、キムチュンチュの帰国には留学生タカムコノゲンリと唐の学問僧清安が同行した。

はるか新羅への道は、まず長安を流れる渭水《いすい》に沿って進む。途中、南下してくる黄河の激流が合流するのを見て、要衝函谷関《かんこくかん》を越え山岳地帯を東進すること七十里、やがて唐第二の都洛陽《らくよう》に達する。

洛陽は太古より中国の都である。特に北魏の時に最大となった。仏教寺院は千を超える。洛陽城の南、洛水、伊水が黄河に流れ込むあたりに、敦煌《とんこう》、雲崗《うんこう》と並び称される龍門石窟《りゅうもんせっくつ》がある。重くのしかかる雪雲の下で二千の石窟と十万体の仏が並んでいた。

彼らは北魏孝文帝を模したといわれる賓陽洞《ひんようどう》本尊の前で、その大きさと美しさに圧倒され声も出なかった。

ようやくのことに清安が言った。

「この鮮卑《せんぴ》の人は、仏に帰依することによって漢の人々と同化することが出来、世界を一つにすることが出来ると考えたのです」

チュンチュとゲンリはそれぞれ別のことを考えていた。

チュンチュは唐の強大な力を改めて思い起こし、新羅の拠るべき道を模索していた。

そしてゲンリは、北魏が考え出したと言われる土地公有制とはと。それはゲンリが三十年にわたって考えてきた国家の理想の根幹をなすものであった。


洛陽からは大黄河と長江を擁する茫々たる大平原が展開する。

彼らは大黄河に沿って北東黄河河口に向かって進んでいた。

黄河河口から新羅までは海路である。

途中、太行山脈に沿って北上すれば幽州《ゆうしゅう》（北京付近）を経て、遼東、高句麗に至る。

まもなく厳冬を迎えようとしているこのあたりは、ときおり雪が舞っては消え、やがてそれは吹雪に変わろうとしていた。

大唐帝国とはいえ、長安を一歩離れれば万全の治安が守られているとはいいがたい。

一行が騎馬の一群に取り囲まれたのはそのような時であった。

吹雪で見え隠れするその群れの中から一騎進み出て来た。

「失礼ながら、新羅のキムチュンチュ先生とお見受けいたします。

われらは高句麗ヨンゲソムンの手の者であります。主人がご挨拶をしたいとあれに控えております。

ぜひとも、お越しいただきたい」

万事休すか、とチュンチュは色を失った。が、ゲソムンは意外と礼儀正しかった。

雪が舞っている中を被り物を取り、へりくだってチュンチュを立てた。

「長安からずうっとご一緒でした。われらはこれより遼東を越え高句麗へ帰ります。ここでお別れですので一言ご挨拶をと思いまして、ご無礼をかえりみずお引き留めいたしましたことをお許しください。

再びお会い出来ることを楽しみにしております」と。

ゲソムンは長安はおろか唐全土を駆け回っていたに違いない。

長安では私を一部始終、監視していたのだ。

チュンチュは背筋が寒くなった。

彼らが去った後、チュンチュは周囲の者にこう語ったという。

「あの若者が噂のヨンゲソムンだ。大唐の李靖将軍でさえ、あの若者に兵法の教示を乞うたという。あの眼をみたか。敵には回したくない眼ではないか」

泗《サ》沘《ビ》

百済王プヨジャンの容態は思わしくなかった。

上佐平《じょうさへい》（大臣）ソンチュンは内密に太子ウイジャに会った。

「父王のご容態のことは決して外にお漏らしになってはなりませぬ。お母君は新羅の姫君であるため、特に新羅に情報が流れやすいと考えなければなりません。

父王のことが周囲に流れれば、どのような事態が起こるかわかりませぬ。ここはしっかりとお心を持ってご自重ください。御兄弟とも仲良く和を保つことです」

「父はそれほど悪いのか」

「はい。残念ながら、回復の見込みは」

陽が錦江《クムガン》対岸の山稜に沈みかけていた。

泗沘、扶蘇山《プソサン》城に寒気が流れていた。

大鷹が一羽、黒い影となって旋回している。

ウイジャの心には、それが荒涼たる風景と映った。

「大鷹はわれらの祖といわれております。鳥は卵を産み再生します。やがて来る生と死は摂理です。

太子よ、王の精を受けて、あなたが羽ばたくのです。あの鳥のように」

太子は息をととのえ、不安な面持ちでソンチュンを見た。

「私は重責を負い得るだろうか。不幸なことに、わが百済は昔はともかく、今は新羅と解きがたい仇敵同士となってしまった。われらが新羅を滅ぼし得なければ、新羅がわれらを滅ぼそう。

昔、越王勾践《えつおうこうせん》が范蠡《はんれい》を得た時、十年間国力を養い、十年間教育をして呉を滅ぼしたと聞く。そなたが今范蠡となり、私を助けて勾践にしてはくれぬか」

ソンチュンは答えた。

「勾践は呉王の夫差《ふさ》が傲慢で越《えつ》に対する警戒心を忘れている間に、二十年間国を富まし教育をして呉を滅ぼしたのです。

今わが国は北では高句麗、南では新羅の侵略の止む日がなく、戦いの勝敗は一瞬にかかっており、国の興亡は旦夕《たんせき》に迫っています。どうして、二十年ものいとまがありましょうか」

月が出かかっていた。

泗沘城の城壁の向こうに大きく湾曲している錦江が光っている。

「実は先頃、高句麗のヨンゲソムンから書簡が届きました。彼が唐を偵察中、新羅のキムチュンチュと出会ったそうです」

「暴れ者と噂の高いゲソムンのことか」

「そうです。しかし、噂と真実とは相当にへだたりがあるものです」

「何故、そのゲソムンがそなたのところへ」

「昔、ともに語らったことがあります。その縁で、今もって消息のやりとりがあるのです」

「それで、何と……」

「同行者に倭人がいたらしいことも書き添えてありました。

チュンチュが何のために単身、長安まで行ったのか、おのずから明らかであります。倭人とは、恐らく倭王タリシヒコの時の留学生でありましょう。

倭国が新羅側につけば三方を敵に囲まれ、わが百済は手も足も出ません。

倭国は元来がチクシが都でありましたが、今はヤマトの方が強勢です。わが国からもヤマトへは大挙移住していることは、太子もご存知のとおりです。

弟君ヨギ王子の母君もまたそうであります。

倭国ヤマシロ王朝は、今ようやく衰えようとしている兆しが見えます。ここに、われらがつけいる隙があります。

また、高句麗はゲソムンが日に日に強大となり、内乱が起こるかも知れない雲行きなので、当分は外に事を起こすことは出来まいと思われます。

しかしながら、新羅はわが国に対する恨みに凝り固まっています。近頃はそれが一段と激しく、キムヨンチュンがわが国と戦って死んだ後は、その子チュンチュは、ただいまも申し上げたように、唐と手を結び、倭国を味方につけようとし、常にわが国の隙をうかがっております。

大王が英武であられるので、急には動けずにいるだけです。もし、大王のご病状が知れれば、チュンチュは必ずこの隙を突き侵略してくるに違いありません」

「ソンチュン、われらにはどのような策があるだろうか」

「まず、ここは大唐と事をかまえてはいけません。次に、高句麗とは同盟を結ぶべきです。こうして新羅を孤立させます。

しかし、ここで倭国を忘れてはいけません。倭国が新羅につけば、形勢は非常に難しいものになります。

そこでここからが大事なことですが、事は内密に運ばなければなりません」

ソンチュンは周囲を見回し、誰もいないのを確かめるとウイジャを見つめた。

「太子は海東の曽子《そうし》と呼ばれ、親に孝行であり、ご兄弟の仲が良いのはつとに諸子の知るところです。しかし、大王万一の機《おり》にはご兄弟といえども何が起こるかわかりません。そこで、太子のためにもわが百済のためにも一石二鳥の策があります」

ソンチュンは一層声をひそめた。

「すなわち大王にもしもの時には、倭国のヤマシロ王のもとへわが国から大がかりな使節団を送り込むのです。もちろん、金銀財宝を山と積んでです。

この使節団は二度と帰ってくることはありません。ぴったりとヤマシロ王に喰いつき、場合によっては大王位を奪うことも視野に入れておきます。

ヤマトには、わが百済王家のモジョン王がおります。モジョン王には密かに使いを送りましょう。モジョン王の娘は弟君ヨギ殿の母君にあたります。これでおわかりでしょう。

ヨギ王子一族を使節団にするのです。ただし、表だってこれをやりますと、いたずらに大唐と新羅を刺激するだけです。

そこでヨギ王子謀反の廉《かど》と称して、何処かへ島流しにする形をとります。そのような形をとれば弟君一行は表向き亡命者として、近隣諸国に対してはばかることなく、倭国へ入ることが出来ます。ヨギ殿は非常に英邁《えいまい》なお方です。事をわけてご説明申し上げれば、わかっていただけると存じます」

ウイジャはソンチュンの智略に舌を巻いていた。

すでに月は天上にあり皓《こう》々と錦江を照らしていた。

イセ

旅人——というよりは浮浪の者、と言った方がふさわしい。男は吉野山からヤマトの旧都アスカの方角を眺めていた。

「天《あま》の磐舟《いわぶね》……か？」

三年前——

あの時は今日と違って吉野の山は桜が咲き乱れていた。花に誘われ吉野から熊野山中に入り、道に迷ってしまった。

鬱蒼と茂った古木の群れに葛《かずら》や葎《むぐら》がまとわりつき、昼か夜か定かにも思えず、いつか一面に靄が立ち込め始めていた。

ふと気がつくと、老人が一人たたずんでいた。老人は手招きをし、杖に身を預けるようにして顔を覗き込み、

「そなた、書を解するか」

と言った。

「はい、多少は」

老人は更に奇妙なことを言った。

「東に善き地《くに》有り。青山四周《せいざんよもにめぐ》れり。そこに天の磐舟に乗りて翔び降ってくる者あり――」

「何のことですか」

「私の生まれた国ヒムカに昔から言い伝えられている言葉じゃ。その者はやがて、そなたの前に現れるであろう……私はそなたを長い間待っていたような気がする。私がしたためておいた書を那智の大滝の祠に納めておく。受け取るがよい」

靄が消えると、老人もいなくなっていた。

結局天の磐舟も翔んで来ず、翔び降ってくる者もいなかったし、那智へ行くこともなかった。

それっきり、男の脳裏から消え去っていたが……

男は青い山々に囲まれたアスカを想いながらふと、那智に行ってみるかと思った。

那智までは山また山、蛭《ひる》に悩まされ、獣の影に怯え、何日かを山中に過ごし、ようやくにして熊野川に出た。

今度は迷わずに歩けた。那智の大滝は僅かにその頭を覗かせて霧の中にあった。

ぐっしょりと濡れた祠の中に、木箱に納められた一巻の書物があった。

「……」

夢ではなかった。あの老人は実在した。

今もそのあたりにいるのではないかと周りを見わたしてみたが、森《しん》とした杉の木立の群れの先に天から降りそそぐ白布とまがう水の轟々たる音だけが在るのみであった。

神が存在する――

木箱をしっかりと抱えながら、身体は宙を浮いているようだった。

気が付くと熊野灘に出ていた。

男は老人の国ヒムカの方角に目をやった。右に道をとりナニワに出、瀬戸の海を西行すればやがてチクシに至る。あの懐かしいシカシマのある……

左に南下すればヒムカである。

――やがて西方からこの熊野に至り、アスカに攻めのぼる者があると。あるいは天の磐舟に乗って翔び降ってくる者があると。そして二人は争うであろう――

書物には不思議なことごとが記し綴られていた。あの老人は何故、このような怪しげなものを私に遺そうとしたのか。気が触れているだけなのかも知れぬ。

目の前には茫々たる大海原が広がっている。始皇帝の命で不老不死の薬を求めていた徐福も、この熊野の海を見ていたのだろうか。

不死の薬を得た徐福があの老人なのだろうか……

「らちもない――」

やがて男は道を左にとった。道は熊野からイセに至る。複雑な海岸線は太古よりアマト族の拠点である。

三日の行程でイセに入った。このイセの海もまた太陽を迎える。

「ご老人、ここもまたヒムカ――日向と呼ぶにふさわしい処です」

と男は呟いた。

二人の男が午後の海辺にたたずんでいる。

一人は総髪、髭は伸び放題である。潮風が時折その髪と髭をなびかせていた。年の頃は二十七、八か。その双眸は底の知れない深さを湛えていた。那智から回ってきた男である。

今一人は二十歳前後の若者であった。潮焼けしたたくましい上半身が日に照らされている。その顔は浅黒く、くっきりとした二重《ふたえ》の目が少年のようであった。

若者は総髪の男に問いかけていた。

「……カマコよ、私はどうすれば良いのか」

「あなたは、ご自分を何者かと私に問われる。

父の顔を見たこともないと。母はすでに幼い日に世を去ったと。

祖父は遠い昔、海を渡って来たのだと」

海鳥《うみどり》が数羽空を舞っていた。今日は海の色がことさらに翠《みどり》にみえる。

「人はさまざまに言います。あるいは伽耶の王の子とも、あるいは新羅の王の子とも、あるいはまた獣を追ってこの東の果ての島に流れ着いた流浪の者とも。

私なら知っているというのですか。

われらは何処《いずこ》より来たりて何処へ行こうとしているのか。

その問いは、そのまま私があなたにお聞きしたいくらいです。それは誰でも本当のところでは、自分が何者なのかわからないのではありませんか。私とて同じことです。私もまたこの島の、それが何処であるのか。——シカシマ——というところで幼い日々を過ごした記憶があります。しかし、定かではないが、その先になにか茫漠としたものを感じるのです。

私もまた幼い日に父と母を失いました。今でも時々夢を見ます。

漆黒の海、降りしきる雪、いつも同じ夢なのです。でも、そんなことはどうでもよいことかも知れない。

いや、どうでもよいことではない。私もあなたも国を追われ、故郷を捨て、この島にたどり着いた人の子かも知れない。

いつかは見も知らぬわが祖国へ帰りたい、わが故郷へ戻りたいと想う心と、ここで育ってこの地に生きているおのれと、魂が引き裂かれるような日々です。

しかし、その日々はまた現実に過ぎていく日々でもあるのです。

あなたが何処の国の王の子であろうが、あるいは獣の皮を剥いで生業《なりわい》としている人の子であるか、今となってはどちらでも良いではありませんか。

すくなくとも、われらは猿ではない。猿の子でもなければ、しかし神の子でもない。人であることには違いないのです。

たとえば、あなたがどこかの国の王子であるとしましょう。

王とは神の子であると人はいいます。

あなたは神を見たことがありますか。神と話したことがありますか。

神は不滅であるといわれます。神が不滅であれば、その子の王もまた不死であるはずです。

本当にそうでしょうか。

それはあなたが良くご存知の秦の始皇帝や漢の高祖、彼ら自身が一番良く知っているはずです。唐の高祖李淵もまたしかりです。

何故なら彼らは神の子ではなく、ただの人の子であったからです。彼らが神を創ったのです。

私の言っている意味がおわかりでしょうか。

この地の人々はいつの頃からか、王の墳墓を造り続けてきました。そして必要に応じてその墓を暴き、永遠の証である金銀宝物を盗み出すとき、王の肉体は腐り果て、骸骨が散乱しているありさまを度々見てきました。あなたもご存知のように。

これを見ても、王は神の子であるはずがないのです。巨大な墳墓を造り、宝物でまわりを飾り立てるのは、神の子でありたいという願望にすぎません。

あなたの一族はこの地のアマト族や熊野、伊賀、甲賀の山の民を束ねています。

また、さらに遠くコシ、シナノ、カイも。

あなたのオオアマトという名も、それにふさわしいものです。

神があなたを創るのではなく、あなたが神を創るのです。

いえ、私はその器ではありません。あなたにはその器量がおありです。熱田と連携し、熊野を押さえ、アスカへ出るのです。

われらが何処より来たか。

そのことより、何処へ行くか。そのことを考える時です。あなたには私の持てるすべてを伝えました。私がここに留まっている理由はもはやありません。近頃私は、この地をわが祖国と思い定めようとしている自分に気がつきはじめています。そして、もっと世界を知りたいと思う気持ちが強いのです。つい最近、ヤマトに三十二年振りに大唐から戻った留学生がいるそうです。あのウマヤド王の頃の人です。私はその人に会って色々話を聞きたい。いや、あなたは焦ることはありませぬ。実はその人の姓はあなたのおじいさまと同じなのです。三十二年前とはいえ、恐らく一族の方と思われます。必ず、こちらへお見えになります。それよりも、この地でもっと力を蓄えてください。またお会いする時があろうかと存じます。その日を楽しみにしております」

老人のことは触れなかった。波の音がより静謐さを強調していた。

人影があった。

「ヲヨリ、王子《みこ》を頼むぞ」

カマコはその影に話しかけた。

この日オオアマトと呼ばれた若者は、カマコが彼のもとを去っていくのを知った。そして、心の中でカマコにぶつけた問いを再びつぶやいていた。

あなたは何処《いずこ》より来て、何処へ行こうとするのですかと。

この年、百済武王プヨジャン薨去。太子ウイジャ即位。ただちに唐太宗李世民より冊名を受ける。

イカルガ

年が明けて壬寅《じんいん》元旦。

まだ夜明けには間があった。

イカルガ宮大極殿《だいごくでん》前庭に篝火《かがりび》が焚《た》かれ、しつらえられた祭壇が浮かび上がった。凍てついた庭に百官が居並ぶ中、威儀を正した大王ヤマシロが祭壇に登った。毎年元旦に行なわれる、天神、地祇、天地四方、山陵を拝する四方拝である。

やがて夜が白々と明け染まる頃、四方拝は終わり、大王ヤマシロと大后ツキシネが大極殿に入り百官たちの年賀を受け始めた。

「大臣《おおおみ》エミシと王子イルカが未《いま》だお見えになっておりません」

と近臣が耳打ちした。

ヤマシロは無言でうなずいた。

聞き咎めてツキシネは低く言った。

「無礼な」

「まあ、良いではないか。新年早々争うまい」

「新年だからこそ無礼なのです。そうではありませぬか」

「……」

ヤマシロは黙ってしまった。

この調子では、今年も多難な年になりそうだて。

たしかにエミシ、イルカは年々傍若無人になってきている。

ツキシネは何も手を打たぬ私に苛立ちを見せている……

さて……どうしたものか。

新年の賀を述べる族長たちが次々と現れては退っていく。

その時、再び近臣があわただしく近づき耳打ちをした。

「ただいま、チクシより早馬が到着いたしました」

百済に遣わされたチクシの将軍アズミノヒラフの伝言であった。

「百済大乱」と。

やがて、百済の使者が到着。

「百済国王が薨去され太子ウイジャが新しい国王となりました。また弟王子ヨギとその母、妹、内佐《ないさ》平《へい》キミその他高名の人々四十人余りが謀叛の罪で島流しになりました」

と口上を述べ、大王にウイジャ王からの親書を手渡した。

その親書の内容はしかし口上とは少し違いヨギの謀叛のことは触れられず、大使として訪問する旨が記されていた。

追いかけるように新羅からも使者が到着。

「先に留学生ゲンリからも奏上があったかとも思いますが、大唐の皇帝がわが国を通じて内々にお国の意向を打診してきております。

わが冊封を受けよと。

ついては、わが国のキムチュンチュからの大王への伝言をお伝えいたします。

親書に書けぬことをお含みおきください。

『偉大なるウマヤド大王のご遺詔をかたくお守りしているヤマシロ大王の誠実なるご執政には、お国の人民とともに深く尊敬をいたすものであることは言うまでもありません。が、王の真摯なる行いを理解出来ぬばかりか、これに反逆すら企てようとする人々がいることも、また良く承知しているところです。

最近では、神をも恐れぬ行為を示す者もあるかと聞き及びます。このようなことを許しておいて良い筈がありません。隣国とはいえ一人胸を痛めていたところ、大唐の皇帝よりわが国に密かにお言葉がありました。

倭国がわが大唐の冊封を受ければ天下は安泰である。大王、人民ともに幸せになれるであろう。このこと理を尽くして新羅が仲立ちせよ』と。

どうか、意のあるところを受け取っていただきたい」

事は重大であった。日を経ずして百済、新羅からのヤマシロ王朝への介入である。

両立しうるものではない。エミシ、イルカに事の真相が洩れてはならない。

たしかに唐の要請は昨年、新羅の使者に伴われて帰国したゲンリからそのような話はあった。しかし、それは期限を切った話ではなかった。

話を聞いた、という程度のことであった。

ゲンリは、大唐の周辺国がどのように身を処しているか、特に朝鮮三国が冊封を受けている現実を説明した。

これに対して大王ヤマシロは、倭国はたしかに冊封は受けていないが、チクシとも相談の上たびたび貢ぎ物を献上しているので同じことである、と答えたことを記憶している。

今回は、百済の使者が来ることによって期限を切られたことになった。

ヤマシロはゲンリの意見を求めた。

ゲンリは言う。

「唐は高句麗を征服しようと準備を進めています。したがって、今すぐどうこうということはないと存じます。

しかし高句麗が仮に敗れることがあれば、続いて百済が倒れ、わが国は孤立無援となります。私などには申し上げる策など持ち合わせておりませんが、いずれにしろ、その時は覚悟というものが必要となりましょう」

降り続いている氷雨がヤマシロの苦悩をより大きくしていた。

数日後、片岡のモジョン王が密かに招かれた。

モジョン王、白髪、痩身であった。百済王ともいわれる。百済から移住してきた王族は、モジョン王の三代前のことといわれている。

彼らは葛城《かつらぎ》に拠を定め、やがてモジョン王の父彦人干の時にその支配地を更に広げた。

ソガ・ヤマシロ王朝の都イカルガとはナニワの海をつなぐ水路、大和川を挟んで目と鼻の先である。

そして、この位置はアスカにいるもう一つのソガ、エミシ・イルカ一族との間にクサビを打ち込むような形で存在している。

この集団は百済本国との行き来も激しくその勢力は年々肥大し、今ではナニワ沿岸周辺にまで及んでいる。ソガ王朝もうかつに手を出せず、ほとんど治外法権化した植民地であるといってよい。現に、モジョン王の娘タカラが百済武王の妃となり一男一女をもうけている。

「媛の里帰りですな」

「恐れ入ります。しかし、この度のわが娘、孫たちの入国は私事ではありませぬ。百済武王の妃、王子として、そして孫は現百済国王の名代として、恐れ多くも大王のもとに使節として参るものでございます。

むずかしい世の中になってまいりましたが、ここはしっかりと腹をお決めなさいますように。聞けば、大唐が冊封を求めて来ていると新羅が使いをよこしたようですが、新羅は恐れながら大王の故国を滅ぼしたものであります。

かの国と同盟することは潔しとしないものがありましょう」

モジョン王はソガ王朝がかつて朝鮮南部において伽耶王朝として存在し、やがて新羅に追い落とされたことに触れた。

以来、ソガ王家にとって新羅は仇敵であった。代を経るにしたがってそれは風化しつつあったとはいえ、伽耶の地はいつかは帰らなければならぬ処であった。

モジョン王は続けた。

「また、大唐は余りに遠い。万一の時、どのような手を延べてくれるでしょうか。父王の政治《まつりごと》を良く守っておられる大王が、お父上の隋の皇帝に述べたお言葉をよもやお忘れではありますまい。

――日出ずる処の天子、書を日没する処の天子にいたす――と。

すでにヨギ一行は泗沘《サビ》を出立したと聞いております。一刻の猶予もないのです」

父ウマヤドの件を持ち出されたのがヤマシロの自尊心を刺激した。

大唐の冊封を受けるか、やはり子は親に如かずか――と。

国中のヤマシロを見る目がどうなるかは明らかであった。

エミシ・イルカの嘲笑が目に見えるようであった。

この時、ヤマシロの心は決まった。

翌日、新羅の使者は鄭重なる拒否の回答を受け取った。

「大唐へはたびたび貢ぎ物を献上しております。すでに冊封を受けているのと同じ状態であります。この点、誤解の無いようによしなにお取り計らいをお願いしたい。なお、われらの事情を直接わかってもらうため、送使を同行させましょう」

使者はアスカ法興寺におもむき、唐僧清安と会見した。

「うまく逃げられたようですね。

しかし、あせることはありません。いずれ、次の機会が訪れましょう。

それよりも、百済の様子がおかしい。注意するよう、チュンチュ殿にお伝えください」

と清安は言った。

ヤマシロは使者を立てウイジャ王への返書を持たせ、百済使者に同行させた。同時にこれを隠蔽するために、高句麗、新羅にそれぞれ使者を派遣した。ナニワでは、ヨギ一行を迎えるための館の新設工事がはじまった。

まもなく、チクシから早馬が到着した。

「ただ今、百済国王の大使ヨギ弟王子一行四十名がチクシに到着しました」と。

蕓を叩く氷雨の音が王宮中に響いていた。

チクシ

「カマコ、カマコではないか」

雑踏の中である。

振り返ると、チクシの官服を着た若者が立っていた。

「アソカか」

おのれが何者であるか、オオアマトにはいかにもわかったようなことを言ってきたが、結局おのれのことは何もわかっていない。

ヤマトでは唐から帰還した留学生たちに会ったり、高句麗の僧たちの話を聞いたり、好奇心は旺盛であったが、自らの立つ場がわからなかった。何よりも、おのれの出生がわからない。そんなことも含めて、おのれが何者であるかがわからなければ先に進めないような気がした。

それに、あの老人の書は何の意味があるのか。何故、私なのだ。

わからなければ、わからなくてもよい。ただ、何かの決着をつけたかった。

いわば、半ば放浪のようなかたちで、ここチクシに流れ着いていた。

チクシへ行けば何かがわかるかも知れない——と。

チクシの若者は答えた。

「そうだ。私だ」

二人は再会を喜び、互いの背中を撫であった。

暗い海、降りしきる雪、あれは何処だったのだろう。

コシの国だったか、イズモだったのか、あるいはここチクシであったのか。

シカシマ、あるいはカシマだったか、いやシカノシマだったか。

そう、丁度あのウマヤドが薨じた頃もチクシにいたことがあった。

すでに父母はいなかった。

他人の手で育てられていた。

何故チクシにいたのかもわからなかった。

そうか、あの老人は私のことを知っていたのだ。私の知らないことを知っている。探さなければ

——


チクシはカマコやアソカが生まれる前に、すでに度重なるヤマトのウマヤドの圧力に屈し、ついにウマヤドが倭国王を名乗ることを承諾していた。

チクシが往年の勢いを取り戻し始めたのは、ウマヤドが薨じてからのことである。

幼いながら、早熟のアソカは希望に燃えていた。——また、われらの時代が来る——と。

「何をしに来た」

「旅をしている」

「旅か。羨ましいな。こちらは毎日、仕事に追いまくられている。見てみよ。今日も百済の船が着いている。あの連中を接待しなければならん」

雑踏は、百済の船が着いたための荷物の積み降ろしや、出迎えや、野次馬たちの人の群れであった。

大型船が停泊していた。

「何者だ」

「百済の王子でヨギとか。四十名という大人数だ。ヤマトへ行くそうだ。これから国王に謁見するために彼らを案内する。後で会おう」

チクシ王の居城まで約四里。

すでに、百名近い出迎えの列が輿や馬を用意して都大路に着座していた。

アソカは出迎えの先導隊長であった。

艀《はしけ》から王子らしき人が降りてきた。

付き添うようにしているのは王子の母と、王子の妹でもあろうか。

百済兵士たちに守られて岸壁に降り立った。

王子の姿はまだ十代のようであった。

カマコはこの家族を美しいと思った。

その夜、二人は遠く娜《な》の大津を眺めながら酒を酌み交わしていた。

月が皓々と海を照らしている。

「そういえば、新羅の王子が来たことがあったな。たしか、ウマヤドが亡くなった時の弔問使の一行であった。覚えているか」

「うむ」

とカマコは答えた。

「名は何といったかな」

「忘れた。が、たしか宰相の子であった。見たこともない楽器を持ち歩いていた」

「あの頃は面白かった。元伽耶まで押しかけて行ったこともあったな」

彼らは伽耶の故地をそう呼んでいた。

伽耶はいくつかの国に分かれていて、必ずしも一体だったわけではない。外に新羅、百済、倭国と対しながら、内でも利害関係は複雑であった。

「おぬし、ソガには恨みがあろう。同じ伽耶といっても」

「何のことだ、同じ伽耶とは」

「知らんのか。おれの前でとぼけなくても良いぞ」

「とぼけているわけではない。本当に知らないのだ。あの人たちは何も言わない」

「この地でしっかり生きろということかも知れんな。どうだ、もう一度あの地に行ってみるか。あの辺りはわれらアズミの者にとっては庭みたいなものだ」

「いや……

今はもう伽耶はない。この国もヤマトとチクシで分かれていては、新羅や百済に滅ぼされるのではないかな。ヤマトとチクシは一緒になるべきではないのか」

「馬鹿をいえ。おれはこのままが良い。

チクシははるか昔から海の民として生きてきた。

来る者は拒まず、去る者は追わずだ。

この国には百済の民も大勢いる。伽耶の人も大勢いる。

誰とも戦いはせぬ。だが、この生き方を壊す考えとは戦う。

ウマヤドにはしてやられたわ。

おれはたとえ相手がヤマトであっても誰であっても、支配されぬ。

おぬしがヤマトの王となって攻めてきてもだ」

「どうした、少し酔うたか」

「は、は、は、おぬしが余計なことを言うからだ」

「ところで、百済の王子はいつまでここにいるのだ」

「四、五日は滞在するらしい。将軍アズミノヒラフの館だが……

おいおい、どうした、連中に興味があるのか……

ははあ、王子ではなく、あの母君の方に興味があるのではないか。

いや、あの女性は実に美しい。あれほど魅力的なら年齢など関係がない……」

図星であった。

カマコは顔が赤らむのを覚えたが、夜で良かったと思った。

「ま、雲の上の話だ。

それよりも、おれの妹も中々のものになっているだろうが」

先程紹介された姉妹のことだった。

姉をタマコ、妹をヨリコと呼んでいた。あまりに幼かったので記憶が薄れていた。

「うむ、おぬしに似ず美しい妹御たちではないか」

「はっはっ、これはご挨拶だ。姉のほうは気が強くて嫁の貰い手がなくて弱っている。

姉が片づかぬと妹も困るて。おぬし貰ってはくれぬか。

そうだ、いっそのこと、そうしてチクシに住まぬか」

「ありがたいが、そんな身分ではない。私は漂泊の身だ」

言いながら、姉のタマコのカマコの心を覗き込むような愛くるしい目を思い出していた。

私は何と勝手なのだ。つい今し方、百済王子の母を美しいと思っていたばかりなのに。

「ところで、こんな老人を知らんか」

とカマコは話題を変えて熊野山中での話を切りだした。

「さあ、わからんな――

そう言えば、おぬしにずっと付き添っていた若い男がいたが……

いつのまにかいなくなっていた……

いや、病で亡くなったと聞いたぞ。

やめろ、やめろ、気色の悪い。忘れてしまえ」

「うむ、実は書を預かっているのだ。何やら意味不明の言葉や物語がいろいろ書き連ねてある。たとえばこのチクシの海には龍宮があって、そこには二人の美しい姉妹が住んでいると。おい、聞いているのか」

「聞いている。それでどうした」

「ある日のこと、陸《おか》の若者と姉娘が恋仲になった。姉は若者を追いかけ陸に上がり、そこで赤子を産もうとする。

姉は絶対に産屋を覗かないと約束させて産屋に入ったのだが、若者は約束を破り産屋を覗いてしまった。

中では一匹の鰐がのたうち回って赤子を生み落としていた。

約束を違えたと姉は怒り、赤子を置いて海へ還ってしまった。

しかしながら姉は若者が忘れられず、妹を代わりに若者の処へやり、赤子を育てさせる――とまあ、ざっとこんな話だ」

「そんな話はアズミでは聞いたことが無い。宗像《むなかた》の話かも知れん。だが、龍宮はあるぞ。俺の知っている話はこうだ。

昔、チクシの王が面向不背の水晶の珠を海に失ってしまった。龍王の仕業に違いないということで、一人の海女が選ばれて龍宮めざして海に潜った。

はたして、珠は龍王が隠し持っていた。

海女は珠を取り戻すと海上へ逃げかかったが、龍王に追いかけられ、もはやこれまでと持っていた短剣で自らの乳房を切り裂き、その中へ珠を押し込んだ。

やがて海女の身体から血が流れ出し、海水は真っ赤に染まった。

海女は短剣を口にくわえたまま両手で乳房を抱え無事珠を取り戻したが、すでにこと切れていたという。

おぬしの話もすごいが、こちらの話も何とも血腥い……

もう少し飲むか」

「うむ」

月に照らされた海の先に見えない漆黒の世界が広がっていた。

二人は盃を重ねていた。

「そうそう、こんな話もある」

アソカがまた話しだした。

「昔、兄弟がいた。兄は海で漁をし、弟は山で獲物をとって生活をしていた。

ある日のこと、二人はそれぞれの道具を取り替えてみた。しかし慣れないことはどうしようもなく、二人とも何の収穫も得られなかった。それどころか弟は兄の大事な釣り針を失い、兄に叱責されて海の中に探しにでかけた。龍宮の王は弟を歓待し、釣り針を探してくれた。いつのまにか三年がたっていた。王は弟に潮満珠《しおみつたま》と潮干珠《しおひるたま》を授け、弟は二つの珠を駆使してあるいは洪水を起こし、あるいは水を干かせて兄に復讐した――と」

「面白い」

しかし、実はカマコがまだ読み切っていない老人の書にすでにこの物語が書かれており、そのことが二人の運命を大きく変えていくことになろうとは知る由もなかった。

カマコはその後しばらくチクシに滞在した。

姉の存在が気にならなかったといえば嘘になる。


タマコは自ら馬をあやつり、カマコとともに山野を駆け巡り、玄界灘に舟を浮かべた。

ある日、舟の上でタマコが囁いた。

「そなたの子を生みたい」

タマコの長い髪から滲み出る汗と女体から発散する匂いと磯の香りが一体となって、小さな舟に充満してカマコを包みこんだ。

日が穏やかな海に沈みかけていた。


翌日。カマコはアソカに話した。

「タマコ殿を貰って帰る」

「おいおい、本気か。チクシに住むのではないのか。タマコ、それで良いのか」

「はい」

「この男はヤマトへ行くと言っている。
チクシとヤマトは仲の良い時もあれば、悪い時もある。
悪い時は惨憺たるものだ。
私はこの男と戦うことになるかも知れぬぞ。それでも行くのか」
いざとなると、アソカの胸中は複雑であった。

慶州《キョンジュ》

慶州の春はまだ冷たい。

しかし、春を告げる草々が霞のように萌えだしていた。時折みられる連翹《れんぎょう》がことの外鮮やかである。

河岸に駒をゆっくりと歩ませている二つの影があった。一人はまだ少年の面影を残している若者であった。

「あの舟は倭国から戻った使いの舟ではないか」

「そのようです」

「倭国とはどのような国なのだろう」

「私はまだ行ったことはありませんが、とても住みやすいところだそうです。特にヤマトは、わが慶州とよく似ているとのことです。

お父上も若い頃しばらく滞在したことがございます」

「私も行ってみたい。よその国のような気がしない」

「わが国にはボムミン様もご存知のように、こういう話がございます。昔、タレ王という王がいましたが、両親はタバナ国という国の王と王妃でした。

ある時、二人の間に『卵』が生まれました。王妃はこれを壊すのにしのびず、宝物とともに舟に乗せて沖合に流しました。無人の卵を乗せた舟は、はじめ金官国のプサン付近に流れ、次にこのあたりに漂着しました。そして、この卵は海辺の老婆に拾われました。やがてその卵から子供が生まれ、後にタレ王となったということです。

私は、タバナ国というのは倭国ではないかと思っております。まことに兄弟のような国であろうと思います」

舟は二人の前を城に向かってすべるように上っていった。

不意と若者は話題を変えた。

「妹は幸せだろうか。私は、プムソツという男をどうしても好きになれぬ。トングス、どう思う」

「は――」

トングスと呼ばれた男は返事に困っている様子である。


倭国からの使者が慶州半月城に入った。

半月城――その城の形が上から見ると半月のようなので、そう呼ばれている。

城中では女王トクマンの前で舞楽が演じられていた。

やがて、多くの廷臣や女官たちから拍手が起きた。

「見事である。チュンチュ、そなたの琵琶がこれ程とは」

女王の言葉であった。

チュンチュは楽士たちの琴、玄琴に混じって琵琶を担当していた。

「恐れ入ります。厚かましく参加させていただき、恥ずかしい限りです」

「今の曲は何と言うのか。あの嫋《じょう》々たる調べは、わが胸を掻きむしるようであった」

「最後の曲は終わってからご説明するつもりでした。先にお言葉をいただき恐縮の極みであります。この曲は実は秘曲であります。

今は昔、かのウロクが伽耶の王よりの命を受けて創りました十二曲のうちの一曲『爾赦《いさ》』であります。

真興王の時に臣の一人が、伽耶は亡国であります、亡国の楽《がく》は取るに足りませんと言ったのですが、王は、楽に何の罪があろうと言って、わが新羅の楽としたのであります。

しかしながら、そんなこともあってか、この十二曲は公《おおやけ》には演じられることがありませんでした。私は幼い時にこの曲の手ほどきを受け、以来いつの日にか演じてみたいと思っていたのですが、今日までその機会がありませんでした。元々は琴の曲でありますが、楽士たちに命じて玄琴と琵琶の三弦による合奏にしたものであります。まことに真興王の申すとおり、国が滅んでも人の心は不変であります」

そう言ってからキムユシンの方を見た。

ユシンは大きな身体を揺すって涙ぐんでいた。

「まことに、わが先祖に会ったような……」

ユシンの祖は伽耶の王族であった。

チュンチュは少年の頃、ヤマトで出会った少女に琵琶を贈ったことを想い出していた。

少女との別れにその琵琶で弾いたのが、この『爾赦《いさ》』であった。

その時、これもユシンに負けないくらい大きな身体をしたビドンが倭国からの使者を伴って入ってきた。

ビドンは女王付きの高官である。

女王が尋ねた。

「倭国からの返事はいかがか」

「失敗のようであります」

とビドンは答えた。

「唐に報告をしなければならぬのか」

今度はチュンチュが答えた。

「その必要はありません。要は倭国との同盟が出来れば良いのです。悪くても中立を保たせることです」

「わかった。この件については、そなたが良きにとりはからうように」

「は」

女王の前を退いてから、チュンチュとユシンは庭園を散策しながら天文台へ向かった。

二人とも、ビドンとは何となくそりが合わなかった。

天文台は城の北、鬱蒼とした鶏林を抜けた処にあった。正しくは膽星台《チョムセン》という。一年間の日数にちなんで、三百六十六個の石を積み上げた塔である。塔の底に水を張り、水鏡によって星を観察している。先頃、ようやく完成をみた。

「こんなものは大唐にも天竺にも無いでしょう。わが国の人材は豊富なものです」

担当官がチュンチュらの姿を見て直立した。

「どんな様子か」

「は」

担当官は答えた。

「壬寅《じんいん》の秋頃、本年のことでありますが、客星が月に入ります」

「凶事ではないか」

とユシンが言った。

「一方が凶事ならば、もう一方は吉事でありましょう。吉凶は表裏をなすものです。問題は、それが何を意味するかです」

二人はまた散策を続けた。

庭園の躑躅《つつじ》が花の芯を固い殻に包んで、あちこちにうずくまっている。

空を仰ぐと、李《すもも》の枝がこれも固い蕾《つぼみ》を付けて風に震えている。

「まずは事態を正確に見抜く必要がありましょう」

とチュンチュが口を開いた。

「先程の使者の報告ですが、百済から亡命者が入国したと言っていましたが」

ユシンが言う。

「そのことですが、大耶州の婿殿から書状がきております。

百済大乱と。――武王が亡くなってウイジャが王となったが、動揺が激しく、追放者が出たり亡命者が出ているそうです。こんな状態なので大耶州四十城はまずは安泰とお考えください。

むしろこの際、もともとわが領土であった椵岑《カジャム》城を奪い返す絶好の機会かと存じます。ウイジャ王は戦さの経験も少なく、即位したばかりで国内は不安定です。必ず成功するはずです――と」

「ウイジャは、東海の曽子と呼ばれている程の人望の厚い君子と聞いています。本当にプムソツのいうとおりなのでしょうか。

ウイジャ王のそばには誰がついているのですか」

「上佐平プヨソンチュンと聞いております」

「ソンチュンとは何者ですか」

「昔、こういう話を聞いたことがあります。

ソンチュンは百済の王族ですが、少年時代から智謀人に優れていました。

敵が侵略してきた時、村人を率いて山の砦を守っていました。

その時、敵将が使者をよこし、『君らの国を思う忠節に感じ、心ばかりの馳走を差し上げたい』といって櫃《ひつ》一個を献じたのです。

砦の人々は皆櫃を開けようとしましたが、ソンチュンは断固火に入れてしまいました。中に入っていたものは蜂だったのです。

次の日また櫃を一個献じてきたので、人々は今度は火に入れようとしましたが、ソンチュンはこれを開けさせてみました。中には火薬が入っていました。

三日目には更に櫃一個を送って来たので、ソンチュンはそれを鋸で挽かせました。すると血が流れ出て、刀を隠し持った兵士が腰を断ち切られて死んでいました」

「なるほど、話半分としても面白い。

となると、百済の弟王子の亡命という話も本当のところどうなのでしょうか。

危ういかなキムプムソツ。

至急、使者を遣って、なお一層防備を固めるようにと、私のほうから言っておきましょう。

椵岑城には、あなたが当たってみてください。

また、倭国の方も再び早急に手を打つ必要があります。ヤマシロ王に望みがなければ、同族のエミシ・イルカをたきつけるのです。それで駄目なら……」

「ツヌガ、ヲワリ、イセ一帯はわが新羅の移民たちの地です。伊勢にはお子もおられることです。彼らをどう動かすかです」

「それはそうと、百済に上佐平ソンチュンがいるかぎり情勢は厳しいと思わなければなりません。ソンチュンを何とかなりませんか」

ユシンは足を止めてしばらくチュンチュをみつめていたが、やがて答えた。

「私に策がないこともありません。私にお任せ願いますか」

王宮の窓からビドンがじっと二人の姿を見ていた。

大耶州都督キムプムソツの居城に使者が入った。

「相変わらず、そなたの父上は苦労性な方だ。大耶州は当分、心配ない。私に任せておけばよい」

プムソツはチュンチュからの書状をぞんざいに机に置きながら、そう言った。

プムソツの妻、チュンチュの愛娘ソランはその美しい眉をひそめた。

そして兄ボムミンはどうしているかと思い、会いたいと思った。

ソランはまだ十五になったばかりであった。

平《ピョン》壌《ヤン》

凍てついた河が融け始め、白頭山《ペクトウ》からの雪融け水を集め、鴨緑江《アツプロツクガン》は今、満々たる姿を見せていた。遠く望む長白山脈《チャンペク》、狼林山脈《ナンリン》の峰々はまだ白い冠をいただいていた。

明け方、河口から程近い丘を疾走している黒衣の騎馬の群れがあった。

ヨンゲソムンとその配下の者たちである。

彼らはいかなる時でも黒衣を纏っていた。後に僧衣と間違われ、ゲソムンの軍隊は僧軍であると喧伝されることになる。

ゲソムンの馬は悍馬とみえ、激しく動き、停止した時もその動きを止めなかった。

「見よ」

激しく動き回る駒を操りながら、ゲソムンは頭巾をはずし黄海の彼方を指さした。

「われらが駆け抜けてきた唐があの彼方にある」

風が強く、声は切れ切れにしか聞こえない。

「わが高句麗にとって、攻めるべき相手はあの広大な大陸である。決して、かのちっぽけな新羅や百済ではない。

しかし、何度話をしても王は話を聞かぬ。

その方たち、意見があったら申せ」

彼らはいつしか馬を降り円陣をつくっていた。

ヨンゲソムン――その容貌は魁偉であり気概は放逸と、すでに人々に知られていた。

若い頃から放浪を繰り返し、その行動は新羅、百済はもとより唐全土、北は靺鞨《まつかつ》、契丹《きったん》に及んでいた。

父は西部地方の首長であったが、父の死後その跡を継ぎ中央に対して発言力を強めてきている。

やがて彼らは立ち上がった。

ゲソムンは言った。

「平壌へゆく」

黒衣の群れは再び馬上の人となった。


高句麗の都平壌城は東アジア最大の規模を誇る。

大河大同江《テードンガン》の河畔に位置し、その城壁の総延長はおよそ五里に及ぶ。

大同江を渡ると、巨大な展錦門が行く手に待ちかまえている。

城は北城、内城、中城、外城に分かれ、それぞれが城壁に囲まれている。

北城は牡丹峰《モランボン》と呼ばれる丘陵地帯である。

ここはかつて、隋の大軍を迎え撃った高句麗軍の司令塔があったところである。山間に屹立する七星門をくぐると、その先に司令塔であった楼閣がそびえているのが見えてくる。

ゲソムンとその配下たちは楼閣に登った。楼閣からは平壌城下が一望である。

振り返ると、大同江が大蛇のように鱗を光らせて上流に伸びている。上流三里ほど遡ったあたりに、今は離宮となっているかつての都安鶴宮と大城山城がある。

「遠い昔、われらの先祖ははるか北方より肥沃な地を求めてここまでやって来た。ここが漢の植民地楽浪郡の政庁であった頃だ。われらの先祖は彼らを追い払いさらに南に進み、今わが国は北は松花江、東は倭のコシ、シナノ、カイを領し、西は遼河を越えようとしている。そしてお偉方は百済、新羅を南の海へ追い落とそうとしている。

しかし、何故この小さな半島にこだわる？

この半島は険しい山が多く耕地が少ない。

西へ行けば、肥沃なあの広大な大陸があるではないか。

われらは、あの地の主《あるじ》たちにたびたび勝利しているではないか。つい最近もだ。むしろ、新羅や百済とは同盟を結ぶべきではないか」

いつの間にか三々五々、若い者たちがゲソムンの帰還を聞いて、ここ牡丹峰に集まってきていた。

彼らは口々に叫んでいた。

「ゲソムン、やっと帰ったか」

「待ちかねたぞ、ゲソムン」

三十年前のことである。

中国大陸の主は隋の煬帝《ようだい》であった。

吐谷渾《とよくこん》（チベット）、西突厥《とっけつ》（モンゴル）等の朝貢をうけ、長江から黄河へ運河を引き、数千艘を供にして龍船に乗って回遊する日々であったが、父王の時に完敗した高句麗に対しては再度の挑戦を目論んでいた。

即位後八年にして遂に軍を動かした。

毎日一軍ずつ出発し、二十四日間休みなく続き、およそ百里に渡って旗がたなびき太鼓が鳴り響いた。

その兵数は二百万と号し輜重隊《しちょう》は四百万にものぼり、有史以来の大動員となった。

この大軍が水陸二手に分かれて高句麗に襲いかかった。

高句麗軍は首都平壌を空にして隋軍を引き入れ、その隙に兵糧を積んだ隋の軍船をことごとく沈めてしまった。

これが契機となって隋軍は次々と敗退し、遂に二百万の隋軍は全滅してしまった。煬帝は僅かに数千の敗残兵とともに逃げ帰った。

その後数年を経ずして隋は滅び唐が取って代わった。

今この牡丹峰楼閣は、若き日のヨンリョン王が輝かしき勝利の作戦指揮を取った処である。

「しかるに」

とゲソムンは言った。

ゲソムンの話を聞いている者たちは、その後も増え続けていた。

「しかるに、王は今は唐と戦おうとしない。わが高句麗にとって大きな憂患となる相手は中国であって、新羅と百済ではない。中国とわが国はいつの時代でも両立し得ない国であり、このことは過去に照らしてもはっきりしている。

わが国が往年隋の数百万の大軍を撃破した時に、ただちに大軍を出して隋を討ち禍根を断っていたら、と思う。しかし、まだ間に合う。今でも非常な好機である」

人々はゲソムンの次の言葉を待った。

「この躑躅《つつじ》を見てみよ」

辺り一体は躑躅の原であった。

「今はまだ固い蕾を隠しているが、刻至れば一斉に花が咲く。

諸君、わが行く手に確信を持とうではないか」

牡丹峰に夕闇が迫っていた。しかし、誰も動こうとしなかった。

唐に勝てるか。

ゲソムンの脳裏に遼東のある城が去来していた。

長安からの帰途、新羅のキムチュンチュと別れてすぐに配下の一人を百済に遣った。

「百済の佐平ソンチュンに直接この書状を届けよ。この書状にわれらの成否がかかっていると心得よ」と。

やがて、遼沢《りょうたく》のあたりでまたもや吹雪に見舞われた。

遼沢とは、およそ二十里にも及ぶ気の遠くなるような広大な沼地である。雪の中、下半身まで泥沼に埋まりながらの行程で、一行のほとんどが疲労のため高熱を出して倒れてしまった。

何処をどう歩いたのか――

気が付くと暖かい部屋の中で床に入っていた。

「気が付きましたかな」

目を開けると、壮年の恰幅の良い男と若い娘が立っていた。

「ここは安市城《アンシ》。私は城主のヤンマンチュンです。これは娘のチュンヒです。いや、まだ起きては駄目ですよ。熱も高いし相当に身体が傷んでいる。あなたがヨンゲソムンですな。部下の方から聞いております。あの雪の中、遼沢を越えられたと。とんでもないことをしたものです。私の配下の者が巡回中にたまたま、あなたの部下が一人ふらふら歩いているのを見つけましてな。お仲間も全員、無事にお連れして休ませております。ご心配はいりません」

チュンヒが女官たちを采配して、かいがいしく立ち回っていた。

何日か経ってようやく起きられるようになり、マンチュンと会った。

「実は、あなたのお父上とはご一緒したことがあります。まだ若い私をいろいろと鞭撻していただいたものです。今もって大変尊敬しております。

唐の各地を回られたとか。

どうです。もう少し回復するまで、このあたりを見て回るのも何かと参考になるかも知れませんよ」

と勧めた。

ゲソムンは好意に甘えてみることにした。

道案内にはチュンヒが務めた。

チュンヒは髪を二つに分けみずらに結い金の耳飾りを付け、真紅の轡《くつわ》を付けた駒をあやつった。

鮮やかなものであった。

ふたりは遼東の雪の草原を駆け巡った。

しばらく草原を北上すると彼方に遼東城が望まれた。

かつて煬帝が大軍を擁しても攻めあぐねた城である。

「わが祖国の始祖朱蒙を城中に祭ってあったからだという」

そう言ってゲソムンは広大な風景を眺めた。

背後に摩天《モーテン》嶺山がそびえ、前方はるか遼河まで純白の世界であった。

ゲソムンはその先に幻の長安を視ていた。

「ゲソムン、長安とはどんな処か」

「さすがに、平壌より格段に優れています。世界の果てからさまざまな人々が集まり、珍しい飾り物や音楽で賑わっています。高句麗が長安をわがものにすれば、姫を絹の衣や高価な宝石で飾ってやれますものを」

「私はまだ平壌にも行ったことがない」

「そのうち、私がお見せいたしましょう。平壌も長安を除けば第一の都です」

また、ある時は南に駆り烏骨《オゴル》城々主チュチョングツと会った。

チュチョングツはマンチュンに劣らず偉丈夫であった。

「姫、良い男と巡り会いましたな」

と呵々と笑った。

チュンヒは顔を染めた。


ようやく寒さがやわらいできたある日、マンチュンは城の中をくわしく案内し望楼に誘った。

「この城はわが高句麗の喉元にあたります。この城を抜かなければ、陸路で平壌に入ることは出来ません。そのため、守りには万全を期しています。ご覧なさい、あの城壁を。めったなことでは破られるものではありません。備蓄してある食糧も、三年は持つようにしてあります。今では遼東城よりも堅固であると思われます。

あなたが何のために唐へ行ったのか、およその見当はついております。

まさかの時には敵に遼沢を越えさせ、この安市城で冬将軍を待つ――

これが必勝の策です」

やがて、ゲソムンたちの出立の日が来た。

チュンヒは急に女らしくなっていた。

「娘のことはご心配なく。お子は私が責任を持って育てます。安心して御還りなさい」

ゲソムンは顔を朱くしてチュンヒに言った。

「すまぬ。必ず迎えに来る」

この娘を平壌に迎える日が来るのだろうか。その日こそ唐に勝利した時なのだ。

ゲソムンは早春の遼東半島を駆け抜けていた。

王と大臣、豪族たちはゲソムンをもて余しはじめた。

「毒をもって毒を制すということがあります」

と進言する者があり、ゲソムンは対唐防衛線である北扶餘の長城築造を命じられた。

ヨギ

初夏。雨が続いている。この日も雨であった。ゲンリと前後して帰国した留学生に請安《しょうあん》、僧旻《みん》がいる。彼らのもとにはアスカ周辺の豪族の子弟たちが群れをなした。彼らにとって唐の新知識はウマヤド大王の外交政策以来、好むと好まざるとにかかわらず必要不可欠なものとなっていた。旻法師が講義をした時のことである。

当時、中臣家に寄宿していたカマコがやや遅れて堂に入って来た。すると先に来ていたイルカが立ち上がって、

「ソガの太郎です」

と挨拶をした。ソガ大王家の王子が、一介の素性の知れぬ者に自ら礼をとったのである。この情景は人々の注目を集めることとなった。

その中に百済武王の弟カルがいた。百済ではセサンと言った。カルがいつアスカに来たのか記録はない。決して評判が良いとはいえないようであったが、その不評の中身もまたわかっていない。

カルは二人を凝視していた。

イルカは年の頃三十五、六か、屈強な身体つきで人を射通す目をもっていた。

幼い時から英才の誉れ高く、一時は父エミシを越えてウマヤドの後継者と目されたこともあった。今でもヤマシロの最有力後継者であるが、如何せん今となってはソガ王家の傍系であることを否めない。

そこにイルカの屈折した思いが見て取れる。

そのイルカに礼を取らせたカマコとは何者か、非常な興味を覚えた。

カルとカマコの姿がときおり見られるようになったのは、それからのことである。

大使プヨヨギ一行四十名は完成したばかりのナニワの館に入った。

数日後、雨があがり雲間から朝の光が滝のようにきらめいていた。

十艘の飾り船がナニワの館を出て大和川に浮かんだ。

一艘目は、チクシの将軍アズミノヒラフとヤマトの将軍草壁イワカネが先導役として乗り込んでいた。百済側から内佐平キミが乗船していた。

二艘目は、大使プヨヨギ、その母前武王妃タカラ女王、妹ハシヒト等王家の人々。

三艘目よりは百済からの献上品である財宝、経典等が満載され、配下の四十名がそれぞれ分乗していた。

イカルガ宮ではヤマシロ大王、ツキシネ大后、王子マロコたち。珍しくエミシ、イルカが参列している。片岡のモジョン王、カル以下諸王、諸臣が、金の飾りをつけた冠をかぶり、それぞれ冠位に応じた色の衣服を着用し、大使一行を出迎えた。

プヨヨギこの時十七歳。白面、眉細く、眼は棗《なつめ》のようであった。

その眼は今朝の太陽のように光り輝いていた。

ヤマシロはわが子たちにもイルカにも、その光を見いだせないでいた。

この若者にこの国の運命を託すことがあるだろうか。ふと、何の脈絡もないことがヤマシロの胸を一瞬よぎった。

若者の目に、ゆったりと進む艘《ふね》につれてイルカガの風景が流れていった。

イカルガ寺、イカルガ宮の甍《いらか》が朝靄の中から姿を現してきた。

「あゝ似ている」

それは異国とは思えぬ、なつかしいような風景であった。

「泗沘《サビ》に似ている」

同時にソンチュンの言葉を思い出していた。

「王子よ、ヤマトはあなたの国でもあるのです。

それはとても良い土地《ところ》であり、青い山が取り巻いています。

そこがヤマトの都です。

あなたはそこに舞い降りる。

新しい王となるために」

ソンチュンは謎のような言葉を残してヨギを見送った。

母はふくよかな頬を震わせて出迎えの人々を見ていた。

そうなのだ。ここは母の国なのだ。母が生まれた国なのだ。あの出迎えの人々の中に母の父がいる。どの人だろう。あのカモシカのような髭を生やしている男か。いや、あれは大王ヤマシロに違いない。その横にいる老人がそうだろうか。

カモシカの髭の男ヤマシロは孫を出迎えるように声をかけた。優しい声であった。

「よう参られた」

私はこの人を倒して王になるのだろうか。

何を考えているのだ。

ヨギは自分を恥じた。

カルもカマコと同じくこの親子を美しいと思った。

母は女として完成されていた。

息子は鋭い刃物のようであった。

多くの女たちが群がることであろう。

だが、この少年の心は意外に閉ざされているのではないかと思った。

そして二人に支えられるように立っていた少女がいた。

ほっそりとした青白い肌。

「なんと、蜉蝣《かげろう》のような」

ハシヒトであった。

その二日後、大使一行はアスカ畝傍《うねび》のエミシ邸に招かれた。

エミシとイルカは彼らを鄭重にもてなした。

一行の中で周囲を圧倒したのはタカラ女王の存在であった。女王が動くと、そこは華が咲いたようであった。

三十代なかばでもあろうか。

とりわけイルカは、外国帰りのこの美しい前王妃を好奇の目で見入っているばかりである。

ふと、何処かで見た顔だと思った。イルカは過去に交わった女たちを次々と思い出してみた。

記憶が無かった。気のせいか。

エミシは上機嫌でタカラに話しかけている。

エミシはヨギに良馬一頭とねり鉄《かね》二十枚を贈った。

この月も長雨であった。


イカルガ寺の甍が折からの雨で光っていた。

ようやく暖かな日が続いているとはいえ、雨に濡れるとやはりまだ身体が冷えた。

いくつか並んでいる僧房の一つへカマコは足早に消えた。

「ほう、そんなことがありましたか」

ゲンリは唐から持参した茶を削りながらカマコに言った。

「イルカは当代一と目されていると聞いています。そのイルカがあなたに――もって瞑すべきではありませんか」

「恐れ入ります。私はそんな者ではありません。ただ、世界を知りたいだけです」

「今お勧めしたのは茶という不思議な飲み物です。

どうですか。ちょっと渋いのですが、そのうち何とも言えない味がしてまいりますよ。

寒い時などはとても良く効きます。

かの地には、このような飲み物だけでも数知れずあります。

地の果てから運ばれてくる赤い酒を飲んだこともあります。なんでも、葡萄という果実で造るのだそうです。びいの――とかいっていましたが」

「地の果てとは、どのような処なのでしょう」

「私にもわかりません。けれど長安には眼の青い人や、髪の毛が金色の人や、皮膚が漆黒の身の丈一丈にもなろうかという長身の人が入り混じって集まってきております。

彼らがそれぞれの地の果てから来ているということでしょうか。

気が遠くなるような話です。

そういえば私が長安の大覚寺で講読を受けていた頃、若い修行僧がおりましてね。

この人は経典に疑問があるといって、天竺へ行って直接真偽をたしかめたいとよく言っていましたが、ある日のこと、ついに国禁を犯して単身出奔してしまいました。

長安には反対に地の果てに旅する人もいるのです」

「その人は無事、天竺とやらに辿りついたのでしょうか」

「さあ、その後のことはわかりません。ずいぶん昔のことです。数えてみると、もう十三年にもなりましょうか。

しかし、あの固い意志、明晰な頭脳、熱い情熱、頑健な肉体、あれほど兼ね備わった男を私は見たことがありません。

たしか玄奘《げんじょう》と記憶していますが——必ず初志を貫いていると信じています。

いいや、私と比べないでください。私はそれ程の意志があって、かの国へ行ったわけではありません。気がついたら、五十の年を過ぎてしまいました。恥ずかしいことです」

「唐はこの国のことをどう思っているのでしょうか」

「唐は強大です。北は東突厥《とっけつ》を支配し、西は敦煌《とんこう》、ゼンゼンに及び、南は愛州（ヴェトナム）に手を伸ばしています。

すでに地の果てを支配していると言って良いでしょう。

ただ、北東の果て高句麗に手こずっております。唐にとっても、これが最大の難関ではないでしょうか。そのために新羅、百済、倭国への取り込みが激しくなってきています。

唐の強大な波をかぶるのは避けられないと思います」

「ヤマシロ王で持つでしょうか」

「さあ、どうでしょうか」

微妙な話になってきた。

「わが国は私が生まれ育った頃と変わっておりません。

唐とは少なくとも五十年、いや百年の差がありましょう。差というより、組織、制度、学問というものがまるで違います。この国にはそういうものが無いと言ってよいでしょう。質が違うのです。唐の大波を受けて無事ですむものかどうか、いずれにせよ、唐のそういった諸々のものを良く咀嚼し得た者が生き残ることになりましょうか」

目が覚める思いであった。

戦略とはそういうものであったか。

カマコがゲンリに会ったのは、これが初めてではない。カマコは強烈な知識欲に駆られていた。唐から帰国した他の留学生、高句麗や新羅の使節団、百済のヤマト在住の王族たち……手当たり次第といってよかった。

いくつかの書物も読んだ。

そんな中で、ゲンリはカマコに何かを感じたのか快く会ってくれた。カマコも、そんなゲンリに包容力のようなものを感じていたのである。

自らの未来に対してこれ程の具体的な教示を受けたのは、今日のゲンリとのこの出会いであった。

力だけでは勝てぬ。質の違いを見極め、未来に向けてどのような策を打ち出せるのか。

何かの予感で身体が包まれていた。

今ヤマトはヤマシロイカルガ王朝に対しアスカのエミシ・イルカ一族が強大となり、二つの王朝が並立しているようなありさまである。

ヤマシロを立てるべきか。

イルカに賭けるか。

とはいえ、カマコはいわば一介の浪人にすぎない。

それとも……カルの姿が浮かび消え、そしてオオアマトの姿が浮かんで消えた。

「今後とも、よろしくご教示の程を」

カマコは辞を低くしたまま、しばらく動かなかった。


夏の日差しが日に日に強くなってきた頃、百済本国から更に貢物がイカルガ王朝に献上された。

モジョンは領土内の大井に屋敷を造らせていたが、完成と同時にヨギ一行を迎え入れた。

――壬寅《ジンイン》の秋客星が月に入るであろう――

カマコが何気なく老人の書をみていると、こんな言葉が飛び込んできた。

「何のことだ?」


「客星月に入る、か。わがこと成れり」

ソンチュンは天文を観てつぶやいた。

はたして、追いかけるようにイカルガからの使者が到着。

「ヨギ殿は大成功のうちにヤマシロ大王とお会いになられ、エミシ・イルカからも大歓迎を受けておられます。騎射を見物なされたり、相撲を見物なされたりと、ヤマシロ大王は毎日のようにヨギ殿を饗応なされております」

「これで、ひとまずヤマトは安心です。われらは心おきなく新羅と戦えます」

とソンチュンはウイジャに建言した。

「今、高句麗は外に目を向ける余裕がありません。一気に新羅を滅亡させる機会です。大耶州は新羅西方の重要拠点であり、管轄下の城邑《じょうゆう》は四十を数えます。まずは、ここを攻め潰します。大耶州の都督キムプムソツはキムチュンチュの愛娘のソランの夫になったので、権勢を頼んで部下や人民を虐待し、往々部下の妻や娘を奪って婢妾として淫蕩と贅沢三昧な日々を送っているそうです。そのため、長い間恨みを抱いていた部下が少なからずいるといいます。

そのなかにプムソツの幕客《ばっかく》のコミルがいます。彼はその美しい妻をプムソツに奪われ悶々としていると聞き及びます。

実は先頃密かに人を遣りコミルに会い、内応の約束をとりつけました。

今、わが国が喪に服していると聞けば、その守備は一層おろそかになるでしょう。

わが椵岑《カジャム》城の守将ケペックは、新羅のキムユシンの攻撃を良く持ちこたえています。

王には椵岑城を救援すると称して、大耶《デヤ》城を攻めてください。必ず成功します」

やがてウイジャは自ら数万の兵を率い椵岑城に向かったが、突如兵を返し大耶城を包囲した。

ウイジャはソンチュンの弟ユンチュンに精兵一万を与えて城下に突入させた。コミルは城中の倉庫に火を放ち兵糧を焼いた。城中は大混乱となり戦意を失ってしまった。

プムソツはユンチュンに使いを出し、

「われわれ夫婦を無事、慶州へ帰らせてくれるなら、全城を明け渡してもよい」と申し入れた。

「太陽に誓って公夫妻の生還を認めよう」

ユンチュンは応じた。

ついに大耶城は陥落した。

しかしユンチュンの言葉にもかかわらず、都督キムプムソツ夫妻はコミルにすでに殺害されていた。将兵の主だった者もすべて殺害された。

その後ひと月余りの間に大耶州四十城はことごとく百済のものとなった。

ゲソムン

南太平洋スマトラ島サンプルチェ国（現インドネシア）の交易船が高句麗沿岸警備艇に拿捕された。

高句麗史上未曾有の大惨劇の幕はこうして開《あ》いた。

その船が岸から離れようとした時だった。すうっと警備艇がその船に横付けされた。

「しばらく待たれよ。取り調べたいことがある」

「はて、これは異なことを申される。われらは国王への献上品を持参いたし、これより帰国するところです。交易勝手たるべしという王のお墨付きもいただいております。

取調べとは無体でありましょう」

「疑いがあれば取り調べるのがわれらの任務。これ以上は問答無用」

警備隊はどかどかとその船に乗り込んできた。

あらかじめ予想されたものがあるかのように捜査が始まった。

そして使者の所持品から唐の皇帝宛ての文書が発見された。

文書には高句麗の兵数、軍隊の配置、軍用地理等がくわしく記されていた。

唐は高句麗の内情を調査すべく、しばしば密偵を放ってきたが二度と帰ってくることがなかった。

それで第三国に調査を依頼していたのである。

「やはり、ヨン閣下のねらいどおりであった」

この警備隊の隊長はヨンゲソムンの支持者であった。

この事件を朝廷に報告しても今の王のもとでは唐に対して何もできまいと判断して密書は海中へ投げ捨て、使者の顔に刺青で次のような字を彫った。

「面刺海東三仏斉《サンプルチェ》、寄語我児李世民、今年若不来進貢、明年当起問罪兵」

――海東のサンプルチェの顔に刺青をして、わが幼な子李世民に送る。今年もし朝貢に来なければ明年必ず問罪の兵を起こすであろう――という漢詩の一絶である。

さらに「高句麗大対盧《だいたいろ》（首相）淵蓋蘇文《ヨンゲソムン》卒某書」と付け加え、この使者を唐に送った。

李世民はこれを見て非常に憤り、ただちに高句麗征討の詔書を下そうとしたが李靖がこれを諫めた。

「大対盧は淵蓋蘇文ではありません。今、使者の顔に刺字してある淵蓋蘇文とは何者かもわからないのに、その部下の士卒の罪に因って兵を起こすべきではありません。まず使臣を送って、高句麗王自身で調べさせるのが良いかと存じます」

李世民はその言葉に従った。使者が平壌に入った。

ヨンリュン王はただちに警備隊の隊長を捕らえさせ、獄舎に拘引して自身尋問した。

隊長は少しも恐れるところがなく自白した。

王は大いに驚いて、ゲソムンを除いた重臣をその夜のうちに秘密招集した。そして、

「警備隊長が李世民をひどく侮辱したことは小事である。それよりも、その文の末尾に大対盧でもな

いゲソムンを大対盧と書いたこと、ならびに、あまたの重臣の中で他の重臣をいわずに一人ゲソムンのみを挙げ、彼の部下の卒を自称したところをみると、彼ら追従者がゲソムンを推戴していることは明白であって、そのことの方が問題である。

また、ゲソムンは常々征唐説をもって軍事行動を扇動し、朝廷に反抗しようと人心を買おうとしている。今、彼を除かねば後の憂いとなるであろう。官職を剥奪して死刑に処するのがよい」

ということに衆議が一致した。さらに、

「彼は長城築造の命をうけ近々出発することになっています。やがて、大王に赴任の挨拶に伺候するはずです。その時に彼の謀反の罪を宣布し、詔命によって捕らえれば易々と事は成就しましょう」

しかし、この秘密会議はすでにゲソムンに漏れていた。彼は次のようにヨンリュン王に奏上した。

「長城築造の出発に際して平壌城の南で盛大に閲兵式を挙行したい。ついては大王と各重臣方の御親臨を乞い願う」

重臣たちは、これを欠席すればゲソムンの疑惑を招き、大事を前にして不利であると考え、一斉に参席することにした。

「ただし、大王は禁兵を従えてそのまま王宮におられれば大事には至りますまい」

ということでリュン大王は王宮に留まることになった。

その頃、平壌に百済の使節が滞在していた。二十歳を少し過ぎたばかりの若い使節であった。この国の王家の人々はゲソムンに怯えている。

若者はそう感じていた。

「高句麗の中をしっかりと見てくることだ。そなたの目で。特にヨンゲソムンの人となりを。まだ無冠の男だが目を離すな」

百済を出る時ソンチュンにそう言われて送り出された。

王宮内で何が起きているのか具体的なことはさすがにわからなかったが、人心がゲソムンに傾いていくのを肌で感じることが出来た。

何かが起きるのだろうか。

しかし、ゲソムンは長城築造の隊長として明日、出発する。

百済の使節も滞在期限が迫っていた。

使節はゲソムンに面会した。

「いよいよ明日はお立ちですね。お見送りした後、私は国へ帰ります」

「ボクシンとか言ったかな。明日は面白い見せ物が見られよう。ソンチュン殿に土産話が出来るやも知れぬ」

ゲソムンは若者の鋭い視線を見ながら、さすがソンチュンが見込んだだけのことはあると思っていた。

「明日は私の側にいよ」

閲兵式当日、すべての大官が整然と式場に到着。鳴り響く軍楽の音に誘導されて天幕の中に入った。

その数、百五十とも二百五十ともいう。

酒が置かれ杯が回った時、ゲソムンが叫んだ。

「逆賊を捕らえよ」

周囲で命令を待っていた数千の兵士たちは、稲妻のように大官たちに襲いかかった。臨席した大官たちもほとんど百戦の武将であったが、幾重にも包囲され多勢に無勢では逃れる術がなかった。

またたく間に重臣、豪族数百人が皆殺しにされ、式場は血の海と化した。

血しぶきをあびる大惨劇をまのあたりにしたボクシンは、さすがに震えが止まらなかった。かろうじて気力だけが、おのれを支えていた。

ゲソムンとは鬼か、魔物か。何程の動揺も見せずに事態を進行させていた。これ程の恐しい人物がわが百済にいるだろうか。

ユンチュンか、ケベックか、あるいはウィジツか。百済を代表する武将はきら星の如くいるが、そのいずれにも比較出来る人物はいなかった。

ゲソムンはさらに将兵を率い、

「大王の緊急命令である。開門せよ」

といって城門を押し通り宮門に踏み込んだ。

立ち塞がる禁兵たちを切り捨て、ヨンリュン王を突き殺し、さらに死体を二つに切って下水溝に投げ捨てた。

あまりに迅速な行動に、ほとんど無抵抗なまま事は運んだ。

三十年前、隋の三十万の大軍を一撃のもとにうち砕いたヨンリュン王の意外にも無惨な最期であった。ただちにヨンリュン王の甥のポジャンを立てて大王とし、ゲソムンは大大対盧《だいだいたいろ》を名乗った。

大大対盧とは政権と兵権を握り財政、宣戦、講和の重大事をすべて専権する。王はただ御璽を押すだけであった。

ゲソムンは今や高句麗九百年間の宰相、大臣のみならず、どの帝王も持ち得なかった最高権力を持った事実上の大王であった。

ようやく事が収束に向かい始めた頃、ボクシンはゲソムンに別れを告げ帰路を急いだ。

やはり起きてしまった。しかも、とんでもないことが。このままでは終わるまい。

いずれまた何かが始まる。

そんな予感が胸の中でうごめいていた。

高句麗に非常な圧迫感を受けながら、ようやく錦江を隔てて泗沘《サビ》城が見えるところまで来た。

錦江を渡る。

舟は泗沘城の大岸壁を見上げながら城内へ入った。

この大岸壁があるかぎり、泗沘城は鉄壁の要塞であった。この時程、この岸壁を頼もしく思ったことはなかった。

すでに早馬で知らせてあったため、城中ではウイジャ王、上佐平ソンチュン、佐平イムジャ以下おもだった面々が待ちかまえていた。

王子ユンとプンジャンもいた。

まだ王子たちが幼かった頃、ボクシンは彼らの教育係を任じられたことがあった。

ある時、一匹の蛇が庭に現れた。

兄のユンは恐怖のあまり泣き出しそうであった。弟のプンジャンは棒で叩き殺してしまった。

そんなこともあったなと思い出していると、王から声がかかった。

「クシルボクシン、よく戻った。くわしく報告せよ」

クシルボクシン、プヨボクシンともいう。先王ジャンの甥である。すなわち、ウイジャ王の従弟にあたる。

ボクシンは報告を始めた。

「ボクシン、人民の反応はいかに」

王が問うた。

「は。それが意外なことにヨンゲソムンを非難する声があまり聞こえてこず、むしろ称讃する声があった程です」

「これは、如何なることだ」

ソンチュンが代わって答えた。

「高句麗は中国と戦争をし始めて以来数百年になり、近年に至り日に日に強大となり、遼東を占領し、遼西にまでその勢力は及びました。

三十年前には三度も百万の隋兵を破って、大いに意気が上がっています。さらに唐と覇を競わんとしておりましたが、ヨンリュン王はこれを押さえ唐と和親したのです。

そこへ、ヨンゲソムンが高句麗の歴代の将相を務めてきた名家の出身者として、王の政策に反対し、征唐論を主張して、人民の気持ちに応えて王を弑《しい》したのです。それゆえ高句麗はヨンゲソムンの罪を問わないばかりか、今や彼の功を歌にうたっているのです」

「陛下」

佐平イムジャがこの時発言した。

「いかに人民が称賛しようとも、これは順逆の道を誤っております。国王が殺されたのです。わが百済でこのような事態が起きたことを想像してみてください。高句麗とはしばらく国交を断絶した方がよろしいかと存じます」

沈黙が場を支配した。

やがて再びソンチュンが発言した。

「なるほど、それも一つの方法かと思います。しばらく静観するのも良いでしょう。が、あまり感情的になっては国の将来を誤ることにもなりかねません。ゲソムンが国王を弑《しい》したことは現実であります。では何のために彼はそのようなことをしたのか、冷静に考えなければならないところです。彼は唐と戦うために国王を弑したのです。

彼が唐と戦うためには、わが百済や新羅とは和を結ばざるを得ません。ここでわれらが新羅を牽制しようとするのであれば、むしろ積極的に高句麗と結ぶべきです。

今、感情論にとらわれると新羅に先に高句麗と和を結ばれ、わが百済は孤立することになりましょう」

　イムジャは黙ってしまった。

　王はソンチュンに問うた。

「ゲソムンは唐に勝てるのか」

「臣は昔、高句麗へ出遊したおりゲソムンと会い、語り明かしたことがあります。

　彼はまだこれといった位もない少年でしたが、容貌怪異であり、気概は豪胆放逸、智略の非凡さ、行動力、どれをとっても李世民の及ぶところではありません。

　しかしながら李世民は二十年前に大陸を統一して、治世は綿密を極めております。両国の興亡を前もって語ることは難しいといえます」

「今、わが国は新羅の大耶州を占領しているが事態は膠着状態にある。しかし高句麗が唐を滅ぼすにしろ、唐が高句麗を滅ぼすにしろ、勝ち残った方が必ずわが百済を侵しに来るであろう。

　その時、わが百済は北は高句麗か唐の侵略を受け、東は新羅の反抗を受けることになるが」

「高句麗にとっては、わが百済と新羅が互いに深い恨みを抱いているのは周知のことであります。

　故に彼は今後、両国中のどちらかの一国と同盟を結び、高句麗が唐と戦う場合に南方の両国が互いに牽制しあって、高句麗の背後をうかがい得ない状態にしたいと考えているはずです。

　そこでわが百済のために計を立てるとするならば、今、速やかに高句麗と同盟を結ぶことです。百済は新羅を、高句麗は唐を受け持って戦うのが上策であります。倭国はすでにわが勢力内にあります。

　となれば新羅はわが百済の敵にもなりませんから、有利な時に隙に乗じて進めばいい訳で、この同盟は高句麗よりもむしろわれらにとって好都合であります」

王はイムジャにただした。

「意見はないか」

「ございません。さすがはソンチュン殿です」

「よし、高句麗との交渉はソンチュン自らが行なえ。

だが、高句麗の政変の動きは未だ予測がつかぬことも確かである。

国境の防備を固めよ。

クシルボクシン、そなたを西部恩率に命じる。任存城《イムチヨン》々主として責を果たせ」

任存城は高句麗にしろ唐にしろ、黄海を渡って来る敵に対する防衛の拠点である。


大耶州落つ――　都督キムプムソツ夫妻惨死――　管内四十城陥落――

慶州城内には櫛の歯を抜くように敗報が次々と入ってきた。

「コミル将軍が裏切ったそうだ」

「コミルがキムプムソツ夫妻を殺したらしい」

「コミルは兵糧も焼いた」

「百済軍はすぐそこまで攻めてきているらしい」

慶州城内は今にも百済兵が突入してくるかのような大混乱に陥った。

ボムミンは妹ソランの死を聞いて床に伏してしまった。

チュンチュは最愛の娘の死を聞くと柱によりかかって立ったまま、一日中瞬きもせず、人が目の前を通ってもそれに気づかなかったという。

やがて、

「噫、大丈夫たるものが、どうして百済を併呑出来ないことがあろうか」

と言い、王のもとに行って、

「どうか私を高句麗に遣わして、出兵を求め百済に恨みを晴らさせてください」

と願い出た。

チュンチュは単身、高句麗に行く手筈をととのえた。

大耶州敗北の報せを受けて椵岑城の囲みを解いて戻ったユシンはただちにチュンチュに会った。

「ソラン御夫妻の死を心よりお悼み申し上げます。しかし、一国の宰相が娘の仇討ちのために単身、高句麗に入り援助を求めるというのは、どうなのでしょうか。危険が多すぎます。

私には、そのまま受け取れません。どうか、本当のところをお話しください」

「たしかに、わが娘を殺した相手は憎い。八つ裂きにしてもあき足らぬ。しかし、それだけで高句麗に入るのではありませぬ。

ヨンゲソムンはついに王を殺し権力を握りました。ゲソムンがどれだけの権力を握っているのか、その実情を探ってみたい。これが第一です。

今、高句麗は唐と戦おうとしています。

わが新羅が生き残るためには、高句麗と百済の力が弱まることです。高句麗がわれらに力を貸し百済と戦うならば、どちらに転んでも新羅に有利です。

これが高句麗に出兵を要請する第二の理由です。

それには、娘を殺された私が単身、入国するのが最も効果があります。

私の身に危険はないと思います。何故なら、ゲソムンは今わが国と百済に対して、自ら戦いたくないのです。後顧の憂いを無くして唐と戦おうとしているからです」

また、こうも言った。

「私とあなたとは同体で国の股肱の臣であります。万一、私が高句麗に行って殺害されたら、あなたはどうされますか」

ユシンは答えた。

「あなたがもし高句麗に往って還らなければ、私はあなたの馬の跡を尋ねて、必ず高句麗、百済両王の庭を踏みにじりましょう。

仮にもこのようなことが出来なければ、何の面目あってこの国の人たちに顔を会わせることが出来ましょうか」

チュンチュはにっこり笑って、ユシンと互いに手の指を噛み、血をすすりあって誓った。

チュンチュは、

「私の計算では六十日で還ってきます。もしこれを過ぎても還ってこなければ、再び会う機会はないでしょう」と。

出発に際してチュンチュはユシンに託したことがあった。

「倭国に入った百済の亡命王子というのは、実は正式の使者だったそうです。大耶州といい、倭国といい、今回はソンチュンに見事にしてやられました。この上はエミシ、イルカとの接触をはかってみてください。

私とイルカとは旧知の間柄です。もう、昔のことになりますが。書状を書いておきましょう。旧交を温める良い機会かも知れません」

長子ボムミンは唇を噛みしめて父を見送った。


キムチュンチュとヨンゲソムンとの二度目の会見である。

二年前、唐の吹雪の原野に現れたゲソムンは無冠の若者であったが、今、兵馬の大権を握り高句麗の独裁者としてチュンチュの眼前にいる。

「再び先生のご尊顔を拝すことが出来、光栄の至りです。どうぞ、ごゆっくり滞在なさってください」

言葉は丁寧だが、以前にもまして凄味を加えていた。

ポジャン王とゲソムンの前でチュンチュは切々と娘夫妻の悲惨な死について語り、高句麗の援助を乞うた。

チュンチュは客館を与えられ手厚くもてなされた。

連日、宴会が続いた。ゲソムンは言う。

「唐は遠からず、朝鮮三国を併合しようとしてくるでしょう。あなたの国と百済との確執は承知していますが、もとはといえば同婿の間柄ではありませんか。今は恨みを捨て、三国協調して唐に当たるべきではありませんか」

これに対してチュンチュは百済の非道を訴え、逆に新羅と高句麗が同盟することが唐に対していかに有利であるかを力説した。

またある日のこと、ゲソムンが冗談めかして、

「竹嶺《チュッリョン》は昔わが国の領土でした。あなたがもし竹嶺の西北地域を返還するならば出兵してもよい、という声もありますが」

チュンチュは、

「私は君命によって援軍を依頼するために来ました。あなたにわが国の国難を救う善隣外交の意思がなく、ただ武威をもって使者をおびやかし、土地を奪おうとなさるなら、私には死あるのみです。まさか、本気でおっしゃっているわけではないでしょうな」

その場は軽い応酬で終わった。

しかし、それからゲソムンはふっつりと姿をみせなくなった。

家臣が挨拶にきて、

「主人は緊急事態が発生して国境方面へ参りました。先生には大変失礼ですが、戻るまでしばらくお待ち願いたいとのことでした」

それからは、家臣が入れ替わり立ち替わり現れては宴会攻めの毎日であった。体の良い軟禁状態である。

ゲソムンは国境付近で百済のソンチュンと会っていた。

キムチュンチュが入国していることは外交機密であった。そのため、すべての客は国境で足止めされていた。

ソンチュンは高句麗国境で足止めされて、何日も滞在を余儀なくされていた。

すでに新羅の使者チュンチュが来ていて、高句麗との同盟締結をはかっていることを察知していた。

「一別以来。一層たくましくなられた」

「先生こそ、ご健勝のご様子」

十数年振りの再会である。

ソンチュンは言った。

「あの頃はただやみくもに天下国家を論じて悲憤慷慨していただけであったが、今、互いに国家を補弼する立場になった。

貴公、あの時の満天の星を憶えておいでか」

「憶えています。

ようやく胸の内を語り合える友と出会った日のことは忘れません」

「昴《すばる》をみて、あれは私ですと言った。

以来、私は貴公のことは一日も思い出さない日はない。再び会えて良かった」

「私はおのれの栄達は考えておりません。ただ、この国の運命に殉じたい。それだけです。国家が私を必要としたのです」

ソンチュンは言葉を改めた。

「新羅のキムチュンチュがお国に滞在していると聞いていますが」

「単身、わが国に乗り込んで来られた。あの度胸には感心しております。わが国との同盟を要請しております」

「私とあなたが会っているのは承知しているのですか」

「箝口令はしいておきましたが、私の留守の間は酒色浸けになっているはずです」

「そうですか。あなたが唐と戦わないのならいたしかたありませんが、もし唐と戦うお考えなら、わが百済と同盟しなければ成功しないでしょう。

何故なら、中国が高句麗を攻めた時はいつも兵糧の調達と運送が弱点となり敗退したのであって、隋がそのよい見本です。

今、もし百済が唐と連合するならば、唐は陸路をとって遼東から高句麗を侵略するばかりでなく、海路、百済に兵を運んで百済の米を喰い、南からもお国を攻撃することになるでしょう。そうなれば高句麗は南北両面から敵の攻撃を受けることになり、その危険はいかばかりでありましょうか」

ソンチュンはやんわりとゲソムンを脅迫した。

「新羅は東海岸に国があるので、たとえ唐側に付いたとしても単独で動くしかなく、それも百済が後方から牽制をすれば、その動きも出来にくくなりましょう。

その上、新羅は以前、百済と約を結んで高句麗を攻めたすえ、結局、百済を騙して竹嶺等を横取りした前歴があるということは、あなたがよくご存知のところです。

新羅は今日、高句麗と同盟したとしても、明日は唐と連合し、高句麗の領土に不意に攻めこんで奪い取らないと、どうして言えましょうか」

ゲソムンはじっと聞いていたが、ソンチュンの方がチュンチュより説得力があると思った。

三国が同盟して唐に当たれば、これにこしたことはない。

しかし、娘が殺されたことに対するチュンチュの恨みは、恐らく一生消えることはあるまい。

新羅と百済が同盟することはあり得なかった。

次善の策としては新羅と百済を相争わせて両国の力が牽制しあい、高句麗への影響を薄めることである。

「お話はよくわかりました。

さすが、ソンチュン殿です。百済は良い家臣をお持ちです。

そういえば、先頃、使臣としてみえた若い男、ボクシンといいましたか、どうしています」

「西部恩率として任存城におります」

「そうですか。中々の人材とみました。国家を補弼する人を誤るとその国は滅びるといいます。なるべく早く中央に戻した方が良いのではありませんか。

いや、これは出過ぎたことを申しました。お忘れください」

「貴重なご忠告、胸にしまっておきます」

だがこの後、ボクシンが中央に戻ることはなかった。

ゲソムンの心は決まった。あとはチュンチュをどうするかであった。

殺すか――。

ソンチュンは高句麗と秘密同盟を結んで帰国した。

チュンチュが平壌に来て二カ月になろうとしていた。

ある日、ポジャン王の寵臣ソンドへがチュンチュを訪れた。

彼はチュンチュに好意を持っていた。

「噂によれば、百済のソンチュンがわが国と同盟を結ぼうと使者に立ったとのことです」

やがて、酒宴なかばにして戯れて話しだした。

「先生は『亀兎談《きとだん》』という面白い話をご存知か。

昔、東海の龍王の娘が肺を患っており、医者が『兎の肝を手に入れれば治すことが出来ます』と言った。

そこで亀が龍王に『私が手に入れて参りましょう』と言った。

やがて亀は陸にあがって兎に会い、『海中に島があり、そこには清い泉、白い石、繁った林、美味な果実などがあり、寒さや暑さがひどくなく、鷹や隼が襲って来ない。あなたがもしそこへ行けば安楽に暮らせ、心配ごともないでしょう』と誘った。

やがて首尾よく兎を背中に乗せて二、三里ほど泳いだところで、亀は兎に向かって、

『今、龍王の娘が病気にかかり、兎の肝を薬としなければならない。そこで労をいとわずおまえを背負って来たのだ』と言った。

すると兎は、『噫、私は神の子孫で、体内の五臓を取り出し、洗ってもとにおさめることができる。実は先頃少々心に患いを感じたので、肝臓や心臓を取り出して洗い、しばらく大石のそばに置いた。途中で汝の話を聞いて来てしまったので、肝は今でもそこにある。そういうことなら、どうしても肝を取りに帰らないわけにはいかない。そうすれば汝の求めているものが得られる。私は肝がなくてもなお生きられる』

亀はこれを信じて陸に戻った。

ようやく岸にあがると、兎は草むらの中に逃げ込み、亀に向かって、『愚かなやつだ、汝は。どうして肝もないのに生きるものがあろうか』と言ったので、亀はがっかりして帰っていった――。

どうです、面白いでしょう」

そのうち、ソンドへは酔い潰れてしまった。

翌日、チュンチュは上書をしたため王に差し出した。

いわく、

「竹嶺はもと貴国の領土であります。私が国に帰って、わが王にこの土地を還すように要請いたしましょう。

私を信じられないようでは、天が大罰をくだすでしょう」

ポジャン王はこれをみて悦び、チュンチュの帰国を許した。

チュンチュは薄氷を踏む思いで新羅国境へ急いだ。

ゲソムンが国境から戻ったのは、その翌日のことである。

「何たることだ」

と叫び、とるものもとりあえず、手勢の部下数人を引き連れて後を追った。

新羅国境まであとわずかというところで、ゲソムンはチュンチュに追いついた。

「キム先生、待たれよ。何に怯えて、そのように衣を翻して急がれるのか。

私とあなたの仲は、別れの挨拶も出来ないような仲なのか」

チュンチュは答えた。

「一寸の虫も生命の危険を察知し身を守ると言います。

私はあなたを信じて、単身あなたに援助を申し入れ、また、互いに国の将来について語りあったが、結局のところ、かえって私を人質にし、領土まで要求されようとしている。

領土は家臣が勝手に出来ないものです。先に大王に与えた書は死を逃れるための方策にすぎない。

あなたは運が良い。

ご覧なさい、国境に立ち並ぶわが新羅の軍旗を。

わが盟友キムユシンの一万の兵です。

あと一日この日が遅れていたならば、あなたはあの軍勢に血祭りに挙げられるところでした。この上は、あなたとは戦場でまみえることになりましょう。

さらばです」

そう言い終わると、チュンチュは馬首を巡らせて去っていった。

二つの王朝

その朝、一艘の外国船がチクシの大津で漂っていた。様子がおかしかった。

知らせを受けて、アソカは部下とともに馬を駆らせた。

「何処の船だ」

「旗がありませんので、しかとわかりません」

「舟をだせ」

数艘の舟が外国船を取り囲んだ。

「おーい、誰かいるか」

大きな声がいくつも飛んだが、船内はしんとしていた。

兵士たちが梯子をかけ船を登り始めた。緊張が走った。

船内に入ると、そこには驚くべき光景が展開していた。

「何だ、これは」

アソカ以下、絶句していた。

乗組員全員が惨殺されていた。

船内中のあちこちに流れた血がこびりついていたが、まだそれ程の時間が経っているとも思えなかった。

「この船はいつ入ってきたのだ」

「気がついたのは明け方です」

「何処の者たちか、わかるものを探せ。気をつけろ、誰か隠れているかも知れん」

しかし、生きている者はいなかった。

奇妙なことに、身元を示すものは何も見つからなかった。

身分は相当に高いものらしいことは、服装など身に付けているものでわかった。

「何のために」

「この連中を殺して逃げた船がいる。それを探し出せ」

その時、一人が沖を指差した。

「あ、船が一艘入ってきます」

「あれは新羅船だ。あの船を押さえろ」

アソカが岸に戻ると、若い女が馬に乗ってアソカを見下ろしていた。

王女ヒミカであった。

「媛、またこんなところへ」

「あの船はどうしたの。何かあったの」

「何でもありません。ここは媛の来るところではありませぬ。お戻りください」

「お前の指図は受けない。一回りしたらまた来る」

王女は衣を翻して馬に鞭をあてた。

カマコともどもチクシを去ったタマコが重なった。

「この国の女どもは、どうしてこう、馬を乗り回すのが好きなんだろう」

アソカはぶつぶつ言いながら、チクシの舟にかこまれた新羅船が停泊するのを待っていた。

新羅船はチクシへの公式の使節であった。

使節はアソカのずけずけとした物言いにもかかわらず、率直に答えた。

「その船は恐らく、高句麗の高官のお国への亡命船であったろうと思われます。

いえ、われらは一切、関係ありません。

高句麗で国王が殺されるという政変があったのは、すでにご存じでしょう」

「えっ、そんなことがあったのですか」

「われらも、そのことで王に会見するために来たのです。

彼らは国王派で、反国王派に殺されたものと思われます。船が港に流れ着いたのを見て、ヤマトへ回ったかも知れません。

われらもまた、このあとヤマトへ参ります。事情がわかったらご報告いたしましょう」

「私はあの船の始末をせねばなりません。この者に王宮まで案内させます。

エチノタククツといいます」

タクツはたくましい青年であった。

「のち程、王宮でお会いしましょう」

と言ってアソカは新羅の客を見送った。


いつの間にか、王女ヒミカが戻ってきていた。

朝の光が海面に反射して、ヒミカの顔をまぶしく照らしていた。

「あの船が高句麗の亡命船か」

ふたりは死の亡命船を眺めていた。

それは不吉な姿であった。


高句麗の使者がヤマトに入った。

使者のもたらしたヨンゲソムンの政権奪取の知らせは、電撃のように豪族間を走った。

夜、大雨が降り、雷が鳴った。

次の日も夜中、雷が西北の方に鳴り、翌々日は五回、西北の方に鳴った。

カマコは中臣の家でそれを聞いていた。

どういうわけか、当主ミケコはカマコに対して丁重であった。

それを良いことに、タマコをここに住まわせていた。

タマコは身重であった。

雨が上がると木枯らしが吹き始め、今度は雪でも降りそうな日が続いた。

「カマコよ、中臣の子にならんか。お子も出来ることであるし、そろそろ落ち着いた方が良いのではないか。カネはまだ幼い。面倒を見てやってほしい」

ミケコは寒そうに手をこすり合わせながら言った。

「はあ」

生返事である。高句麗の政変のことを考えていた。

ヨンゲソムンとは何者か。

彼に理はあるのか。

あるいは大悪人か。

国王を殺す理があるとすれば、それはどういう理か。

唐の強大な圧力がこのような事態を招いたとすれば、同じようなことが百済にも、新羅にも起きる可能性があるということか。

ここヤマトでは、どうなのだ。

ゲンリの言うとおり、話にならないような力の差なのか。

チクシはどうなる。

すべては漠としていた。何の脈絡もなく、次から次と疑問が出てくる。

王を殺す？

そんなことが考えられるか。

殺して、どうなる。
何のために。
理とは何か。歴史とは、いつも王殺しの繰り返しではないのか。
ますます混沌としてきた。
もう三十になろうとするカマコであったが、自分が何をすべきかがわからなかった。
農民には米を作るという仕事がある。
漁師には魚を獲るという生活がある。
豪族の子弟には立身出世という生き方がある。
漂泊の身の生き方とは何なのか。
僧侶となって己を見つめ直せということなのか。
高句麗の事件は心の中を騒めかしている。
落ち着かなかった。
あまりに好奇心が強かった。好奇心が行動を後押しした。
見上げると、雁の群れが渡っていた。
「一羽では生きられぬか」
今は身分が必要と思った。
「養子の件、承知しました。よろしくお願いいたします」

まもなくチクシを回ってきた新羅の使者が到着して大王ヤマシロに謁見した後、ただちにエミシ・イルカと会見した。

使者はチュンチュのイルカへの書状を持参していた。

この時、使者は白い雀を籠に入れて献上した。

白は吉讖《きっしん》の兆《しるし》である。エミシが喜んだのは言うまでもない。

ここにもう一人、ヨンゲソムンに興味を示した男がいた。

イルカである。

チュンチュからの書状にも、そのことが触れられていた。

高句麗の政変のこと、ヨンゲソムンとの会見の一件、唐と高句麗との対立、唐の脅威について触れ、唐に逆らえば倭国の運命も危ういと。

最後に昔日の旧交について触れ、久闊《きゅうかつ》を叙す言葉で結んであった。

イルカは感慨深げであった。

ふと、遠い目をした。

そういえば、あの娘はどうしているだろう。


この年の暮、エミシは天子の行事とされているヤツラの舞を行なった。

また、大王領の人民を使って双墓《ならびのはか》を今来《いまき》に造った。

一つを大陵といいエミシの墓、一つを小陵といいイルカの墓とした。

イカルガに対する挑発であった。

ツキシネ大后は憤慨の余り、次のように言ったという。

「エミシは国政をほしいままにして無礼の行ないが多い。天に二日無く地に二王は無い。何の理由で大王の封民を思うままに使えたものか」と。


深更、二十名程の黒い影が峠にさしかかっていた。

峠には同じような集団が待機していた。

「お待ちしておりました」

「ヲヨリか」

「は、こちらに控えておりますのがオオクニです」

「そなたが熊を素手で倒したというオオクニか。頼りにしているぞ」

「オオアマトの王子、アスカははじめてか。今宵はわれらがお守りいたす。ご安心を」

オオアマトは月光に照らされたアスカの里を眺めていた。

森《しん》と静まりかえった山々に取り囲まれて、いくつかの塔が黒々とそびえていた。

百済の王子が来ているという。なかなかの評判と聞く。一度会ってみたいものだ。

「今宵はあの墓を暴きます。オオクニがご案内します」

ヲヨリが言った。

ヲヨリが指し示した方向に、こんもりとした森が浮かんでいた。

彼らの一族は太古からこの地の王たちの墓を造ってきた。当然、何処にどの王の墓があり、そこにどのような宝物が副葬されているかということも熟知していた。

彼らは必要な時にそれを取り出すことに、なんのためらいもなかった。しかし、そこに同居している死者の断片を見る毎に何事かを感じないわけではなかった。

そうして彼らは生き延びてきた。

オオアマトはカマコの言葉を思い浮かべていた。

「熱田を制し、アスカへ入れ」

そのためにも古い王たちの財宝は必要であった。

やがて、黒い集団は黒い闇の中へ消えていった。

新羅の使者は年を越して滞在していた。

「ヤマシロ大王は誠実なお方です。しかし、政治《まつりごと》を行なう場合には話はまた自ずから違ってきます。それに、もう充分その責を果たされてきました」

使者はエミシを説得にかかった。

「今、イカルガが百済の王子を引き入れ力を強化しようとしていることは、必ずしも人民が支持しているとは申せませんが、このままではいずれ百済の思うようにされてしまいます。

時がたてばたつ程、厄介なことになるのは目にみえております。まだ百済の力が定着していない今なら、大王に禅譲を迫ることができましょう。

あなたが大王になった暁にはツヌガ、ヲワリ、イセ一帯のわが新羅の移民は強力に支持を与えることでしょう」と。

父ウマコの死、先王ウマヤドの死以後、一族の中での権力闘争を潜り抜け、頭が白くなる昨今、エミシはようやくアスカ・ソガの長者として重きをなすようになっていた。そして、今まだ手の届かない頂点がすぐそこに見えていた。

「新羅の使者よ。めったなことを言うものではない。古来、武力でもって覇権を握った者が長く王権に就いたためしがない。禅譲とは、熟した柿がこの手に落ちてくるようなものぞ」

あせってはならぬ。しかし、子のイルカが気がかりであった。才気と度胸だけでは天下は取れぬ。イルカには、よく言って聞かせねばなるまい。

ゲンリの話を聞こうと押しかけていた客が一段落した時、たまたまカルとカマコしか客がいないことがあった。

「いや、これは珍しい組み合わせではあるまいか」

とカルが言った。

「おふた方、今のヤマシロ大王とエミシをどう思っておられるか。と申すのも、われら三人はこのどちらにも関わりがないという意味で、珍しい組み合わせと言ったのだが……。

だからこそ今少し冷静にまわりが見えるのではないか、と思って聞いているのです。

私はどういうわけか、百済王家の嫌われ者。いつも、はすから世の中を見ている人間です。

カマコ、そなたはヤマト、チクシ、伽耶と歩き回り広く人を知っている」

「それは買いかぶりです」

「まあ、もう少し話を聞いてほしい。ゲンリ殿は言うまでもなく唐や新羅の国情を良く知り、そこからヤマトを見ておられる。

そこで、まずは私の意見を申し上げたい。

ヤマシロとエミシとは、どうにもならない状態に陥っていると思われます。ヤマトには事実上、イカルガとアスカの二つの王朝があると言ってもよいのではないでしょうか。

私の見るところ、わが百済王家にしろ、新羅にしろ、政変を起こした高句麗のヨンゲソムンにしろ、はたまた大唐もまた、この二つの王朝のどちらが倒れるか、かたずを飲んで見守っているというところではないでしょうか。

それによって、それぞれの国の運命もまた動くのを免れないからです。そしてこの二つの王朝がどれだけの支持勢力を集められるか、まさにしのぎを削っている状態なんだろうと思うのです」

「たしかに。だからこそ、イカルガもアスカも百済王家を味方にしようとしているのではありませんか。

百済王家のある片岡はイカルガとアスカのまさに中間に在り、カル殿が動けばおのずと決まるのではありませんか」

「私ははずれ者ですよ。ですが、モジョン王への働きかけは大変なものです」

「イルカは例の武王の子に執心と聞いていていますが」

「いや、王子ではなくその母にでしょう。なにしろ、かなりの美人ですからね。もう、都雀の間でもちきりですよ」

カマコもまた彼女に心を奪われていたとはいえ、それは遠くから一瞥したにすぎなかった。

今こうしてイルカも心を奪われていることを知ると、やはり手の届かない存在であることを思い知らされた。

「ですから、イルカはエミシ以上に百済王家に対して執心なんですよ」

「これにカワチソガがからんできますね。カワチは二つのソガ王朝の身内であるだけに、その動向はかなりの影響力を持つはずです」

「その通りです。あと、そなたも面識のある伊勢のオオアマト一族を無視することは出来ないでしょう。近年、急激に勢力を伸ばしています」

「オオアマトは大器です。しかし、二つのソガに絡むかどうか」

オオアマトには、わかったようなことを言ってしまった。しかし、今はカマコ自身が何をすべきなのか、よくわかっていない。

今、オオアマトに会ったら何を言えば良いのだろう。

「ゲンリ殿」

カルが身体の向きを変えた。

「二人は戦いになるのでしょうか。大いくさが始まるのでしょうか」

「さあ、どうでしょう。どうも、こういう話は苦手ですが。

三十五年程前になりましょうか。

私がまだヤマトにいた時の先の大王ウマヤドは、恐しい方という印象しか残っておりませんでした。

後になって、『世間虚仮《せけんこけ》』とおっしゃったといわれるように、随分とお変わりになられたと聞いております。

その頃の先王の心をよく継いでおられるのが、イカルガの大王ではありますまいか。

だとすれば、大王にはいさかいは望むところではないはずです。

私は話合いで決着がつくものと思います。

ただ、どう決着がついても政治《まつりごと》には変わりがないと思われます。

そもそも、まつりごととは何でしょうか。

カル殿、どう思われますか」

「まつりごととは、神々へ豊穣を祈ることでしょう」

「そして、民が豊かに暮らせることです。むしろ、そのために神々を祭るのではありませんか。

このたびの争いはどちらが勝とうとも、まつりごとの中身が変わるわけではありません。民の暮らしが変わるとも思えません。

一つの国が日照りや嵐に遭えば稲は枯れ、たちまちにして飢えが襲ってきます。

現に都を見回しただけでも、飢えて倒れた人を見ない日とてありません」

なるほど、そうであった。

この争いは単なる権力争いにすぎない。

「先生のおられた唐は違うのでしょうか」

カマコが質問した。

「唐の民がすべて豊かであるとは申せません。しかし唐は長い戦乱の中から、民が豊かになる仕組を、その民を治める仕組を考えだしてきました。

それが法であり、儒といわれるものです。

このヤマトに居ては想像もつかない大きな国土を治める仕組が法であり、人々の心を支えるものが儒であるのです。

たとえば、民から集められた穀物の一部は封印され、飢餓の時にそれは開放されます。

農地の争いは、法というものによって公平に裁かれます。

悪を働けば、同じように法によって罰せられます。

さらには、全国から身分を問わず試験というものを課して、人材を登用しております。

唐はこのように民の心を摑むことによって、あの広大な国土を治めているのです。

皇帝李世民が世を治めて二十年になんなんとしております。

今では世界の果てから珍しい財物、人材が集まり、大都を造り、きらびやかな文物を造り、人々を感動させる詩歌、管弦を演じ、その豊かさは言語に絶するものがあります」

二人は声も無く聞いていた。

「ひるがえって、わが倭国を見てみますと西はチクシ、東はエミシ、そしてここヤマトと分かれ、さらにその中は小さな国々が分立しております。コシとシナノ、カイは高句麗が領しているのではありませんか。

たとえば、吉備が飢饉に襲われたらイカルガはこれを助けるでしょうか」

カルが答えた。

「イカルガは自分の国の中で餓死者を出しているのに、どうして、よその国を助けることなど出来ましょう。そのような考えすら出てくるはずがない」

ゲンリは遠くを見る目をした。

「昔、太古の昔、人々は小さなまとまりで暮らしていたと聞いています。

王もなく奴婢もなく、飢饉の時は助け合って仲良く暮らしていたといいます。

今や、そのような時代ではありませんが、唐のように国家が隅々にまで気を配る仕組になれば、少しは民の暮らしも良くなり国も豊かになると思うのですが」

ゲンリの唐に対する評価は甘いかも知れない。

あるいは、現実は百も承知のうえで二人に話したものか。

この国にゲンリの理想を実現させたいと。

「ヤマシロとエミシのどちらが残っても、そのような仕組を持つ大唐に立ち向かえるわけがない、ということですね」

カルとカマコは慄然としていた。

唐と敵対してこれを撃破し唐を高句麗の属国にしようというのが、ヨンゲソムンの生涯の目的であった。

唐は二十年も前に統一され国力が整備され、国土の広さと人口の多さも高句麗の比較にならない。政権を獲ったばかりのゲソムンにとって、今、唐に打ち勝つには僅かの時間ですら惜しかった。

彼は当面、唐との摩擦を避けるためにポジャン王の冊命を願いでた。

その一方、対唐同盟を結ぶべく、西は突厥等の諸国に使者を派遣し、南は新羅を包囲すべく百済と結び、さらには百済を通じて、あるいはコシ、シナノ、カイに移住している高句麗領民を動かし倭国への働きかけを計った。

しかしゲソムンは、高句麗が南進策を固守してきたために千載一遇の好機を逃したことが少なくないと言って嘆いたという。

李世民は、高句麗からのポジャン王冊命の要請を半年にわたって引き延ばしていた。

李世民は言う。

「蓋蘇文《ゲソムン》はその君主を弑逆し、国政をもっぱらにし、まことに我慢できない。今日のわが武力をもってすれば、高句麗をとることはむずかしくない。ただ、人民に苦労をかけることはしたくないので、まず契丹《きったん》や靺鞨《まつかつ》に擾《みだ》させようと思うがどうであろうか」

これに答えて長孫無忌《むき》が、

「蓋蘇文は罪の大きいことを自分で知っており、わが国の討伐を恐れて厳重に防備しています。陛下がしばらく高句麗征伐を堪え忍ぶならば、彼は安心して必ずや奢り怠るようになり、いよいよその悪をほしいままにするでしょう。そうなったのちに彼を討っても遅くはありません」

無忌は皇后の兄である。李世民は深く彼を信頼していた。

李世民は使者を派遣し、礼式をととのえて高句麗王を冊封した。

詔書にいわく、

――懐遠《かいえん》の規範は前王のよき法令であり、継世の条理は歴代の古いしきたりである。高句麗王の臧《ジャン》はその心が美しく、明敏でその見識は高く正しい。早くから礼経を習い、その徳義はすでに世に知られている。はじめ藩業を継承し、唐に対する忠誠がすでにあらわれている。爵位を与えるのが当然なので故実によって上柱国《じょうちゅう》、遼東郡公、高句麗王とする――

新羅のキムチュンチュからの使者が入ったのは、その直後のことである。

「百済がわが国の四十城を攻めとり、また、高句麗と連合して唐への道を絶とうと計っています。どうか、出兵して救援していただきたい」

新羅から唐への道は、高句麗と百済の間を通る線であった。京城から漢江に沿った辺りである。高句麗にしろ、百済にしろ、この線を消すことは簡単なことであった。

事実、ソンチュンはゲソムンとの秘密同盟締結後は活発にこの線を消しにかかった。そしてチュンチュもまた、その唐との生命線ともいうべき、ひ弱な線を逆手にとって唐主李世民の自尊心を刺激し続けたのであった。

しかし今、李世民は周囲の反対にあい身動きがとれなかった。

「春秋《チュンチュ》、そなたの恨みはわが恨みでもある。必ず、われらの恨みを晴らす時がこよう。

「今しばらく時をまて」

李世民は珍しく感情的になってつぶやいた。


招集を受けた家臣たちがチクシ王宮に集まっていた。

王宮には重臣たちとともに百済の大使達率ムジャがいた。大使は滞在することすでに三年になっている。

「何でしょうな」

タクツがアソカに囁いた。

チクシ王サチヤマが着座して、重臣の一人が話し始めた。

「今、百済王より使いが入った。まもなく、百済の王子が大使としてわが国を訪れる。当分、滞在していただくことになろう」

百済とチクシとの関係はヤマトより深いものがあった。互いに大使を交換し合い、行き来も頻繁であった。

今回の大使は大物である。まだ若いとはいえ、王の子である。ムジャとは交代することになる。

数日後、新大使一行が到着した。

王子に従って来たのは、達率ムジャの子ジャサと恩率クンソン以下百人に近い人々であった。

今回の百済大使はいつもと違う、とアソカは思った。人数も多すぎるし、何故、王子なのだ。ヤマトへ行ったヨギとは事情が違う。

しかし、王は喜んでいた。

出来れば、王女たちの中から王子に娶わせよう。新しい館も造らせようと。

少年王子はプンジャンという。頭脳明晰、色白で普段はやさしかったが、時々癇が走ることがあったという。

しばらくして、ジャサが大使として数十人を率《ひ》きつれてヤマトへ旅立った。

アソカはやはり今回の百済の動きには異常を感じていた。

何かが動いている。あの不吉な高句麗船がまぶたに映った。


イカルガでは風が吹き荒れ雹が降っていた。

イカルガ王朝は百済の力を最大限に利用すべくエミシの本拠地であるアスカに新宮殿を造営していたがこの日落成し、ヨギを迎え入れた。

カルはカマコもゲンリも権力の埒《らち》外といったが、正確にはそうではない。

ヤマトはアスカ、イカルガ、あるいはカワチ、ナニワを含めても、それほど広い地域ではない。

それぞれの持つ権力の情報網にかかる人物や情報もたかが知れている。まったくの、たとえば農民でもないかぎり、互いの権力から目をつけられていると覚るべきである。

カルの属している百済王家は帰趨を制する最大の勢力であり、ゲンリの持っている唐を中心とした世界情報もどちらの側にとっても最大の兵器となりうる。

カマコは三島の館でイルカの使いと会っていた。かたわらには祝いの品が積まれていた。

「お子がお生まれになったとか。まことに祝着でございます」

「ありがとうございます」

「男の子ですか」

「はい」

「それは益々もって重畳。チクシの兄上には、もうご報告をされましたか」

「ええ。先日、早速に」

使いの男は、妻がチクシから来たことも知っていた。

「チクシはすばらしい所だそうですね」

「ここヤマトは青い山々に囲まれ穏やかであり、山の幸も多くそれはそれで良い処ではありますが、チクシは海の国です。チクシの海の幸は格別です。

また、背後の山々も豪快であり、特に煙を吐き出している火の山は見ているだけで気持ちが大きくなります」

「いつか、ご一緒してみたいものです」

「ぜひ」

「イルカ殿も再会を楽しみにしておられます。近いうちに是非アスカにもお越しください」

男はとりとめのない話をして帰った。

コゼノトコタといった。豪族の子弟である。

イルカが、そのような男をわざわざカマコに差し向けてきた。

どうするカマコよ、カマコは自分に尋ねていた。

タマコは産後の状態が思わしくなかった。

心細くなって、チクシにいる妹のヨリコに来てくれるよう使いを出した。

アソカは玄界灘に舟を浮かべていた。

海は荒れていた。

かすかに沖の島が見え隠れし、その北西に対馬が横たわり、壱岐の島を背中にしたところで櫓を止めた。

ここからシカノシマを遠望する。

シカノシマには一族の神オオワタツミノ神が鎮座している。

アソカはあえてここから、母子の安泰を祈願しようとしていた。

「四方《よも》のワタツミノ神々よ。オオワタツミノ神よ。わが妹タマコを助け給え。赤子を助け給え」

海は心なしか穏やかになったような気がした。

つい先頃カマコから、玉のような男の子が生まれたと知らせが入ったばかりであった。

遠い異国に行ってしまった妹に、何もしてやれない自分が情けなかった。

「そうか、行くのか。タマコも不憫な」

ヨリコを見送るアソカはさすがに寂しそうであった。

妹ふたりにはもう二度と会えないと覚悟をした。

タマコはカマコに言った。

「私はもう長くありません。この子の面倒は妹のヨリコがみます。どうぞ、妹を可愛がってやってください。

私の魂は兄の処へ戻ります。チクシからあなた方を見守っていたい」

短い縁《えにし》であった。

赤子はカルが名付け親となってマヒトと命名された。


カワチの郷――。

族長の兄とは、母も違い年も一回り以上も違っていた。その兄へ、ヒムカはツキシネ大后との謁見の顛末を報告していた。

それはエミシ・イルカを誅殺し、ソガ石川の族長がそれに替わる計画であった。ヒムカは兄の表情がどう変わるか、じっと顔をみつめた。

兄は何事もなかったかのように言った。

「苦労であった」

ソガ石川麻呂《いしかわまろ》。ソガ大王家の一族である。カワチ一円を支配し、アスカ一円を支配するエミシ一族とは双璧をなす。

大后ツキシネから石川麻呂へ密かに参内の要請があったのは、数日前のことである。

ツキシネが何を言い出すのか予想できた。

石川麻呂は慎重であった。

兄弟のなかで最も才気があると思われたヒムカを代わりに参内させた。

「兄は体調がすぐれぬ故、私が代わりに参りました」

「ヒムカか」

ツキシネはむしろ喜んだ。ヒムカが動いてくれれば石川も動くと思ったのである。傍らには三輪文屋《みのわのぶんや》が控えていた。

「アスカの動きは目に余る。これ以上放置していては大王の権威にかかわる。そなたはどう思う」

「まことに」

「そなたはまだ幼かったゆえ知るまいが、マリセが――ウマコの弟じゃ、そのマリセがわれらに助けを求めてきた時にエミシを処分していれば、今日の事態を招くことはなかった。あの時、妾《わらわ》は大王にそれをお勧めしたのだが、結局マリセはエミシに誅殺されてしまった。ハツセが急死したのも、エミシの手が回ったのかも知れぬ」

ツキシネの言葉は火を吐くようだった。

ウマコが亡くなった後、一族の間で後継者争いが起きた。

エミシはウマコの子である。

マリセは兄のウマコのもがり屋を打ち壊して、イカルガのハツセ王の宮にこもった。ハツセ王は大王の弟である。

エミシはただちに大王に訴えた。

「マリセはわれらに背いてハツセ王の宮に隠れています。どうか、マリセをいただきたい」

大王は答えた。

「マリセは先王が良く可愛がられたもので、いましばらく身を寄せているだけでありましょう。叔父上の心に背く気はありませんが、どうかお咎めにならないでください。マリセもまた、あなたの叔父ではありませんか」

と言い、次にマリセを呼んで諭した。

「あなたが先王の恩を忘れずにここへ来たことは、多とすべきことです。しかし、私情としてはそうであっても、あなた一人のために天下が乱れることを恐れます。辛抱することも大切ではないでしょうか。今からでも遅くはありません。心を改め皆に従うのが良いのではありませんか」

結局、大王にも見放されてマリセはハツセ王の宮に閉じ籠ってしまったが、奇怪なことにハツセ王が急死してしまった。

その夜、エミシの軍勢に取り囲まれてマリセは死んだ。

この事件がヤマシロ大王の基盤を揺るがす元となったと、ツキシネは思っているのである。

「エミシ親子を除くのだ。それには、そなたたち石川の力がいる。

大王がご存知ないうちに事が成就すれば最善であるが、これが成就すれば石川は大臣であるぞ。片岡もウズマサもわが味方ぞ。

至急、返事を聞きたい。事は急を要する」

「は」

とんでもないことになってしまった。

兄が自分で参内しなかったわけだ。

顔面蒼白となって馬を飛ばして帰って来たのである。

兄が何を考えているか、若いヒムカには遂につかめなかった。

「叔父様、何を考えていますの。先程からアカエ叔父様がお待ちかねですわよ」

石川麻呂の四人娘の長姉、ヒムカとあまり年の違わぬミヤツコ媛であった。

その透きとおるような瞳はヒムカには眩しかった。

この頃、エミシは病を理由に登朝しなくなっていた。

六月に入って小徳コゼノトコタとハジノサバが参内していわく、

「世は挙げて、エミシ大臣を大王にせよとの声で充満しております。

先頃、大伴ウマカイが百合の花を大臣に奉りました。その茎の長さは八尺、その本の方は別なのに先の方は一つになっていたと申します。

また剣池の蓮の中に、一本の茎に二つの花房をつけたのがみつかりました。これらの吉識《きつしん》の兆《しるし》はみな、エミシ大臣が大王になる前兆だと申しております。

このことは国中のすべての巫女たちが、神のお告げの言葉を述べたことによっても明らかでありま
す」

遂にエミシはあからさまな攻撃をしかけてきた。

ヤマシロ大王よりツキシネ大后の方が先に口を開いた。

「無礼であろう、トコタ、サバ。何をもって、われらをそのように愚弄するか。誰か、その二人を斬れ！」

ツキシネ大后。前大王ウマヤドとカシワデの娘ハハキミとの長女として生まれ、幼い時から誇り高き女王であった。

ヤマシロが間に入った。

「二人とも、今の言葉は許しがたい。が、今は戻ってエミシに伝えよ。ただちに登朝して事態の釈明をせよと」

その日、チクシから早馬が入った。高句麗が使いを送ってきた、と。

表向き、ポジャン王冊命の報告であったが、実はヨンゲソムンの密命を帯びて百済と同一行動をとるための入国であった。

続いて、百済大使ジャサ以下、屈強の兵士数十名がヤマトに入ってきた。

ジャサはただちにモジョンと面会した。

「ソンチュン殿は唐と三国の情勢を見て、先にヨギ王子をこちらに配されましたが、ヤマトの動きが微妙であると判断されて、改めてチクシにプンジャン王子を送り込まれました。

ソンチュン殿は、情勢次第によってはヤマト百済王家が滅びるかも知れないと考えております。万一、百済王家が敗れることがあれば、チクシに拠点を構えよとのことであります。

しかしながら、あくまでも現王権を支えて行動せよと。

それが百済にとって有利であると。

すでに到着しております高句麗の使者たちとわれら五十名の者たちは、あなたの指図に従うように
と言われております」

「しばらく」

ジャサの言葉を制してカルが発言した。

「ソンチュンがヤマトにヨギ王子を、チクシにプンジャン王子を配したのはまことにお見事。倭国に
対する影響力はこれで盤石でありましょう。

石橋を叩いて渡る、とはこのことであります。

されど、この争い、どちらが制するか、何とも言えませぬ。

大王側について、もし敗れるようなことがあれば、本当にチクシに引き上げなくてはなりません。

今更そうはしたくない。

ここはどちらにも加担せず、動かぬ方が得策ではあるまいか」

「……」

「控えよ、カル。そのことは私に任せてほしい。

まだ、戦いになると決まったわけではない。

カルの言うように、双方へ睨みをきかせることも大事ではある」

そう言って、モジョンは傍らのヨギを見た。

ヨギは何も言わなかった。

ツキシネはついにヤマシロを動かした。

エミシは未だ登朝して来ない。

大王周辺はにわかに動きが激しくなった。使者が四方に飛び、エミシ側の動きが逐一、報告されてきた。

アスカ甘橿岡《あまかしのおか》にあるエミシ・イルカの別邸が、あわただしく要塞化されつつあった。

――エミシの家を上の宮門《みかど》と呼び、イルカの家を谷の宮門といい、男の子たちを王子と呼ばせ、家の外に砦の柵を囲い、門のわきに武器庫を設け、家毎に用水桶を配置し、木の先にかぎをつけたもの数十を置き火災に備え、常に周囲を厳重に警戒させていた。

また、ウネビの邸宅には池を掘って堀となし、武器庫を建てて弓矢を蓄え、東国のエミシを数十名、兵士として配備し、アヤノアタイらが両家の警護にあたり常に五十名の兵士を率いて出入りしている――と。

「すでにエミシ、イルカの謀反は明らかであります。

これ以上待つことは、座して死を待つこととなりましょう」

三輪文屋が大王側の人々の前で報告していた。

「今、葛野一帯を支配しているウズマサのカワカツは前の大王の忠臣であります。いざという時には駆けつけて来る手筈を整えてあります。また、カワチの石川麻呂にはウネビをうかがわせます。アスカには、すでに新宮殿にヨギ殿を配してあります。片岡のモジョン王は勿論わが味方であります」

人々は緊張の面持ちで聞いていた。

「また、遠くイセのアマト族を支配しているオオアマトにも使者を派遣してあります。彼が動けば、熱田周辺の新羅の一族もうかつな動きは出来ないと存じます。

次に、われらのなすべきことでありますが」

と一息ついて、また話し始めた。

「まずは、再度エミシを呼び出してはいかがでしょうか。王宮にはエミシとイルカしか入れないようにします。二人だけならば、どのようにでも料理することができましょう。

王宮はウズマサの軍で固め、エミシ勢は一歩も中へ入れないようにいたします」

事態はすでにヤマシロ、エミシのどちらかが倒れない限り解決しない情勢に入っていた。


「ヨリコ、すまぬ。苦労をかけることになる」

あわただしい日々が過ぎ、タマコの葬儀が終わり、ようやくカマコに落ち着いた時間が戻ってきた。

ヨリコとともまだ、まともに話をしていなかった。

「姉の子は私の子でもあります。あなたのためだけではありません」

カマコはイルカの誘いに応じず、ヨリコとマヒトと三人で喪に服していた。

ヨリコは姉に劣らず美しかった。

このまま三人で静かな日々が過ぎて行くのも悪くはないと思った。ヨリコはマヒトを自分の子と思って育てている。

子というものが、こんなにも可愛いものであったか。

この子には、私のように父も母も不明な孤独な子にはしたくない。アソカの言っていたことがわかるような気がする。

所詮、人の一生とは短いもの。動けば、それだけ罪を犯すことにもなる。

いつの間にか暑い夏が過ぎ、もみじが川を埋めて流れていた。

風が冷たい。

改めて、あの書を繙《ひもど》いてみる。

いつも持ち歩いていたため大分傷んでおり、ただでさえ字が滲んでいるところがあり非常に読みづらい。また、本文全体が詩文の形式を踏んでおり判読不明の処も多い。

……天地初めて発けし時高天原に成りし神の名は……

老人が生まれたというヒムカの国の物語であろうか。

あの老人は何者だったのだろう。

何故、私を待っていたのだろう。

アソカは、私に付き添っていた若者がいたと言っていた。その若者があの老人なのだろうか。

われは何処より来たりて――

私の出生については誰もが口をつぐんでいる。何故なのだろう。

アソカは私を伽耶の王の子ではないかと決めつけているが、何の根拠もない。

第一、伽耶といっても一つや二つではない。いくつもの小伽耶が集まって伽耶と総称しているにすぎない。

ミケコも私を丁重に扱っているが、決して出生について語ろうとしない。

私をいつも見ていた者がいるのだ。

見守っていたのか。監視していたのか。

まだ、このあたりで私を見ているのだろうか。

あるいは、人でなければ神か。

だとしたら、神は私に休むなと言っているのだろうか。

私に何処へ行けと。


大王ヤマシロより使いが甘檮岡に入った。

「余は争いは好まぬ。無用の争いを避ける為には大王位を譲ってもよいと思っている」

としてエミシの登朝を要請してきた。

エミシは遂に待っていたものが来たと思った。

その前日、一族と一党の者が集まった。

「お待ちください」

法興寺の清安が発言した。

清安が倭国に来て驚いたのは、およそ国という態をなしていないことであった。

いくつかの小さな国が分立していた。

チクシといい、ヤマトといい、小さなものであった。

唐と比較すると、村みたいなものである。たとえて言えば、それぞれの村落が百済であり、新羅であり、そしてここヤマトであった。

なかで一番影響力があるのは百済村落である。今は小さくても、倭国を統一しそうなのはこの村落であった。

清安の使命は倭国をいつまでも小国分立のままにし、朝鮮三国への影響を無にすることだった。それが唐のためになるのである。それが難しければイルカに賭けるしかあるまい。

今、彼は使命を果たす時であった。

「過ぐる年、ヨンゲソムンが催事を挙行すると偽って、ヨンリュン王を弑逆したことはわれらの記憶に新しい。イカルガがその策を使わないという保証はありませぬ」

エミシは答えた。

「勿論、承知している。明日は、われらの軍勢をもってイカルガを包囲する。ヨンリュン王の轍は踏まぬ。即座に譲位の儀を執り行ない、ヤマシロ一族は遠国に流すつもりである」

「問題は、石川麻呂の動きとモジョン王です」

とトコタが言う。

「われらがイカルガに向えば、アスカはガラ空きです。石川麻呂とアスカ宮にいるヨギが手を組めば、われらにはなす術がありません」

エミシが言った。

「そのことについては心配するにおよばぬ。石川麻呂には、事の成就の暁には大臣を約束してある。石川は動かない。

カル、ヨギには日頃から親しく接している。むしろモジョン王、ヨギ一族はどちらの形勢が有利か、計りかねているのが本当のところであろう。

それより、新羅の使者にお尋ねしたい。

熱田、イセの動向はいかがか」

「ご心配にはおよびませぬ。明日は、わが同胞の者たちがアスカをお守りすることになりましょう」

イルカは終始、無言であった。


「父は甘い」

館に戻ったイルカはトコタに言った。

「すべては不確かなものばかりではないか。ヤマシロを甘くみてはならぬ。よしんばヤマシロがそうであっても、ツキシネがいる。ツキシネの人となりについては、すでにわかっている筈ではないか」

その時である。ヒムカの使いと名乗る男が、火急の知らせがあるといって密かにイルカを訪れた。

「明日はウズマサが動きます。心して参られよ」

「ヒムカが何故ここへ。うかつに信用は出来ませぬぞ」

トコタが言った。

「ヒムカは有利な方へ付こうとしているにすぎない。手駒を全部並べて、どちらがどう出るか、を見ている。

おそらく、嘘ではあるまい。後ろで糸を引いているのは石川麻呂に相違ない。

喰えない老人だ。

……だが、ウズマサが動けば事は面倒になる」

「明日の参内を中止したらいかがでしょう」

「それこそ、思う壺であろう。その時こそ逆賊として諸国に朝命が回り、われらは窮地におちいる」

石川が動くのはその時だ。モジョン王も動く。彼らはじっと様子を見ていて、勝ち馬に雪崩をうって乗ってくる。

いや、ひょっとすると、百済のウイジャ王が自ら大軍を率いて出向いて来るかも知れぬ。彼は新羅の大耶州を取り、向かうところ敵無しである。

……右にゆくも、左にゆくも、動きがとれぬ。

重苦しい時間が経過した。

ヨンゲソムンは何故、事を成就し得たのか。それは事が意表をつき、動く時は疾風迅雷であったからだ。

「トコタ。ただちに兵を集めよ。

サバとともに夜明け前にイカルガを攻めるのだ。

カワカツがイカルガに到着する前に攻め落とせ。

モジョン王、ヨギを動けぬようにせよ。父には私がこれから会いに行く」

エミシはイルカにこう言ったという。

「愚か者よ。天子の御位を継ぐということは、そのように単純なものではない。これで、われらは逆賊の汚名を被ることになろう」

エミシはおのれの出番が終わったことを覚った。

払暁、イカルガ宮はトコタ、サバの軍勢に取り囲まれた。三方から火の手があがりイカルガ宮は炎上した。

不意を突かれたイカルガ側は少数ながら良く奮戦し、アスカ側の将サバが戦死した。

戦いはアスカ側の圧倒的な勝利に終わり、焼け跡からは多数の骨が発見されて大王家の人々は皆焼死したと思われ、トコタは兵をアスカへ引きあげた。

しかし、まもなくその骨は馬の骨とわかり、再びイカルガ周辺に大捜査網が敷かれた。

エミシ、イルカ討伐に回る筈だった石川麻呂、モジョン王ヨギ一族、カワカツ等は戦いの時機を失った形で何の動きも見せなかった。

しかし、これが四日、五日と過ぎてゆくと、いつ何処でヤマシロが現れイルカを糾弾するかと思うとイルカは焦った。その時こそ彼は四面楚歌になるだろうことは目に見えていた。

従弟のフルヒトはイルカに囁いた。

「鼠を穴からいぶり出すのです。いぶり出したら、必ず殺さなければなりません」

イカルガ宮が炎上しているのを知ると、ヨギはモジョンのもとに走った。

すでに百済本国のジャサ、高句麗の使者の兵士、百済王家の兵士が集結していた。

「イルカに先を越されました。直ちに兵を集めイカルガに行きます」

母タカラは、

「落ち着くのです」

と押し止どめた。

「今動かなければ、動く時がないではありませんか」

ヨギは声を荒らげた。

モジョンは病床にあったが、身を起こして言った。

「待て。すでに時を逸した。今は動く時ではない。

石川も動かぬ。カワカツも動かぬ。まず、大王の生死をたしかめよ」


ヤマシロ大王を見失って七日目。大王がイカルガ寺に入ったという知らせが甘樫岡に入った。今度はイルカは大軍をもって寺を囲んだ。

大王ヤマシロ以下ツキシネ大后、王子ともども首を吊って果てた。

ヤマシロは死に臨んで次のように言い遺したという。

「自分がもし軍を起こしてイルカを討てば、勝つことは間違いない。しかし、自分の一身上のことがもとでどうして万民に苦労をかけられようか。また、人民が私についたために戦いで自分の父母を亡くしたと後の世の人に言われたくない。戦いに勝ったからといって、丈夫と言えようか。己が身を捨てて国を固められたら、また丈夫と言えるのではないか。だから、わが身一つをイルカにくれてやろう」と。

おりから大空に五色の幡や絹笠が現れ、さまざまな舞楽とともに空に照り輝き、寺の上に垂れかかった。

仰ぎ見た多くの人々が嘆き、イルカに指し示した。すると、その幡や絹笠は黒い雲に変わった。それでイルカは見ることもできなかったという。

数日後。

モジョンのもとへイルカから正式の使者が立てられた。使者はフルヒトであった。

「タカラ女王を大后として迎え入れたい」

文面は礼をつくしているが実態は脅迫である。

片岡の百済王家の運命を左右する日であった。

一族の者が病床のモジョン王のもとに集まった。

イルカは、タカラを大后とすることによって百済を後ろ楯にすることができる。併せて、モジョン以下、在地の百済勢力を傘下に収めることができる。

加えて、タカラの母は吉備の王女であった。戦わずして吉備一国が手に入る。吉備は経済力では倭国最大の国といってよく、ヤマトとしては常に気を遣わなければならない国である。

そうなれば、ヨギは真綿で首を絞められるような状態におちいる。

もし断れば一気にモジョン王家を揉み潰して、ソガの力を堅固なものとする。今のソガの勢いからすれば、それは可能なことであった。それはまた、新羅や大唐が望んでいることでもあった。そうなった後はチクシに拠点を移すしかない。

イルカにとっては、どちらでもよかった。イルカ個人は、どうしてもタカラを手に入れたかったのである。

どちらに転んでも、すでにヨギの目的は半ば挫折していた。

ヨギが見上げると、そこには母タカラの目があった。何かを決意している目であった。

涙はなかった。

「ヤマトをわが祖国と思い定めよ」

モジョンはカル、タカラ、ヨギ、ハシヒトらを呼んでそう言い遺し、翌日、枯れ木が朽ち果てるように亡くなった。

イルカ

明けて甲辰《こうしん》の正月、ソガイルカ、大王即位。

タカラを立てて大后とした。同時に、イルカの従弟フルヒトを皇太子に立てた。

フルヒトはタムラ王の子である。タムラはモジョンの異母弟にあたる。ウマコの娘を娶りフルヒトをもうけた。フルヒトは百済王家とソガ大王家の血筋を引いている唯一の王子となる。

ヨギはフルヒト大兄《おおえ》とイルカの子らとの間に入ったため、以後、中ノ大兄《なかのおおえ》とも呼ばれる。

ヨギにとって義理の兄となったフルヒトははるかに年長であり、このことがまた一つヨギを身動きの出来ぬものとした。すでにフルヒトの娘、ヤマト媛との縁談が進められていた。

ヨギの怏々として楽しまぬ日々が始まる。

妹ハシヒトの存在がせめてもの救いであった。ハシヒトは身体が弱かった。

ヨギもそれ程、丈夫な身体であったわけではない。

母は武王の妃とはいえ、いわば異国から嫁いだ形であった。二人を溺愛した。

二人の子はいつも母の衣の中にいた。

少し大きくなって、母には昔、百済に嫁ぐ前、愛人がいて子を生んだことがあるのだと誰かが密やかに話していたのを、聞いてしまったことがある。

そんな母が異国にいて二人を産んだ。

そんな母をヨギは愛しいと思い、妹をかけがえのないものと思ってきた。

ハシヒトも兄を頼りきっていた。


カマコのもとに大王イルカの使者が訪れた。使者はトコタであった。

中臣の屋敷は当主ミケコを始め大騒ぎになった。

トコタはカマコに向かい合って言った。

「大王陛下のお言葉をお伝えいたします」

イルカは中臣カマコに神祇伯就任を要請したのである。

イルカは大臣を当分置かないつもりであった。ヨンゲソムンにならったのである。したがって、神祇伯とは事実上の大臣になる。

たしかに、これはかなり思い切った決断であった。

ミケコもカネもかたずを飲んでいた。

しかしカマコは、そのような立場にも任でもないことを理由に固辞した。

「病であるうえに、今はただ妻の喪に服したいと思います」と。

イルカはその後も再三、使者をよこしたが、カマコは摂津三島の自宅に引き籠ったままであった。

何故あのとき、旻《みん》法師の講義のおり自ら挨拶したのか。顔が合った時には、すでに頭が下がっていた。あのとき以来、あの男カマコのことが頭から離れなかったのである。それに、あの男はわが同胞であるという噂もある。

イルカは、何かが手からすべり落ちるのを感じた。


百済王家を継ぐべきタカラとヨギが大王家に入ることになったため、必然的にカルが百済王としての位置を占める立場となった。

カルはあまり権力欲というものがなかった。

何処か世の動きに距離を置いていた。かといって全然、興味が無いわけでもなかったが。

前武王妃タカラはカルの義姉になる。

「姉上、私には無理です。どなたか、ほかの人を」

「いや、そなたでなくてはかなわぬ。この先もし百済王家がチクシへ移ることにでもなれば、われら親子はどうすれば良い？

われらを助けると思って王家を守っておくれ」

結局、ほかに人がいなかった。

おのれの意志ではかなわぬことが起きようとしていた。

世の騒動は一応の決着を見た。

しばらく、母の郷《さと》である軽部《かるべ》に引き籠ろうと思った。

郷の梅はもう散ってしまったであろうか。屋敷には、かなりの梅の木があるはずだ。間に合ったら、花の下で旨い酒が飲みたい。

その前にゲンリに会ってみよう。今頃はイルカに招かれているかも知れぬが。

案に相違して、ゲンリはイカルガに滞在していた。

「いや、私は老骨の身。聞かれれば出来る範囲でお答えいたしますが、宮仕えはかえって足手まといでありましょうと、お断り申し上げました」

「そうでしたか」

「倭国ではこんな争いは昔から当たり前のことなのでしょうが、唐では、このような場合は大義名分を欠くと言います」

「大義名分？」

「そうです。大義名分を欠けば、次に自らが倒されても文句が言えないことになります。

仮に倒した方に名分がなくても、大義名分を欠いた者を倒したのですから、理があることになるのです」

「何があってもおかしくない——と」

「そういうことになります」

ゲンリは話題を変えた。

「カマコ殿も宮仕えをお断りになったとか」

「そのようですね。私も当分、軽部に引っ込もうと思っています。そういえば、カマコのいる三島は舟を使えばさほどでもないようです。二人で酒でも酌み交わしているのも悪くはありませんな」

「さみしくなりますね。私も一度、イセへ行ってみようと思っています。もう、知っている人もいないのですが、子供の頃の思い出の場所です。

オオアマトにも会うことになりましょう。カマコ殿にも言われておりましてね」

カルが軽部に入ると、まもなくカマコが訪ねて来た。

「やあ、川風はまだ冷えるでしょう。先程、鱸《すずき》を釣り上げました。私が自分で捌きますから、少し待っていてください。私の腕もちょっとしたものですよ。肴にしましょう」

酒席になった。

「その後、お子はいかがですか。大変でしたね」

「その節は、いろいろ有難うございました。お陰様で元気に育っています。あなたのお子もお健やかでしょうか」

長子アリマのことを尋ねた。母は豪族アベクラハシマロの娘である。オタラシ媛という。アリマはたしか、二つか三つ上のはずであった。

「今はまだ母の元におりますが、子はやはり可愛いものですね。母親似で救われていますよ」

「それはご謙遜です」

「そういえば、チクシにいるプンジャンはどうしているでしょうか。何か話が入っていますか」

「チクシを存外気に入っているようです。何しろチクシの王女を娶ったそうで、楽しくてしようがないといったところでしょうか」

「それは良かった。いや、国へ帰りたいと泣き出しているのではないかと。は、は、冗談です。ところで、あなたは何故イルカの誘いを断ったのですか。折角の機会ではあったのではありませんか」

「私みたいな一介の浪人には荷が重すぎます」

「そんなことはないでしょう。あなたの知識、学問は当代一流のものです。私はあなたを旻法師の講話の席で見かけた時にも、これ程の人物はいないと。イルカも同じだったに相違ありませんな。挨拶をしたのはイルカの方からですよ」

「あれは、ただの偶然です。私ごとき者は掃いて捨てる程います」

「私の前で隠さなくても良い。あなたはイルカに仕える気がないと——そうではありませんか」

「……」

「大望をお持ちのようだ」

「大望？　それは買い被りというものです。第一、私は自分が何をすべきなのか、いまだによくわからないのです」

「先のことは誰にもわからない。そういうものです。どうです、たとえば私と組んでイルカを倒してみますか」

「ご冗談を」

「たとえば、の話ですよ。少し酔いが回りました。ゲンリ殿は、何が起きてもおかしくない時代になったと。いや、これは私が言ったのでした」

「イルカの今回の仕方は名分がないと」

「いや、それそれ、ゲンリが言ったのはそれです。大義名分がないと。さすがはカマコだ、同じことを考えている」

「だからイルカを倒しても、われに理ありと」

「そうです」

「しかし、イルカの室にはあなたの一族が入ったのではありませんか」

「そのことです。姉は乞われて、自分で決めたのですからまだしものこと、ヨギは可哀相です。あれでは、何のためにヤマトに来たのか」

「……」

カマコの目がキラと光ったようだった。

「いや、実のところヨギは武王が亡くなった時、ウイジャと王位を争うのを未然に防ぐ為、佐平ソンチュンの策略でヤマトへ放逐されたものなのですよ。

私がそうだったのですから。ソンチュンはそれを真似したのです。

彼は中々の者です。転んでも、ただでは起きません。ヨギに夢を見せました」

「夢を？」

「そうです、夢です。夢がかなえば、ソンチュンにとっても一石二鳥でしょう。だが、イルカはヨギを飼い殺しにするつもりです」

「あなたのたとえ話は、ヨギが動かなければ成立しない話ですね」

「そうなりますか。でないと、それこそ名分が立ちませんな」

「面白い。一度、ヨギ王子に会ってみたいものです」

「ま、折角のソンチュンの策も、ただ今のところ思うようにいっていないようです。

どうです、この際ソンチュンに会ってきてはどうですか。私の便りをウイジャ王とソンチュンに届けてくれると有難い」

カルの話を承知すれば方向が決まってしまうと、カマコは思った。

遅い鶯が鳴いていた。


アソカは、王女ヒミカの遠駆けの供を言いつかって峠道を駆《はし》らせていた。

まだ春とはいえ、少し身体を動かすと汗ばむ南国の陽気である。繁茂してきた小枝や雑草がうるさい。

ヒミカの手綱さばきは堂にいったものである。軽々と先を駆った。

アソカは苦笑いをして汗を拭うと後を追った。

「アソカ、何をしている。早く。

着いたぞ」

「やあ、媛にはかないませぬ。鮮やかなものです」

そう言いながらヒミカの駒に並んだ。

素晴しい風景だった。山なみの彼方に火の山が噴煙を上げていた。

空はあくまで青かった。

ぼんやりと紫色に霞んだ裾野には、大きな川が光を反射させて蛇行していた。

二人とも無言のまま眺めていた。

「まことに、あの火の山は媛のようですな。傍に近づくと大火傷をする」

「そなた、火傷をしているのか」

「やあ、これは、は、は。媛は何故、プンジャン王子との縁組みをお妹様にゆずられたのです。中々いい青年ではありませんか」

「私はそんな気になれぬ」

「わがままでしょう。早く父王にお願いして百済でも……百済には、まだまだ王子がおられますぞ。新羅でも、それがご不満なら唐の王室でも……とにかく、ご縁談をすすめられた方が良い。ぐずぐずしていると貰い手がなくなりますぞ」

「アソカ！」

ヒミカの鞭が飛んだ。

「うっ」

したたかに打たれた。

「そんなことは自分の身を固めてからお言い。

私はこの火の国が好きだ。何処へも行かぬ。

あの川まで駆《はし》るぞ」

今度は自分の馬に鞭を当てて坂を下っていった。

「じゃじゃ馬め」

ふたつの駒は火の国の風景に吸い込まれていった。


帰ると、カマコが来ているという。

「俺の妹を二人もさらって行った男が何の用だ。今度は何をさらいに来た」

「百済のソンチュンに会いに行く」

「ほう、イルカの誘いを断った話はこちらにも聞こえているぞ。何を企んでいる」

「イルカを倒そうと思う」

「随分と簡単に言うことだ。俺がイルカに告げ口したらどうなる」

「それはそちらの自由だ」

「ふん、お前らしい物言いだ。

よし、それでは俺の可愛い部下を一人付けてやる。タクツという男だ。

お前の身体ぐらい守れるだろう。言葉も達者だ。但し、貸してやるだけだ。さらって行かずに返してほしい」

「有難い」

「しかし、驚いたな。この前のあの美しい女性がイルカの大后になったとは。運命とはわからんものだ」

「こちらの百済王子はどうしている」

「うーむ、ヤマトへ行ったのより劣るかも知れん。ま、何事もなければどうということもない。そんなところか」


カマコはタクツを供にして百済に渡った。

タクツは素直な、そして逞しい若者だった。

「言葉が達者と聞いたが」

「はい、私は百済に来るのは初めてですが、母が百済人です。

父は何度も百済を行き来していました」

舟は半島西岸をへずりながら白江口《ペツガングぐち》に到着した。

「ここから白江に入ります」

船頭が言った。

「ここが白江ですか。父からよく聞かされていました。倭国では白村江《はくすきのえ》といい、サビの都への入口であると」

タクツは感慨深げにまわりをみまわした。

河口は巨大だった。ゆっくりと風景が動いていく。

振り返ると、満々たる黄海が遠く唐国まで連なっている。

白江を遡る。

萌えるような翠《みどり》に覆われた岸の彼方に、河口を守るように城が見え隠れしている。

「あれは」

「周留《チュユ》城といいます」

と船頭が答えた。

途中、錦江《クムガン》と名を変えてさらに遡ると、その中流に百済の首都泗沘《サビ》扶蘇《プソ》山城が見えてきた。

「あれがそうか」

白江あるいは錦江の名にふさわしく両岸が輝くばかりの白砂で敷きつめられ、そこに迫り出した岸壁の上に城は聳えていた。

朱塗りの建物の群れが翠の山の中で陽光を浴びて浮かびあがっていた。

「何という美しさだ。この世のものとも思えぬ」

「まことに、母はこのような美しい都に住んでいたのですね」

舟は巨大な岸壁をへめぐって城内へ入った。


「何、ヤマトのカルからの使いの者が来ておると。カル？　そうか、セサンのことであったな。通せ」

ソンチュンはカマコと対面した。

カマコとは何者なのか。

ヤマシロ王がイルカに倒され、タカラが大后になったことはすでに報告を受けていた。

ヤマシロが倒れたことは誤算であった。

当面、打つ手が無かった。しばらく静観するしかないかと思っていたところであった。

この男はイルカ政権の者ではない。

ただのカルの使いにすぎない。

しかし、人品骨柄、尋常ではない。そのことはカルの書状にもそれとなく触れられていたが。

ともあれ、機会が向こうから訪れたようだ。

カマコはソンチュンを観た。

細い目から差すような光を放っている。

なるほど、カルとは対照的な風貌である。鶴のような身体であるが、鋼のような強靭さを持っている。

ヨギを放逐し、プンジャンをチクシに配したのはこの男なのだ。

百済が倭国を制しようとしている。

やがて、カマコはウイジャ王に謁見した。

ウイジャの叔父カルの書状を携えていた。

ソンチュンが述べた。

「唐の相里《そうり》玄奘《げんしょう》が高句麗を回って、ただ今わが国に滞在しております。わが国と高句麗が新羅国境を侵しているとの警告です。

わが国は今はこの警告を受け入れるつもりですが、高句麗はこれを無視しました。玄奘は、この警告が高句麗に拒絶されることを承知の上で来たのです。

まもなく、唐は高句麗を攻めます。

そして遠からず、われらも国家の存亡を賭けて唐と戦うことになるでしょう。唐の冊封を受けていないあなたの国もまた、唐の野望から逃れることは出来ません。

しかし、カル殿の書状を拝見いたしました。ご事情はよく承知しております。

わが国も、このまま手をこまねいていれば、あなたの国は唐の属国になることは明らかであります。

要するに、あなたの国の動向には重大な関心をもっています」

手が足りなければいつでも直接介入の用意がありますよと言っているのである。

「心強いお言葉、安心いたしました。しかし、カル殿もヨギ殿も類《たぐい》まれなるご器量の持主、しばらくはご見物なされてはいかがでしょうか」

カマコは涼しげに答えた。

カルとの間には微妙な差があった。

ソンチュンはしかし、カマコの皮肉を無視してさらに言葉を続けた。

「わが国とお国は一蓮托生の間柄です。

われらは座して死を待とうとは思いません。唐と高句麗が戦う間隙をぬって唐に進出することも考えています。そのためにも、あなた方が一日も早く政権を奪って新羅を牽制してほしいのです。私たちには、あまり選択の余地は残されていないのではありませんか」

ソンチュンとカマコは王の前を辞した。

その時、入れ違いに、でっぷりと太った五十がらみの男が入ってきた。

ソンチュンとカマコは深々と礼をした。

男は尊大に構えて、わずかに首を動かしただけだった。

ソンチュンが言った。

「あの男が相里玄奬です。われらがやがて戦う相手です」

ソンチュンとカマコの問に極秘に密約が成立した。

相里玄奬がまだ百済に滞在している間のことだった。

帰途、カマコはタクツに言った。

「世話になった。礼を言う。アソカには会わずにヤマトへ行く。よろしく伝えてほしい。

倭国は大唐の大波をかぶるぞ、心せよとな」

そして礼の印にと、佩《は》いていた剣をタクツに渡した。


相里玄奬は何の成果もあげ得ずに帰国した。

李世民の高句麗に対する外交交渉は失敗に終わった。というより、彼は高句麗への出兵の大義名分を得たということになる。

さらに決定的な出兵の決意を固めさせたのが、倭国に滞在している唐僧清安の書状である。

「倭の新政権は親新羅政権であり、百済勢力は巧妙に新政権にからめとられています」

李世民は二十年前の隋の煬帝《ようだい》の対高句麗戦における敗因の分析とその対策を、李勣《りせき》、長亮《ちょうりょう》に指示した。

彼らは次のような報告をまとめてきた。

——曰く、隋は数字上の総兵力は四百万に達していたが、戦闘可能な者は数十万に満たず著しく機動力に欠けていた。今回は精鋭を選び機動力を高めるべきである。

曰く、直接、平壌に侵入したために糧食運搬の道を絶たれ後援が続かなかった。したがって、ただちに平壌に侵入せず、まず遼東の各地を征服すべきではないか。

曰く、数百万人分の兵糧米を積載した船が高句麗水軍に全部沈められてしまった。これに対しては、兵士に騎馬、牛、羊を分配し、兵糧を牛に運ばせ、あとでその牛、羊などの肉を食べるようにしたらどうか。

曰く、隋は単独で高句麗と戦った。われらは新羅のキムチュンチュの要請を好機として、新羅、ヤマトと結び高句麗の後方を攪乱し、百済を牽制させる——と。

この報告書に対して李靖、長孫無忌《ちょうそんむき》、房玄齢《ぼうげんれい》など、長老と言われている人々は消極的であった。褚遂良《ちょすいりょう》にいたっては、分析の名にも値しないとこきおろした。

これは戦わんが為の報告書であって、分析とはそもそも戦い自体の価値を評価しなければならないのに、それが決定的に欠けていると。

李世民は面白くなかった。

皇太子の謀反が発覚し、後継者争いに悩まされ遂に皇太子を廃嫡にし、対抗馬である弟王子の魏王を皇太子にすることも断念したばかりであった。

このような時に、という思いが長老たちの気持ちにはあるのはわかっているつもりではあったが、しかし西域方面を押さえた今、ひとり北東の大国高句麗を放置しておくのは蕃漢《ばんかん》全ての天子として示しがつかない。

金春秋《キムチュンチュ》の顔が浮かんだ。

春秋、待っていよ。

李世民は自ら高句麗追討軍を指揮する決意を固めた。

十一月。李世民手ずから詔書を書き、その名分を天下に明らかにした。

――高句麗の蓋蘇文《ゲソムン》が主を弑逆し民を虐げている。人情として、どうして黙っておられようか。

今、幽州、薊州《けいしゅう》を巡幸し、遼《りょう》・碣《かつ》（高句麗の領土）にその罪を問おうと思う。

むかし隋の煬帝の臣下は残虐・横暴であったが、高句麗王はその民に仁愛をほどこした。反乱を起こそうとする軍隊が平和で安んじている人々を攻撃したので、成功しなかった。

今回の軍略は必勝の道理が五つあるといえる。

その一は、わが唐の大軍をもって高句麗の小軍を討つことである。

その二は、順正な唐が悪逆な高句麗を討つことである。

その三は、平安な唐が高句麗の混乱に乗じていることである。

その四は、鋭気を養っている唐軍が、疲れはてた高句麗兵にあたることである。

その五は、悦び勇んでいる唐軍が、怨恨をもつ高句麗にあたることである。

どうして、勝てないと憂うる必要があろうか。

このことを全国民に布告するので、疑いや恐れをいだいてはならない――と。

新羅女王はキムユシンを大将軍に任命した。

「大唐はすでに江南の諸州に四百艘の船を作らせ、河北の諸州より兵糧を差し出させ、高句麗との戦争準備にとりかかっているとの知らせが入った。

今また皇帝の詔書が届いた。わが国も大唐と呼応して戦いの態勢を作らねばならぬ。この機を利用して百済に打撃を与えよ」

次にキムチュンチュに、

「ヤマト、チクシの二国を百済から引き離すことを画策せよ」

と命じた。

「そなたたちの命を私に預けてはくれぬか」

その夜、キムユシンは最も信頼している部下の一人であるチョミゴンと、巫女《みこ》のクムファを密かに呼んでこう言った。

「百済に上佐平ソンチュンがいるかぎり、わが新羅は安泰ではない。彼を取り除きたい。同じ佐平にイムジャという者がいる。この男は元来性卑しく、わが身の栄達のみを考えているとの風評がある。この男を取り込んで欲しい」

翌日。大勢の人々の面前でユシンはチョミゴンを激しく罵倒した。戦いを前にして神聖なる巫女を犯すとは何たることか、と。祖国に対する裏切り者と罵り、斬って捨てるとまで言い出した。

チョミゴンを知る人々は意外な事態の成行きに、あわてて命乞いをした。

ユシンは、

「ならば、笞打ちの刑にせよ。二度と、わが前に姿を見せるな」

と言いおいて去った。

やがて、チョミゴンは全身はれあがった姿で城外に放り出された。

そこには旅支度をしたクムファが立っていた。

恐しい毒がソンチュンに、百済に流れ出した。そのことを彼らはまだ知らない。


カマコがはじめてヨギに会ったのはカルの引きによる。

「ソンチュンと私は不良少年でしてね」

とカルは話し始めた。

「街の悪ガキを集めては悪さをしていました。どういうわけか、性格がまるで違うのに馬が合っていたのです。彼はすばしっこく、私はご覧のようにいい加減で融通がきかなく王家の鼻つまみでした。それでまあ、こんなところと言ったらなんですが、追い払われているのですが。

彼が変わったのは、ウイジャの教育係になってからです。

ソンチュンの知謀と度胸の良さと国を思う心は本物です。彼が百済にあるかぎり百済は安泰です」

「妙に説得力がある人でした。負けそうです」

カルはニヤリと笑って言った。

「どの道、あなたが何を考えても彼はやって来ます。ヨギが動かなければ、チクシにいるプンジャンを差し向けてくるでしょう。

ヨギは追いつめられています。

あなたもですよ。

どうしました？　百済の言いなりに動いてたまるか、そんな顔をしていますよ」

「見破られていますね。しかし、どうせ引き返せないものならば……」

ソンチュンの策に乗っても良い。だがあなた方、百済の思うようにはしませんよ、という言葉をカマコは呑み込んで、

「どうでしょう、二人で大芝居を打ってみますか」

「大芝居ですか」

カルは空を見上げた。

蒼い空を白い雲が横切っていく。

「やってみますか。今、イルカに服することを潔しとしない部族が多くいます。石川麻呂しかり、ウズマサしかり、伊勢のオオアマトに至っては、あからさまに不穏な動きを示しています。

しかしながら、一部族ではイルカに対抗できる力はありません。もし、ここで彼ら部族をとりまとめ、中心になる王が現れれば、イルカを倒すことは不可能ではありません。

モジョン王亡きあと、百済王家の後継者であったはずのタカラ大后とヨギがその中心になることが、われらにとっては最も望ましいことです。

特にヨギが動かなければ、仮に成功してもイルカがやったことと同じことになります。先き行きの

展望が見えてこない。

だが、タカラもヨギも今や大王イルカの大后と大兄であり、彼らが今はたして何を考えているか。

これは大きな賭けになります。

ヨギが立ち上がっても大義名分が立つものかどうか、それも実のところ怪しいものですが。

それでも、会ってみますか」


まもなくヨギの館で蹴鞠《けまり》の会が催され、カルはカマコをいざなった。

「そなたがカマコか。話は叔父上から聞いています。今日は楽しく遊んでください」

ヨギは妙に明るかった。

だがカマコは、ヨギが欝々として逼塞している状態であるのをすぐに見てとった。

そして、目の奥に小さな赤い炎が点っていることも。

感性が理性に優っているに違いないこの若者の小さな火を、どう大きく燃え上がらせるか。

それから幾度となく、二人は接触を続けていたのである。

その日の帰り路、カルが目配せをして囁いた。

「イルカの手の者につけられているようです。先程の客の中にもいたようですよ。

イルカはあんな政権の獲り方をしたので警戒心が強い。最近では盗賊でさえも恐れて、路で落とし物すら拾わないといわれる程です。

どうです。つけている者を脅かして、とっちめてやりましょうか」

「ほうっておきましょう。しかし、ヨギに対してはどうなのでしょうか」

「大兄《おおえ》とすることで、母もろとも百済王家をからめとったと考えているはずです」

「そうすると、あなたの立場はどうなるのです。かなり微妙であると思われますが」

「ですから、私は軽部に引っ込んでいるのです。

どうやら、イルカにいつも見張られているようです。

動けない分だけ、あなたに働いてもらわないと。

イルカを殺すことは、さほど難しくないかも知れません。

問題はそのあとです。

ですから、気分ではなく確実にイルカを孤立させることです。

まず、ヨギに反旗を翻《ひるがえ》させる。

次に、ソガ王家を分裂させる。カワチ石川をイルカから離すことです。さらに出来得れば、伊勢のオオアマトを味方につけることです。オオアマトは、あなたを師と仰いでいるそうではありませんか。

これらのすべてが可能となって、はじめてイルカを倒す意味が出てくるのです。

でないと逆に彼らを敵に回すことになって、われらは敗れ去ることになりましょう」

カマコはカルを恐しい戦略家だと覚った。

「あなたが、これらすべてを遂行するのです。あなたなら出来ます」

とカルは言った。

大和川の舟着き場が近い。カルを迎える舟が待っているはずであった。

その時、一団の騎馬と兵士たちが二人を取り囲んだ。

「この夜更けに怪しい奴らだ。名を名乗れ！」

「これは無礼な。人に名を聞くからには、まず自ら名乗るのが礼儀というものであろう」

カマコが受けて立った。

「うむ、生意気な、面白い。小徳コセノトコタである。大王より、このあたりの警備を任されている」

「こちらにおられるのは百済王カル殿であるぞ。馬上から物申すとは無礼であろう。早々に馬を降りられよ」

カマコの間髪を入れない物言いに、トコタは馬を降りてしまった。

「これはご無礼いたした。先程、手先の者から、怪しい者が都から出ていったと報告が入ったものですから」

「トコタ殿、カマコです。中臣カマコです」

トコタはイルカの使者としてカマコに会っている。

「やあこれは、カマコ殿ではありませんか。重ね重ね失礼をいたした」

「われらはこれより軽部の郷《さと》に帰ります」

と二人は舟に乗り移った。

「大王には、よしなにお伝えください」

舟は岸を離れ大和川を滑っていく。

大きな半月が川面を照らし始めた。

「あの男、トコタといいましたか、あの男も味方につけましょう」

　カルは将棋の駒を指すように言った。


　その日はヒムカにとって生涯忘れられぬ日となった。

　それは中ノ大兄となったヨギが石川麻呂の長女ミヤツコ媛の婿として、ソガ石川家を訪れたことから始まった。

　石川麻呂が最近頻繁に中臣カマコなる人物に積極的にヨギを婿にしたい意向を伝えていたことは、ヒムカも承知していたことではあった。

　とにもかくにもイルカ政権が確立した今、このことがどのような影響をもたらすか、非常に微妙なものがあった。

　度重なるヤマシロの要請にも遂に動かなかった兄石川麻呂が何故、大唐、新羅の影が大きく覆ってきているこの時、中ノ大兄とはいえ、れっきとした百済王子を迎え入れようと、あえて火中の栗を拾おうとするのか。

　それに、ミヤツコ姫はヒムカが四人姉妹のなかで最も可愛がっている媛である。気がつくと、ミヤツコ媛のことが次第にヒムカの脳裏を占めてきていた。ヨギにミヤツコ媛を渡すことは、ソガ石川家の滅亡につながるような気がした。

　ヒムカは弟のアカエに計った。

　アカエは石川麻呂にはそれなりの考えがあってのことではないか、兄者はミヤツコ媛を好いているからそのためにいろいろと理屈をつけているのではないか、ここは自重してほしい、と諫めた。

ヒムカが煩悶している間にも、ヨギの床入りの刻が過ぎていった。

遂に深更にいたって、ヒムカはミヤツコ媛をさらって逃げた。

翌朝、事が判明し、石川麻呂は面目を失い、なす術を知らなかった。

この時、次女が父の顔を怪しんで、

「何を憂えていらっしゃるのですか」

とたずねた。

父は事情を話した。

「ご心配なさることはありませぬ。私を身代わりにすれば間に合うではありませんか」

少女は真心をつくしてヨギに仕え、少しもいとうところがなかった。

少女の名をオチノ娘《いらつめ》という。


数日後、ヒムカは捕らえられて石川麻呂の面前に据えられた。

「今はもう弟でもなければ、わが一族でもない。斬って捨てよ」

その時、カマコが進みでて、ヨギ中ノ大兄の意向としてヒムカの釈放を願いでた。

こうして、石川麻呂とヒムカは事無きを得たのである。

話が少しうますぎるのではないか。

後になってアカエはこう述懐している。

兄はうまうまとカマコの策謀に乗ってしまったような気がする。兄の耳元に、ミヤツコ媛をさらえと囁いた人間がいたにちがいない。そのことが延いてはソガ一族のためになると。

ともあれ、ヨギとソガ石川家との力関係がこれ以後、逆転することになる。

石川麻呂とヒムカはヨギに対して大きな借りをつくった。

翌年、オチノ娘は二人の女子を出産する。オオタ媛とウノ・サララ媛である。

秋。唐北方の兵糧が続々と栄州に輸送され始めた。また、東方の海中にある古大人城にも大量の兵糧が運び込まれていた。

新羅を逃れ泗沘《サビ》にたどりついたチョミゴンは、佐平イムジャの館へ入った。

新羅への恨みをはらすために閣下のお役に立ちたい、と。

イムジャは黙って話を聞いていた。

キムユシンが大勢の面前でチョミゴンを罵倒して放り出したことは、すでに新羅に潜入させてある間者から報告されていた。

しかし、イムジャは疑り深かった。チョミゴンをじっとみつめ、やがて言った。

「もう一度、ここで笞打ちの刑にしてもよいのだが」

チョミゴンもまたイムジャを見返し、ややあって口を開いた。

「お人払いを願います」

やがてチョミゴンは話し始めた。

「さすが、百済第一の佐平であります。恐れ入りました。実は、わが主人キムユシンから閣下に親書をお預かりしてまいりました」

といって襟を裂き、中から一通の書状を取り出した。それはまぎれもなくキムユシンの花押のある親書であった。

「百済と新羅はもともと同婿の国であります。しかしながら今は互いに仇敵同士となり、このままでは必ずどちらかが滅びます。そうなると、われら二人のうち一人は今の富貴を失うわけですが、願わくば、われらは前もって約を結んで、新羅が滅んだらユシンが公に頼って百済で再び官職につき、百済が滅んだら公がユシンを頼って新羅で再び官職につくことにしたいものです。そうすれば両国中どちらが滅亡しようと、われら両人は従来通り富貴を保てるではありませんか。

国家は花と同じで、人の一生は蝶と同じです。もし、この花が散った後にあの花が咲けば、この花に遊んでいた蝶があの花へと移って行き、一年中が春であるように遊ぶものではないでしょうか。どうして、あえて花のために節操を守って、富貴を捨て身を屈することがありましょうか」

イムジャは再び何も言わず、ただ書状を凝視していた。

チョミゴンは、

「手土産を持って参りました」

と次室に控えさせていたクムファを引き合わせた。衣装をあらため化粧をほどこしたクムファは妖艶そのものであった。

イムジャは息をのんだ。

「ただし」

とチョミゴンは言った。

「この者は国王に捧げる巫女《みこ》でございます。未来の禍福や国家の運命の長短を予知する能力を持っている者であります」

今は全てを覚ったと思ったイムジャは、改めて家臣たちに引き合わせた。

「そなたを、わが客として迎えよう。わが百済に忠誠を尽くして新羅への恨みを晴らせ。クムファは時期が来るまで、わが手元におく」


李世民は洛陽宮で新年を迎えた。明けて貞観十九年である。

すでに昨年の暮、平壌征討軍総大将張亮は兵四万と戦艦五百艘を率いて海路を平壌にとり、遼東征討軍総大将李勣《りせき》は六万の兵を率いて遼東におもむいていた。

李世民自身は二十万の兵とともに洛陽に入っていた。

大軍が駐留している洛陽の街はごった返していた。昼も夜も何千という部隊が移動していた。兵糧を運び入れる人足たち。中継地点へそれらを運搬する輜重隊《しちょうたい》の列。

先遣軍平壌征討軍、遼東征討軍、首都長安との使者は引きも切らない。

洛陽宮では宰相房玄齢《ぼうげんれい》が長安からの使者を従え、李世民と会っていた。

「玄奘《げんじょう》がまもなく朱雀門に到着いたします」

「そうか、ついに来たか。玄齢、遺漏なく迎えよ」

昨秋のことである。

西域の都市国家于闐《うてん》の国王から親書が届いた。

玄奘という僧が天竺で修行を修め、経典、仏像多数を持参してわが国に滞在しております。わが国の人民は皆、僧を崇め奉っております。

この僧は貴国の人で、聞けば十七年前に国禁を犯し、天竺に渡ったとのことですが、どうか許してやってはもらえないでしょうか、という内容であり、玄奘自身の上表文が添えられていた。

「玄奘？　知らんな、そのような男は。

今は高句麗討伐の準備で忙しい。その方たちで適当に処理をいたせ」

李世民は群臣たちにそう伝えて立ち去ろうとした。

「そういうわけには参りません」

誰かと見ると褚遂良《ちょすいりょう》であった。

魏徴《ぎちょう》亡き後、諫議大夫《かんぎたゆう》の地位を継いでいる。諫議大夫とは皇帝に諫言する役職をいう。

今回の高句麗討伐にも反対意見を述べていた。

また、あの男か。

「よろしい、理由《わけ》を聞こう」

李世民は不機嫌な顔を向けた。

遂良は涼しい顔をして話し始めた。

「陛下のおっしゃる通り、いまわが国は高句麗討伐を行なおうとしております。この時に実に十七年振りに、国外脱出者が西域各国の尊敬を集めて帰還するという。まさに、高句麗討伐の成功を保証するものでありましょう」

李世民は不審な顔をして先をうながした。

「たしかに、わが唐は世界最大の国家であります。しかしながら、ひとたび大軍を北東に向けた場合、西域が絶対に安泰であるという保証はありません。

于闐《うてん》には至急迎えの使者を遣り、玄奘を国賓待遇でもてなすべきです。

聞けば、玄奘の持ち帰った経典などは馬二十頭分にも及ぶと。

いかに天竺、西域各国が玄奘を丁重にもてなしているかということを、如実に物語っております。

今陛下が玄奘に最大の礼を尽くせば于闐はもとより近隣諸国は、さすが大唐帝国は罪を犯した者であっても大功があればこれを厚く遇する情けも度量もある、と誉めそやすことでありましょう。

一兵も使わず西域を治めることが出来ます。

さらに出来得ることであれば、玄奘の人物を見たうえで西域方面経略の責任者に据えれば、さらに磐石であろうかと考えます。

これすなわち、高句麗討伐を行なうにあたって、後顧の憂いを断つ方策であります」

「うーむ。玄齢、そちはどう思うか」

宰相房玄齢は答える。

「遂良の申すとおりであろうと思われます。玄奘が帰還した際には街をあげて迎えるべきでしょう。人民をすべて動員するのが良いと思います。そして陛下が直々に玄奘を召して、昔日の罪を許し、歓待すべきです。遼東への出立はそれからになさいませ。陛下のご威光はただちに全世界に伝わることでしょう。わが大唐帝国は遂良の申すとおり益々盛んになることと存じます」

「あいわかった。ただちに迎えの使者を于闐に遣れ。あとのことは、そちと遂良に任せる」

李世民は後を引かなかった。


すでに洛陽城朱雀門付近は群衆でごった返し、警備兵が整理にやっきとなっていた。洛陽中のすべての寺院が旗を立て、楽を鳴り響かせた。その中を二十頭の馬に積み分けられた経典、仏像等と供の僧侶たちを従えて、正装した玄奘がしずしずと朱雀門をくぐった。

そこには宰相房玄齢以下、重臣たちが出迎えていた。

昨日までの血腥《なまぐさ》い動きは、今日は何処を探しても見当たらなかった。沿道には香が焚かれ、花が撒かれ、鑼《どら》の音が響き渡り、人々は合掌し始めた。

玄奘三蔵この時四十三歳。長騫《ちょうけん》、法顕《ほうけん》、宗雲《そううん》、恵生《えしょう》以来の地の果てからの帰還であった。

李世民は玄奘に惚れ込み、還俗して西域方面の長官になることを要請したが、玄奘は丁重に断り、経典の翻訳に全力を尽くしたい旨を伝えた。
二人は語り合うこと深更に及んだという。

何をなすべきなのか。
かつてオオアマトが問うていた。
われらは何処より来たりて、何処へ行こうとしているのかと。
すべてに確としたものがなく、ただ情念だけが渦巻いていた。
それが今は、イルカを倒すことだけが明確な目標となって目の前に現れ始めていた。
本当にこれで良いのか。これが私のなすべきことなのか。
気がつくと、カルに乗せられていた。とはいえ、それは私の情念のなせる責である。
もはや、引き返すことは出来ない。
神よ。
あの老人が神であるならば。
あなたは私を何処へ誘《いざな》おうとしているのか。
イルカを倒した後に何があるのか。わからなかった。
あとは、ひたすら走り続けるだけだ。
カマコは自らを叱咤した。
イルカを倒す？

カルは難しくはないと言ったが、どうしたら倒せる？

諸国からイルカ打倒の狼煙《のろし》をあげて王宮に迫るか。

どれだけの求心力がわれらにあるだろう。

百済王家の兵力はたかが知れている。オオアマトは使えるのか。

夜討ちは？

イルカがヤマシロを倒したのもそうであった。しかも、王宮に火をかけて。

成功すれば、イルカは自らが仕掛けた策によって滅ぼされることになる。これほど効果的な方法はあるまい。

ヨギ親子を引き離しておいて、イルカの寝所に火をかけて襲う。

これならば少人数でも何とかなる。

あるいは刺客を放つ？

失敗したら私の命はない。

毒殺――エミシ、イルカ、フルヒトを毒殺出来れば、政権はすんなりヨギ親子に移る。しかし、いつまでも暗殺者の汚名が二人に付いて回るだろう。

名分が必要であった。

天下に明らかにする名分が。

トコタのような男を味方に付けるためにも。そのような名分があろうはずもなかったが。

「今、イルカを倒すべき三つの理由があります」

カマコはヨギに囁いた。

「イルカは大王ですが、ご存じのように、これはヤマシロ大王を夜陰に乗じて襲い取ったもので、イルカには何の大義名分もありません。すでに大王たる資格を失っています。これが第一です。

また、イルカは新羅を通して大唐と手を結び、わが身の安泰を計ろうとしています。これすなわち、大唐に隷属することを意味します。大唐はやがてわが国を滅ぼすことは必定であります。これが第二の理由です。

第三の理由は、このままではあなたの母国である百済が三方から攻撃され、この地の百済王家もまたイルカの勢力の中に埋没していくことになりましょう。すなわち、あなた自身の立場が消滅することになります」

ヨギの目の奥に燃えている赤い炎とは、カマコが見たそれとは違い、自分でも説明のつかぬものだった。

母は、百済王家の人柱になったような形でイルカに嫁いだ。イルカは母に優しかった。ヨギに対しても充分に気を配っていることはよくわかっていた。母もまたヨギを深く愛していた。

しかし、ときおりイルカに見せる表情は決してヨギには見せたことはない表情だった。そんな時、ヨギは母に異常な嫉妬心を覚えた。母とイルカを殺して自分も死んでしまおうかと思った。いや、イルカを殺して母を取り戻したいとも。

ヨギは心とは裏腹な返事をした。

「今の私の立場ではイルカは私の父になります。そうはたやすく動けるものではありません」

「お立場はよくわかっているつもりですが、事態は差し迫っているのです。百済と高句麗が直接乗り込んで来るかも知れないのです。

また、他の部族に先をこされるかも知れません。たとえばイセのオオアマトは伊賀、甲賀の者たちをよく使い、イセから熊野、十津川《とつがわ》、吉野、多生峰《とうのみね》周辺で不穏な動きを見せています。

ここは、あなたが主導権を握るべきです」


夜更けてカマコを訪れた影があった。

「お久しゅうございます」

「ヲヨリではないか。オオアマトの王子《みこ》はご健在か」

「はい。実は王子から書状をお預かりして参りました」

オオアマトの書状には、一別以来のオオアマトの想いがつづられ、さらに覇権を握ったイル力王権がいかに正統性を欠くかということを、中国の歴史を引用しながらるる述べられ、今やいつでもイル力と一戦交えられる用意がある、ついては先生をわが陣営にお迎えいたしたく、ぜひともご一考くだされたいと結んであった。

偶然とは恐しい。

オオアマトと接触を図ろうと考えていた矢先に向こうから来た。

カマコは返書をしたためた。

オオアマトが大きく成長したことを喜び、しかしその行動には自重を求めた。

イルカ王権は今や内部崩壊の危機にあり、それを待って動いても遅くはないと。

そして、あなたとは前にお約束したとおり、やがてお会いする日が参ります、と付け加えた。

「委細はここにしたためておいたが、王子にはくれぐれも自重するように申し上げよ。今に王宮で何かが起きる。このことは書にはかけぬ。そなたから伝えよ。注意深く動くのだ。また連絡することがあろう」

ヲヨリが引きあげてまもなく三人の男が現れた。

「今のはオオアマトの手の者でありますな」

「何者だ」

「ご心配には及びませぬ。われらは、カマコ様をお守りすることを仰せつかっている者です」

「いらぬことだ。誰だ、その者は」

「今は申し上げることはできませぬ。ただ、われらの名はカツマロ、コマロ、アミタと憶えておいてください」

「その方たち、血が付いているぞ」

「先程ヲヨリ様を襲った者がおりましたが、その者を切って捨てました。その時のものでありましょう。ご心配なく。死体の処理はわれらが行ないます」

そう言い終わると三人は闇の中に消えた。

やはり私を見ていた者がいた。

あの老人が差し向けたものだろうか。

今宵は特に闇が深い。

老人の書の一節を思い出していた。

——春一月宮周辺の峰々、河辺に猿の呻く声を聞く。行きて見れば物すなわち見えずしてなお鳴き嘯《うそぶ》く声聞こゆ。是伊勢の大神の使なり——

高句麗のヨンゲソムンの親書を携えた急使が百済に入った。泗沘の都は桃の花が真盛りであった。花の香りが城内にまでただよっていた。

——李世民が遂に動きだしました。数十万の大軍をもってわが国を攻めようとして幽州（北京）に入った模様です。三十年前、隋の数百万の大軍は直接わが平壌を攻め大敗を喫しました。したがって、今回は遼東の城を一つずつ潰して来るものと思われます。わが生命線は安市城《アンシ》です。われらは安市城を死守します。恐らく、六月には安市城を攻めてくるものと思われます。この正念場に新羅が余計な動きが出来ぬよう、是が非でもヤマトを新羅から引き離していただきたい。そのためには、この使者と部下の者どもを、いかようにもお使いください。必ず役に立つはずです。安市城が冬まで持ちこたえられれば、勝利の展望が見えてきます。その時、私は李世民を生け捕りにするつもりです。その暁にはお国は江南の地を獲ってください。我ら二国で唐を分けあおうではありませんか——と。

ウイジャは言った。

「たかだか安市城一つがそれ程のものか」

ソンチュンは答えた。

「安市城は遼東随一の難攻不落の要塞であります。ここに備えてある兵糧は三年は持つといわれています。さらにこれを守る将軍は、高句麗では並ぶ者がないといわれているヤンマンチュンであります。ここが落ちれば、恐らく高句麗は壊滅します。冬将軍が来るまで持ちこたえられれば高句麗の勝利です。彼らが何がなんでも、唐軍を安市城へと誘導するはずです。したがって、唐軍が安市城を包囲すると思われる六月が最重要戦略時点になります。

この時、新羅が陽動作戦に出てゲソムンの動きを牽制することがあっては、作戦に齟齬《そご》をきたします。われらは、この時期をねらって新羅を攪乱すべきです。さらに、この機会にヤマトをわが同盟国とすべく全力をあげるべきです。

ここにおられる高句麗のご使者とわが国からも使者を送り、恐れながら、無理にでもヨギ王子を追い上げイルカを倒さなければなりません。

ゲソムンは李世民を生け捕った時、唐を二分しようと言っていますが、その日まで待つことはありません。六月、イルカを倒し、唐軍が安市城に取り付けば、その日こそ、わが百済の運命を決する日となります。直ちに長江に渡り呉越を占領します。そのための兵を白江口《ペッガン》に集結させるべきです」

イムジャが発言した。

「わが国はこの動乱の中でいかにうまく生きていくか、ということを考えるべきではないでしょうか。唐が安市城一つを仮に落とせなかったとしても、どうして壊滅することがあり得ましょうか。呉越をとるなどと考えぬ方が良いのではないでしょうか」

　ソンチュンは言う。

「中国は決して漢民族のものではありません。漢の高祖劉邦は江南の名も知らぬ一農夫であったことをお忘れでしょうか。李世民はもともと鮮卑《せんぴ》族の出です。

　彼らに比べれば、わが百済プヨ氏は数百年に及ぶ王族であります。彼らとは、よって立つ格が違います。

　中国を制覇するのに何の遜色がありましょうか」

　ウイジャが言った。

「ソンチュンの言うとおりである。わが百済のとるべき道をソンチュンに任せよう。直ちに準備にかかるように」

　イムジャはしかし、ウイジャの表情に一瞬の戸惑いがあったことを見逃さなかった。


　五月。唐軍、遼沢《りょうたく》に到着。

　見渡す限り泥濘《でいねい》が続いていた。

　空はどんよりと曇り、地平線は空と泥濘との区別がつかなかった。

　ここから先は高句麗領である。

　やっと、ここまで来た。

　李世民は感慨深げであった。ここまで来るのに二十年かかった。

すでに周辺の突厥《とっけつ》、西突厥、鉄勒《てつろく》、吐谷渾《とよくこん》等を征服していたが、一人、高句麗のみが一大帝国をなしていた。先朝隋も高句麗に完敗していた。

いずれは、という想いは常に李世民の胸の中で肥大していった。

こたびこそ、わが想いを成就させなければならぬ。

見よ、隋の兵士があのように迎えているではないか。

隋の兵士の骸骨がいたるところに散乱していた。

李世民は兵士たちを振り返った。

「この骸骨たちは、そなたたちの父であり祖父である。どうして、復讐せずにおられようか」

李世民は祭文を唱え、泣いて遼沢を渡った。泥濘は二十里に及んだ。

渡り終えて李世民は言った。

「蓋蘇文《ゲソムン》を兵法の先覚のように言うが、たいしたことはないではないか。兵法を知っているなら、何故この遼沢に兵を配しないのか」と。

唐軍は遼東城、白巌城《ペッガム》、蓋牟城《ケモ》等々、遼東の城を次々と陥した。

高句麗兵は、唐軍を見ると蜘蛛の子を散らすように逃げていった。

李世民は嗤《わら》った。

「これが名にしおう高句麗兵の実態だ」

しかし、占領したこれらの城中には一粒の食糧も無かった。

やがて唐軍は安市城へと向かった。

平壌に向かうとみられていた長亮《ちょうりょう》軍も一転、進路を遼東にとり、安市城へ向かった。

ユシンは兵三万を率いて慶州から高句麗国境へ向かった。百済はその間隙をついて新羅西部地方の七城を奪った。


後の大阪市街は今、巨大な潟湖《せきこ》であった。その東端は生駒山脈に接している。

その潟湖を囲うようにナニワの海に沿って細長い大地が伸び、ナニワの海と潟湖を遮っている。紫色に照り返している潟湖を隔てて生駒は今、朝焼けの空に黒々とその姿を浮かび上がらせていた。

明日はその山の向こうで何かが起きる。今朝はイルカの手の者は気がついていない。

空が明るくなるにつれて背後の森もまた浮かび上がってきた。

森は巨大な墓である。

それは瀬戸内から舟でナニワに近づく時、立ち塞がるように威圧している。

墓は王の墓である。

しかし、今はその王の名前すらわかっていない。

どれ程の強大な力と財力を使ったのか。

今はただの巨大な森である。

朝の冷気を浴びてこの森を眺めながら、これからやらなければならないことに思いを馳せている時、同時にあるむなしさが足下に忍び寄ってもいた。

「ご出立のご用意が出来ました」

配下の者の声でカルはわれに返った。

一艘の舟が着いていた。胸形船《むなかた》であった。

「カル様、お懐かしゅうございます」

「徳善ではないか。あの時は世話になった」

「もう、幾年になりましょうか」

「また世話になるのも何かの縁であろう。よろしく頼む」

「イセからの帰り路、丁度ようございました」

「イセ?」

「さようでございます。イセのオオアマト様に武器を届けて参ったのです。もちろん、換わりのものを頂戴してまいりましたが」

「鮑だの海老なんぞは、宗像《むなかた》にもあるだろうに」

「そのようなものではございません。もう何百年も昔の金銀の飾りものや珠、鏡などでございます」

「それは古《いにしえ》の王の墓の中にあるものではないのか」

「恐らくは、いえ、あなたのおっしゃりたいことはわかっております。ですが、われらは利の有る処ならば何処へでも参ります。

人は元来そのようなものではないでしょうか。大義とか名分とか、そのようなものは付けたしだと思っております。

オオアマト様が私の届けた武器で何をなさろうとされておられるのか、また、あなたが今何を考えておられるのか、私の関知するところではありませぬ。

いや、これは少々しゃべりすぎたようです」

その時、船底から少女が飛び出してきた。

色は日焼けして黒々として、大きな目も黒々と輝いていた。

「や、これは私の末の娘でアマコといいます」

「ほ、可愛い娘御ではないか」

「船に女子《おなご》は禁物なのですが、どういうわけか、この子が乗っていると船は安全なのです。

本人も船が好きなので、何処へでもついて来るのです。オオアマト様にも気に入られましてな」

船は西に向かって滑っていた。

六甲山の麓にさしかかった。

「あの山の麓に墓が三つありましょう。真ん中の墓はこちら向き、先程のは横向き、やがて見えて参ります墓も横向きです。

横向きの墓の主はそれぞれチヌオトコ、もう一つはウナイオトコといい、中のはウナイオトメと言われております。二人のオトコはウナイオトメを同時に恋し、オトメもまた身を裂かれる想いで、結局、三人とも自ら死んだと言い伝えられております」

「あの墓がそうか、話には聞いていたが。男とは何とも不思議な生きものではないか。

何かを為さんと生きてきても、ある日突然ひとりの女が目の前に現れると心を奪われ身を滅ぼす。

今までの一切が無になる。

昔、女の笑顔を見たいばかりに街を焼き尽くした王がいたと、中国の話であったか、聞いたことがあるが――」

カルはウナイオトメの向こうにハシヒトの蜉蝣《かげろう》を視ていた。

「そのいずれが幸せか、私にはわかりませぬな」

そう言うと、徳善は諸肌を脱ぎ水夫《かこ》たちに指示を与えていた。

徳善も水夫たちも、その身体はびっしりと龍紋の入れ墨で覆われていた。アマコはその横でお守りのようにチョコンと座っていた。

チクシに着くと徳善はカルを降ろし宗像へ帰った。

アマコはその後オオアマトの子を生む。

後の太政大臣高市《タケチ》である。

カルはチクシ王サチヤマ、プンジャンとともに百済、高句麗の使者たちを迎えていた。

百済の使者は言った。

「こたびのことは、失敗は許されぬ。もし失敗したら、百済勢はヤマトから一掃されましょう。百済本国の興亡がかかっています。

百済とチクシとヤマト百済王家は一心同体であるべきです。

われらがヤマトに敗れたら、次善の策としてチクシに海上封鎖をしていただきたい。次に本国から部隊を要請して、ソガとは正規戦で戦うことになりましょう。

本国ではその準備にかかっています」

使者とは総勢百名にも及ぶ決死隊であった。


六月に入って、カルは高句麗と百済の使者を伴ってアスカに到着した。

彼らは密かにカマコに会った。

高句麗の使者が発言した。

「唐の大軍はすでにわが高句麗領に侵入した模様です。新羅のキムユシンも、大軍を率いて高句麗国境へ向かっているとのことです。わが高句麗が仮にも敗れることがあれば次に百済が蹂躙《じゅうりん》され、そしてチクシが、そしてこのヤマトが餌食にされるのは目に見えております。

われらが今すべきことは、新羅を孤立させることです。すなわち、大王イルカを今ここで倒し、カル殿でもよい、ヨギ殿でもよい、百済王家がイルカに取って替わることが新羅に対する大きな圧力になるのです。

われらはすでに一命を捨てております。

大王に貢物を献上する日に、大王イルカを刺し殺します。後のことはお任せいたします。よろしいか」

彼らの殺気だった気迫に、カマコたちは圧倒されそうであった。

遂にここまで来たか。

ヨギを焚き付けてはいたが、まだはっきりと意志統一が出来たわけではなかった。その間にオオアマト一族がじわじわとアスカを包囲し始めてきた。

そして今、高句麗と百済の使者は決行の日時まで指定してきていた。

「お待ちください」

カマコは一息入れた。

「あなた方のお手をわずらわすことはありません。われらにお任せください。われらにとっても、これは正念場。準備はすでに出来ております。

万が一にも失敗することはありません」

彼らに手を出されたら、カマコらの立場が無くなる。仮に成功したとしても、この先、主導権を取ることは難しくなる。

しかし彼らの持ってきた案は、実はカマコの意表を衝くものであった。

この方法であれば白昼堂々と王宮に入り、イルカを倒す可能性が非常に高くなる。

カマコはおのれの意志以外の何者かにおのれが動かされていることを、これほどまでに感じたことはなかった。

六月七日。

大王イルカに石川麻呂から奏上があった。

「ただいま都に滞在中の百済と高句麗の使者を拙宅にて接待したいと思いますが、いかがでしょうか。旅の無柳などお慰めいたしたく、蹴鞠の会を催したく存じます」

「うむ、それは一興。使者の方々へはよしなに伝えよ」

イルカはあまりに無警戒だった。

翌八日、石川麻呂の婿であるヨギ、百済王カル、そしてカマコがその席に招待された。

フルヒトは何故か胸騒ぎをおぼえた。

そういえば、カルがいつの間にか屋敷にいないと物見の者から報告が入ったが、今日は蹴鞠の会に出席しているという。

取り立てて疑問にすることでもないかも知れぬが、まわりが静かすぎるのが気に入らなかった。

イルカが王位に就いたのは決して順当であったとは言えない。周囲の反発があってしかるべきである。現にイルカの父エミシは、自らの大王就任を断って隠棲してしまったではないか。

形にならない不安をイルカにぶつけると、イルカは呵々と大笑した。

「今、たとえばイセのオオアマトが反乱を起こしたとしても何ほどのことがあろう。まして、百済はわが王室の身内ぞ。そなたもそうであろう。蟷螂の斧にも等しい」と。

十二日。

この日は、百済と高句麗の貢物を献上する儀式が行なわれることになっていた。

朝から空はどんよりとして、湿気が王宮に充満していた。

この日の王宮の警備責任者はヨギ中ノ大兄であった。警備の近衛兵を集めてヨギは言った。

「本日は百済、高句麗の使節が貢物を献上する大事な日である。外国の使節に礼を失することがあってはならぬ。使節一行が王宮内に入ったら、十二の各門は一斉に閉じよ。何事があっても、私の命があるまでは開けてはならぬ」

やがて、石川麻呂の先導で使節の一行が現れた。

皆、剣を帯びていなかった。

それぞれが貢物を捧げ、しずしずと王宮の門をくぐった。

行列の中にカマコと刺客カツマロ、コマロ、アミタが混じっていた。

大極殿では大王イルカ、大后タカラ、皇太子フルヒトが着座していた。

石川麻呂が上奏文を持ってカマコの前を通り過ぎた。カマコは物陰で立ち止まり貢物の一つを開け、中から三本の剣を取り出しカツマロに渡した。カマコ自身は弓矢を取った。

「ぬからず素早く斬れ」

そう言って周囲を見渡した。

ヨギは近衛兵とともに王宮の各門を固めている。

ヨギと目が合ったが、そのまま視線を大極殿の方角へ移す。

大極殿前庭では使節たちがすでに着座し、階《きざはし》では石川麻呂が上奏文を読み始めている。

カツマロはコマロとアミタを見た。

「どうした。震えているぞ。水を飲んで腹を据えろ」

と持参した水桶を引き寄せた。

こんなこともあろうかと用意をしていたものである。

二人は喉をひきつらせて水をも受け付けなかった。

「水を顔にかけろ」

桶の水を頭から掛けた。

が、恐怖のあまり一歩も動けなかった。

「何をしている。その方たち、それでも刺客か」

カマコはあわてて低く抑えた声を出した。

石川麻呂は上奏文を読み終わろうとしていたが、打ち合わせ通りコマロらが出てこないので汗が全身から吹き出してしまった。

声も乱れ始めた。

イルカは怪しんで、

「石川、何故震えている？」

と咎めた。

「は、大王のお側近くで恐れ多く汗が流れております」

刺客たちが出てこない。

ヨギは呆然として石川麻呂を見ていた。

刻《とき》が止まったかのようである。

誰も動かなかった。

たまらずヨギは、近衛兵を押し止めておいて自ら大極殿前庭に躍り出てしまった。

「しまった」

カマコは思わず呻いた。

ヨギを無傷のままにしておきたかった。

イルカを倒した後は、ヨギを次期大王にするつもりであった。そのための刺客であった。

刺客たちが順当にイルカとフルヒトを殺したら、ただちに刺客たちを射殺する手筈になっていた。

すべてを刺客たちにかぶせて一挙に主導権を握り、タカラを後ろ盾とし、ヨギを立てる。ヨギは中ノ大兄である。フルヒトがいなくなれば、次の後継者となる。

こうすれば一応の大義名分は立つ。

これはカルとカマコの間で取り決めたことであった。誰にも漏らしていない、秘中の秘の作戦であった。

しかし、カツマロはそれを感じていたようであった。どの道、刺客たちは生還を期していたわけではなかった。

僅かな齟齬が重大な結果を招いていた。

ようやく、コマロとアミタが後に続いた。

ヨギは庭を走り、階段を駆け上がって御座に突進した。イルカは状況が飲み込めぬようだった。

ヨギは声をあげ、イルカの頭から肩にかけて斬りつけた。

イルカは席を立とうとした。

コマロが剣を振るって片方の脚に斬りつけた。

イルカは御座の下に転落し頭を振って、

「日嗣《ひつぎ》の位にいる私は天子である。私に一体何の罪があるのか。その訳を言え」

と言った。

大后タカラはあまりのことに、

「これはまた何事ですか」

と。

ヨギは、

「イルカは、わが百済を滅ぼしてヤマトを大唐に売ろうとしています。これ以上、イルカをもって天子にかえられましょうか」

と言った。

大后は立って殿舎の中に入ってしまった。

コマロとアミタは大王イルカを斬った。

沛然《はいぜん》と雨が降り出した。

これで、ただでさえ大義名分のないこの計画の中心人物は中ノ大兄ヨギになってしまった。

ヨギが大王になる日は当分来ないであろう。皮肉なことに、カマコは刺客を殺さずにすんだ。

この瞬間から、これからの行動は予想のつかないものとなる。

百済と高句麗の一団は貢物と見せかけた箱を開け武器を取り、近衛兵を制圧していた。

雨は豪雨となり、大極殿の庭は溢れ出る水で一杯となった。

席部《むしろしとね》でイルカの屍《しかばね》を覆った。

カマコとヨギは豪雨の中で座り込んでしまった。

フルヒトは走りながら人々に、

「韓人がイルカを殺した。何と言うことだ」

と言い、寝所に入ったまま出ようとしなかった。


フルヒトは奇妙な存在だった。

イルカと親子だったわけではない。従兄弟同士である。にもかかわらず皇太子であった。皇太子、正しくは王位継承最有力候補者とでも呼ぶべきであろうか。

イルカの息子たちはまだ幼かったし、ヨギは大后の子であるとはいえ、いわば在倭国一世の外国人である。

その意味では、フルヒトの家系はすでに在倭国七十年余りを経過している。王位継承者として不足はない。しかも父が百済王家、母がソガ王家という絶好の位置を占めている。国際的な緊張の中でとられたイルカの措置である。しかし、フルヒトにとっては非常に微妙な位置にいたといってよい。イルカに近づいた分だけ、百済王家とは距離が出来ていた。

ソガ王朝が分裂し、ヤマシロ王朝を倒したことが、さらなるソガ王朝分裂の危機を内蔵した。カワチ石川ソガの動きがおかしかった。

フルヒトは、自分の立場が非常に不安定なのを自覚していた。その分、周囲の状況が見えていたともいえる。

フルヒトの言葉は、百済がソガ王朝を倒したという意味である。

カマコたちはただちに王宮に立てこもり、陣を敷いた。王宮を離れたら、ただの私闘となってしまう。死守しなければならなかった。

イルカを殺したが、勝敗の帰趨はまだわからなかった。何といっても、大王殺しには違いなかった。ここまで来たら、行くところまで行くしかない。時間が勝負であった。

事の次第を公表し、各部族へ使者を放った。オオアマトへも使者を遣った。

はじめに駆けつけたのは、皮肉にもヤマシロを倒したイルカの側近であったコセノトコタである。この時カマコは人の心の危うさを嗤いながらも、もしかしたら勝利するかも知れないと思った。

そして、あえてトコタにイルカの遺体をエミシのもとへ送り届けさせ、降伏の勧告を試みさせた。

しかし、甘樫岡《あまかしのおか》のエミシの屋敷には凶報を聞いてアヤノアタイ一族を中心として続々と部隊が集結しており、これは不調に終わった。

情報が錯綜し、混乱が続き、事態は膠着状態のまま長い一日が暮れようとしていた。

夜に入ってからのことである。

甘樫岡を包囲するかのように黒い集団が忽然と現れた。

エミシ陣営では初め味方かと思ったが、彼らは動かなかった。

やがて、男が一人門を叩いた。

タカムコノクニオシと名乗った男は、エミシと面会し降伏を勧めた。

「われらは百済王家に頼まれて参ったわけではありませぬ。が今や、殆どの部族が百済王家についております。

ソガ王朝の最後を惨めに終わらせるのは本意ではありますまい。遺された方々は、われらタカムコ一族がお引き受けいたします。われらは百済には付きませぬ」

エミシはすでに大勢が一変していることを覚っていた。

一族をはじめアヤノアタイ等、将兵を集め、ソガ王朝が終わったことを告げた。

そして、ごく身内の者を除いて屋敷内から去らせた。

最後にエミシはクニオシを呼んだ。

エミシのそばに十歳前後の男の子がいた。

「この子は、わけがあってここにいる。今、わが身内とともに運命をともにさせるに忍びぬ。そなたに頼みたい」と。

クニオシが名を尋ねると、その子は安麻呂と答えた。


クニオシは待機していたオオアマトに結果を報告した。やがて黒い集団は姿を消した。

翌十三日未明。エミシの屋敷から火の手があがった。

エミシは大王記、国記やすべての珍宝を焼いた。混乱の中でエサカという男がそのとき素早く、焼かれる国記を取り出してヨギに奉った。

カマコらは、エミシとイルカを墓に葬ることを許した。また、泣いて死者に仕える者を認めた。

皇太子フルヒトは自ら髪を剃って吉野に隠棲した。素早い反応であった。

吉野はオオアマトの拠点の一つである。

後年オオアマトが同じ道を歩むことになろうとは、この時は誰も想像していないことであった。

安市城《アンシ》

早朝、安市城一帯に深い靄が立ち込めていた。

「唐軍が現れました！」

物見の兵の報告が入り、城主ヤンマンチュンは幕僚を引き連れ望楼に登った。朝靄とともに森が動いていた。いや、森かとみまがう無数の唐の旗が動いていた。

見渡すかぎりであった。

「来たか。唐の皇帝がみずから、われと相対するとは光栄の至りだ。

諸君、つらくて長い戦いとなる。冬まで援軍は来ない。それまで持ちこたえたとすればだ。心して戦え」

李世民以下、三十万の唐軍が安市城を包囲した。


大后タカラは事前に何も知らされていなかった。他に選択の余地がなかったにせよ、女ざかりのタカラにとって、イルカは良き夫であった。タカラはほとんど半狂乱になっていた。

カルはタカラに大王位を引き継ぐことを要請した。

「わが夫《つま》がわが子に殺されて、どうして私が大王位などに就けようか」

カルは声を励まして言った。

「あなたはお子を見殺しにするおつもりですか。あなたが立たなかったなら、ヨギ中ノ大兄のよって立つ場がないではありませんか」

「ならば、ヨギを大王に立てればよい」

「それは無理です。まだ、フルヒト大兄もおられること、かえって混乱のもととなりましょう。この事態を乗り切るには、あなたが大王位に就くしかありません。

これは本国ウイジャ王の強いご希望でもあります」

タカラは百済王家の運命を背負って大后となり、今また百済王家の運命を一身に背負わされていた。


翌六月十四日。この日、タカラが大王位に就いた。ヨギを皇太子とした。

阿倍内麻呂臣を左大臣とし、ソガ石川麻呂臣を右大臣とした。

二人の左右大臣はカル、ヨギそれぞれの舅であった。

カマコは内臣となり諸官の上にあった。

沙門《さもん》旻《みん》法師、タカムコノゲンリを国博士とした。

六月十五日、元号を大化とした。

使命を果たし、一部始終を見届けた百済大使たちは急ぎ帰国の途についた。

大王タカラは残留した高句麗の使者に対して、改めて同盟の意志を伝えた。

また、新羅に対しては政権が交代したこと、今後の国交については改めて協議したいむねを伝えた。

百済の総力をあげた大船団と部隊が白江口に集結していた。唐軍が安市城に取りついたと報告が入り、続いてヤマトへ派遣していた使者が帰還し、ヨギ一派がイルカを倒したことを報告した。

ソンチュンは人々に告げた。

「わが百済の運命の時ぞ」

ただちに、ウイジャはソンチュンの弟ユンチュンを長江征唐軍総司令官に任命した。

百済軍が長江口をめざして海を渡りはじめた。

三十万の唐軍が安市城の周りを埋め尽くしていた。

ここへきて、李世民に迷いがあった。

「安市城主楊万春《ヤンマンチュン》は才智と勇気があり、城は堅固で兵は精鋭であると聞く。いたずらに犠牲を多くすることは、余の欲するところではない。兵を移動して烏骨《オゴル》城に向かってはどうか。城は攻めないで対処するのが兵法というものであろう」

と諸将に尋ねた。

総大将李勣《リセキ》は、仰せの通りでありますと答えた。

「水軍の総大将張亮が卑沙《ピサン》城まで来ていると報告がありました。二晩で来ることが出来ます。張亮軍と力を合わせ烏骨城を抜き、鴨緑江を渡り、ただちに平壌に向かうべきでしょう」

しかし無忌《むき》が、

「安市城を置いて烏骨城へ向かえば、安市城の精鋭部隊がわが軍の背後を突くのは必至です。わが軍は多くの捕虜をかかえています。彼らもまた、わが軍とともに移動することになります。天子の親征とは、危険な方法をとって僥倖《ぎようこう》を求めてはならないものです。まず、安市城を破ることです。これが万全の策です」

と言った。

正論であった。

李世民は迷いを吹っ切った。

百済軍は長江口に上陸した。唐軍は意表をつかれた。かつて李靖はこのような危険性のあることを忠告していたが、この唐第一の功臣は李世民に今疎んじられていた。すべてに手薄な江都は、たちまち百済軍に占領されてしまった。

江都は長安に通ずる大運河の喉元である。

はたして、安市城は堅固であった。

唐軍が城壁に近づくと城壁の上で高句麗軍は太鼓を打ち、喊声《かんせい》をあげ、罵声《ばせい》を浴びせかけた。

李勣《りせき》は馬を城壁間際まで乗り入れ、叫んだ。

「落城の暁には、男女を問わず、すべて坑埋めの刑にする。そのように心得よ。だが、今降伏するならばすべてを許そう」

一瞬静寂が走ったが、再び喊声があがり、帰ってきたのは矢の嵐であった。

その後、唐軍がどのような挑発に出ても、城門は固く閉ざしたまま寂《せき》として声もなかった。

城壁に近づけば矢が降ってきて、犠牲者が増えるばかりであった。唐軍は城を幾重にも厳重に囲み、兵糧攻めに入った。戦いは持久戦になっていた。

早くもひと月が過ぎたある日、李世民は李勣に言った。

「城を囲んでから久しいが、城中の烟《けむり》や火が日々に微かになってきている。これは敵の兵糧が少なくなってきている証拠である。しかし、今日は鶏や豚がはなはだ騒がしい。いよいよ、城門を開けて最後の決戦に出るかも知れぬ。警戒を厳重にせよ」と。

しかし、その夜出てきたのは、城壁を伝って降りてきた僅かな斥候兵であった。

攻めあぐねて、唐軍は安市城の東南に人工の山を築き始めた。およそ六十日間、延べ五十万人を動員して昼夜休みなく工事を進め、これを完成させた。唐軍は山の上から城壁を押し崩し攻撃した。しかし、まもなく高句麗軍は反撃に転じ、山を奪って山上の唐軍を撃退した。

李世民は全軍に命令して高句麗軍に対して総攻撃をかけたが、三日たっても破ることが出来なかった。

秋八月。ようやく、遼東に寒気が訪れはじめた。

イルカを倒して三ヵ月が経過したが、オオアマトは動かなかった。吉野にいるフルヒトは孤立した。もし、オオアマトが動いたら……カルとカマコが疑心暗鬼にとらわれたのは、このことであった。

オオアマトの動きはカマコの意図を超えていた。

イルカを誅殺した日、王宮にかまえた陣営に駆けつけてくると、あの時は思っていたのだが、ほとんど敵対するかのような行動をとり、しかし結果的にはカマコらの危機を救い、いわば貸しをつくったまま消えてしまい、今に至るまで何の音沙汰もない。すでに手の届かない処へ行ってしまったかのようである。

カマコはカルとヨギに計った。

ヨギの正妃ヤマト媛はフルヒトの娘である。フルヒトは兄でありヨギの舅になる。ヨギにとっては、きつい選択になった。

晩秋。四十人の兵がフルヒトを襲い、フルヒトとその子らを殺した。フルヒトの妃は自殺した。


遼東の冬は一足早い。

草が枯れはじめ、水が凍りはじめた。

食糧も尽き果てようとしていた。

唐軍が長安を出て一年になろうとしている。

李世民は撤退を決意した。

飢えと寒さと極度の疲労のため戦意を失った三十万の唐軍が撤退を開始した。その列は延々とつながり、いつ果てるとも知れなかった。

安市城望楼にヤンマンチュンの姿があった。

「見よ。唐の皇帝が引き上げてゆく。丁重に見送ってやろうではないか」

その頃、安市城北方地平線上四十里にわたって、高句麗と靺鞨の連合軍が雲霞のように姿を現した。烏骨城主チュチョングッが全軍を率いて戦線に参加、安市城主ヤンマンチュンも城門を開け放った。そして唐軍の中軍、李世民がいると思われるあたりを寸断するように、ヨンゲソムン自ら率いる三万の黒衣の精兵が現れた。

唐軍は大混乱に陥り、指揮系統も壊滅したまま敗走した。この時、李世民の馬が泥沼にはまって身動きがとれなくなり、追撃してきたヤンマンチュンに左目を射抜かれ、危うく生け捕りにされるところであった。

ようやくにして、遼沢にたどり着いた。

遼沢は泥濘《でいねい》である。

足をとられ、身体をとられ、馬を殺して泥濘に埋め、その腹をたどって逃れるありさまであった。

李世民は、ゲソムンの壮大な謀《はかりごと》に落ち込んだことを悔やんだ。

束の間、再び、高句麗軍の射程距離に入り、おりからの猛吹雪の中で両軍の人馬が入り乱れ、視界がきかなくなったのを幸いに李世民はからくも脱出した。

逃走は二ヵ月に及んでいた。

＊　　　＊　　　＊

紫子はうなされていた。

誰かが居るようだった。

耳元で声がする。

必死になって顔を見ようとするのだが、よくわからない。

ただ、杖をついた老人が耳元で話しかけている――それだけはたしかなような気がした。

「そなたは、見てはならぬものを見てしまった。あの書には、巻を開ける者には呪いがかけられるとあったであろう」

「あなたはどなたですか。あの書を書いた方ですか、それとも……」

「そなたが今習っているこの国の歴史は、神代の昔から今上に至るまで天照大神の子孫である帝《みかど》が連綿と続いておる――

日本紀に記されていよう。それで良い。よいか。

しかし、そなたは見てしまった。

されど、そなたは女子《おなご》。

呪いが解ける調法がないでもない……

だが、どの道そなたたち藤原一族がその責めを負わねばならぬ」

楽しみにしていた加茂祭を前にして、そのまま紫子は人事不省に陥ってしまった。

その日の未明、摂政関白藤原道隆はすでに死亡していた。三十九歳の若さであった。

その跡を継いで氏の長者となった弟の道兼も僅か七日で他界した。

前後して、左右大臣、大納言、中納言など藤原一族の主だった人々もほとんど死亡してしまった。

長徳元年、西暦九九五年のことである。

＊　　＊　　＊

西暦六四五年十二月、タカラ政権はオオアマトを恐れて都をナニワ長柄豊崎に移した。

——イルカ暗殺　了——

第2部

白村江

——ここに火遠理命《ほをりのみこと》その兄火照命《いろえほてりのみこと》に各幸《さち》を相易《あいか》へて用ゐむと謂《い》ひて、三度乞《こ》ひたまへども許さざりき。然れども遂にわづかに相易ふること得たまひき——

主な登場人物

カマコ　ヤマトの重臣。後のカマタリ。
カル　百済の王族。後の孝徳帝。
ヨギ　百済王子。中大兄とも呼ばれる。後の天智帝。
ハシヒト　ヨギの妹。
タカラ　ヨギとハシヒトの母。後の皇極・斉明帝。
ゲンリ　ヤマトの重臣。
オオアマト　ヤマトの豪族の子。後の天武帝。
定恵　カマコの子。

アソカ　チクシの重臣。
タマコ　アソカの妹。カマコの妻。
ヨリコ　タマコの妹。カマコの妻。
ヒミカ　チクシの王女。

ソンチュン　百済の大臣。
ウィジャ　百済王

ボクシン　百済任存城々主。
プンジャン　百済王子。

チュンチュ　新羅の大臣。後の大宗武烈王。
ユシン　新羅の将軍。
ボムミン　チュンチュの子。後の文武王。
クムファ　新羅の巫女。百済王ウイジャの愛妾。

ゲソムン　高句麗の大臣。

李治《りち》　唐の第三代皇帝高宗。
武照《ぶしょう》　高宗の妃。後の則天武后。
郭務悰《かくむそう》　唐の倭国占領軍指揮官。

大海人

兄の消息に目を通しているうちに紫子《むらさきこ》は小さなため息をついて庭を眺めた。

雪が降り続いている。

これほど積もるとかえって暖かさを感じてしまうから妙だと思う。

兄からは婚姻の話が持ち上がっているのでそろそろ帰京してはいかがかということであった。

相手は五人の子持ちの四十男だという。

若い女《むすめ》にとっては気の滅入る話であった。

それから今は左大臣になられている道長さまがわざわざ私に話しかけられて、何故そなたは都から消えてしまったのか、とのことであった。一体あのお方とそなたとはどうなっているのか、などとくだくだと書き連ねてあった。


道長さまは何もおわかりになっておられない。

何故、私が父の任地であるこのような里にまで来てしまったのか。

たいして美しくもない受領《ずりよう》の女《むすめ》をあのお方が本気で相手になされるわけがない。

なのに何故?

＊　＊　＊

ヤマトへ

西暦六四七年、春。

キムチュンチュはヤマトへ向かう新羅船の中にいた。倭国の島影が近づくにつれて、チュンチュの青春もまた蘇《よみがえ》ってくる。潮風とともに甘い匂いがチュンチュの頬を撫でる。

二十六年前、新羅は倭国王ウマヤドの弔問使をヤマトへ派遣した。

その一行の中に若きチュンチュはいた。父ヨンチュンは早くからチュンチュの才を認め、機会あるごとに諸国を見聞させていたのである。チュンチュの幼名は伝えられていない。

倭国——中国がそう呼ぶ時、それは常にチクシを指していた。周辺諸国も当然そうであった。

チクシはイワイ王がヤマトのヲホド王に破れて以降往年の勢いを失っていた。

が、その後も海洋国家としての存在を誇示していた。

チュンチュは父が話してくれた倭国の成り立ちを思い出していた。

「トングス、ヲホドとはたしかエフタル大公王であったな」

チュンチュは供の者にそう言った。

「はい、わが国の記録にはそう記されているはずです」

トングスの家は代々史家であった。それでチュンチュはトングスを供につけたのである。

トングスは語り始めた。

ヲホド王一族は百年ほど前、海を渡って来たモンゴル系の一部族である。トングスの家の記録によると、ヲホドは乎富等大公王と書かれ、ヲホドの祖父も意富々等と記されていた。

乎富等、意富々等ともにエフタルと読める。すなわちエフタル大公王である。

エフタルとは現在のパキスタン、アフガニスタンを含む中央アジアを支配し、東は楼蘭、ロブノール湖に至り、南はインドに達し、西はササン朝ペルシアときびすを接していたモンゴル系の騎馬民族である。

当時エフタルは全盛期を迎えていた。

ササン朝ペルシアの内政にも深く介入し、東西四十に及ぶ国を支配していたという。

もともとは北アジアに出自を持ち、広大なアジアの草原を駆け抜けるには、たとえ隣国のチェルク、ゼンゼン等の同じ遊牧民族の国々があっても、それほどの苦はなかったかと思われる。

その頃のヤマト周辺は巨大墳墓を造り続けてきた部族が支配していた。

巨大墳墓とは、たとえば百舌鳥《もず》古墳群といわれるそれであり、その最大墳墓は実に全長四町、高さ十一丈に達する。

彼らは内部抗争を繰り返し、ヲホドが登場した頃にはすでに末期的症状を呈していた。

ヲホドは現在のウラジオストック付近から能登半島に上陸、たちまち近辺を席巻、尾張までも勢力圏に治め、列島を分断し、ヤマトにおける巨大墳墓集団の息の根を締めつけていた。

しかしヲホドがヤマト周辺を完全に支配するにはそれから実に二十年の歳月を要したのである。

ついにこの先住ヤマト王権は自らの王を殺し、ヲホドに屈伏した。

やがてヲホドはチクシと衝突する。

チクシは魏の時代の卑弥呼以来九州王朝として存在し続けている。

最盛期には中国地方とくに日本海沿岸から出雲近辺までをも支配下に治めていた。

王の名はイワイという。

ヲホドの部下モノノベノアラカイがヲホドから全権を委任されて九州に上陸、イワイと激戦を演じたが、結局ヤマトはチクシを支配するまでには至らなかった。

倭国とは、はじめはチクシを指していたが、やがてヤマトとチクシを内蔵するようになっていた。

二つの王朝は着かず離れずの関係であった。


チュンチュの船はまずは対馬《つしま》、比田勝《ひたかつ》の湊に入った。

対馬の湊は思いのほか賑やかであった。いくつかの交易船が停泊していた。

耽羅《たんら》の人もいれば百済人もいた。つい先頃は江南の人とともに碧眼のペルシアの人も来ていたと、土地の人が言った。

「さすがは新羅船、見事なものですな」

チュンチュに話しかけてきた者がある。

当時の新羅船は群を抜いたものであった。

「私は胸形の徳善というものです。チクシの宗像《むなかた》に居を定めておりますが、ほとんど海の上が住まいになっております」

赤銅色の身体に龍の入れ墨が覗いていた。

そばに十五、六の目の大きな女の子がいた。チラと娘を見ながら、

「時に、イセのオオアマトという男をご存じですかな。あれは良い。中々の者です。私は惚れ込んでおりましてな。機会があったら会ってごらんなさい。

いや、いきなりぶしつけなことを。あなたを見ていたらついそんな気になりましてな」

徳善は相手を確かめることもなく立ち去ろうとした。

「やあ、新羅にお出での節はぜひ尋ねられよ。キムチュンチュといいます」

徳善は目礼をして去った。

翌日。対馬を出港した時は穏やかだったのが、今日の海は玄界灘である。さすがに荒くなってきている。

海北道中をチクシに向かう。

チュンチュは船酔いを感じながらトングスに話しかけた。

「ヲホドの最期には謎があると聞いているが」

「そうです。いくつかの記録が交錯しており真実は謎のままです。

ある記録によれば八十二歳で大往生を遂げたように記されておりますが、新羅史記にはこう書かれ

てあったと記憶しております。

すなわち――太歳辛亥《たいさいしんがい》の三月、高麗、その王安を弑すと。また聞く、ヤマトの大王および太子、ともに崩ず――と。

これはよく調べてみなければわかりませんが、私はヲホド一族は毒殺されたのではと考えております」

皮肉なことにヲホド一族は部下のアラカイと、当時伽耶から亡命していたソガノイナメとによってあっさり葬り去られてしまった。

伽耶とは朝鮮半島南部地方、いわゆる加羅あるいは伽耶、あるいは倭国からは任那《みまな》と呼ばれている地域であり、古来、国としてのまとまりを欠き、常に新羅、百済、倭国からの浸蝕を免れなかった。

しかしながら防衛上連合せざるをえず、その連合体を大伽耶といったが、結局のところついに新羅に蹂躙され、大伽耶王一族は倭国ヤマトのヲホド王のもとへ亡命した。

時々大波が彼らの衣服を濡らす。

トングスは潮水を浴びながら言った。

「大伽耶の王はイナウ王、あるいはイノマタカンキ、別の記録によればツヌガアリシトと言われております。ツヌガはツォンガ――ソガに通じます。イナウ、イノマタはイノマ――イナメすなわちソガイナメであります。

こうして彼らはヤマトに亡命政権を樹立したのです」

「しかし伽耶はその後もしばらく存続したのではないか」

「そうです。しかしながら先行きをみて二つに別れたのかも知れません。またそれ程それぞれの伽耶が固く連合していたとも思えませんが」

以後彼らは祖国に伽耶王朝を復興することを、子々孫々に至るまで誓いを立てたのである。ソガにとって伽耶奪回は一族の悲願であった。

モノノベはソガ一族の伽耶奪回の路線に乗って、故郷である東北アジアに一大帝国をつくる野望を持っていた。ヲホドもそうであったに違いない。

ここに両者の利害が一致したのである。

以後ヤマトはモノノベとソガの共同統治によって治められてきた。

当然これは長くは続かず、イナメの子ウマコとその子ウマヤドによってモノノベは倒された。

ソガ王朝の登場である。

「讖緯《しんい》という言葉があります」

とトングスは言った。

「ウマヤドの大王即位はこの讖緯によって彩られております」

「讖緯とは？」

「讖緯とは中国の神秘的な予言説とでも申しましょうか。あるいは陰陽五行説による宇宙論とも言えましょうか。暦数、占星術、等々あまたの神秘に富んでおると言えましょう。

しかし閣下もご存知の通り歴代の王朝は上手にこれを利用しております。

私の知るかぎりでは王葬《おうもう》からではないかと思います。白い雉《きぎす》など多くの吉識が各地から奉られ王葬はこれらの予言、聖なる託宣に従って帝位に登ったといわれております」

「そうであった。ウマヤドも利用したというのか」

「はい、そうであります」

ウマヤドの即位直前にかけて各地から鵲《かささぎ》、孔雀、白鹿、白雉《しろきぎす》などが奉られた。新羅はこの時孔雀一羽を贈り、百済は駱駝一匹、驢馬一匹、羊二匹、白雉一羽を贈っている。アスカに、イカルガに、赤と緑と金色の原色に彩られた奇怪な異国の神を祭る神殿が姿を現し、妖しげな織旗が林立してはためく中、十二色の色調に染められた百官を従えて、ウマヤドは帝位に登った。

やがてウマヤドはチクシと結び、連合国家を代表する倭国王としての姿を現したのである。

それから二十年、そのウマヤド王が薨去した。当時、今でもそうだが倭国と新羅との関係は非常に微妙なものがあった。それはウマヤド一族の出自に起因するものであったが、今は一国の王の死を悼むという外交儀礼の中で表面穏やかに事が進んでいた。

新羅が注視したのはウマヤドのあとを誰が引き継ぐかということであった。エミシか、ヤマシロか、あるいは意表をついて若いイルカか、それによって新羅は倭国対応策を決めねばならなかった。それを見極めるためにウマヤド葬儀の後、チュンチュがヤマトに残留した。

チュンチュはイルカに注目した。年はそう違わない。やがて後継者がきまった。ヤマシロであった。

しかし二人の若い王子は急速に親交を深めていった。その間チュンチュはイルカから高句麗の王族の血を引く部族の娘を紹介された。

娘は百済王家ともかかわりがあるらしく、孤独な影を宿していたが多くを語らなかった。そんな影と交差するように表情も行動も明るく美しかった。

二人はたちまち恋におちた。

やがてチュンチュを迎える新羅の船がヤマトを訪れた。

チュンチュは娘の前で別れの琵琶を弾いた。今は亡き伽耶の秘曲「爾赦《いさ》」であった。

ユシンはああは言ったが本当だろうか。

チュンチュはかたわらのゲンリを振り返った。

ゲンリが同船していたのである。

ゲンリは先程から黙って二人の話を聞いていたが、穏やかな顔を潮風に吹かれているだけであった。

この男とも妙な因縁でつき合うことになったと思った。あの娘の一族であったとは。

チュンチュは改めてゲンリの横顔を眺めた。

この年の正月、伊湌《いさん》のビドンが女王を殺害、権力を掌握した。

唐・高句麗戦役において唐が大敗北を被り、あまつさえ唐東北部は高句麗が、江南は百済が漁夫の利を占め、それぞれを占領し、新羅としては唐と結んだことが、ことごとく裏目にでてしまったのである。

さらに頼みにしていたヤマトのイルカも百済勢に殺されてしまっていた。

いわばチュンチュ、ユシンらの政治責任を問うかたちでビドンが前年首相に登った。それからまもなくの反乱である。

チュンチュ、ユシンらは半月城に立てこもり十日が経過したが、情勢は膠着状態であった。

夜半、大星が半月城に落ちた。

ビドンは、

「星が落ちた処には必ず流血の惨事があると伝えられている。これは彼らの敗北の前兆であろう」

と言った。

ビドンの兵士たちは大声で叫び、その声は地を震わせた。

これを聞いてユシンは人形を作り、それに火を抱かせて、凧に乗せて空に揚げた。

ちょうど星が天に登っていくようであった。

「落星が天に戻った」と。

ビドンの兵士たちに動揺が走った。

やがてビドンの反乱は失敗に終わり、正月十七日ビドン以下三十数名が殺された。危ういところであった。

一族のスングマンを女王に立てチュンチュは態勢を立て直しにかかった。

唐とは再び同盟を結ばなければならない。場合によっては直接李世民と会見しなければなるまい、と思い定めていた矢先、ヤマトのゲンリがチュンチュを訪れた。

七年振りの邂逅《かいこう》であった。

ゲンリは意外なことを言いだした。

「オオアマトに会っていただきたい」

「なぜ私がオオアマトに会わねばならないのですか」

「お子にお会いになってはいかがですか」

改めてチュンチュは二十六年前を想った。

そういえばユシンも前に同じことを言っていた。あの頃はただ聞き流していたが、オオアマトがわが子なのだろうか。

ゲンリは寡黙だった。

ヤマト政権の意図は何なのか。想像は出来た。が、チュンチュは唐に行く前にゲンリの誘いに乗ってヤマトへ行くのも悪くないかと思った。うまくいけばヤマトの百済化を防ぐことが出来る。すべてを承知の上でオオアマトに会ってみたいと思った。

「チクシが見えて来ました」

ゲンリは端正な横顔をみせてそう言った。

「チクシには寄らずに参りますか」

とゲンリは顔を向けた。

「実は会っておきたい人がいます」

とチュンチュは言った。

船はシカノシマを見ながら娜《な》の大津に入った。

木々の翠《みどり》にまじって桜の花が点々と咲き乱れていた。

あの頃もシカノシマは桜が咲いていた。それからヤマトへ行ってもまだ桜は咲いていた。あの娘に初めて会ったときは桜は散りかけていた。

チュンチュは懐旧の想いを深くして見入っていた。


チクシは不思議な国である。

ヲホドに敗れヤマトの支配下に入ったように見えたが、実は鵺《ぬえ》のように生き延びていた。ヤマトからはあまりに遠く、また関門海峡によって隔てられ、朝鮮、唐、琉球等との交易の基地であることが、チクシが常に独立王国として存在する要因となっていた。

ヲホドから百年後、ウマヤドがチクシを再び支配しようとして二度の大軍を送ってきた。

さすがにこの時は苦しかったと見えて倭国王の称号をウマヤドがもちいることを認めざるをえなかった。

しかしながらウマヤドが亡くなると再び往年の勢いを取り戻しつつあったのである。

チクシは交易の国であった。

しかしチクシにとって国とは何であろうか。

国境があって、関所があって、そうではなくて彼らが交易をする処なら何処でもそこが彼らの国であった。

　更にはチクシを通過する船から通行料を取り、状況によっては海賊となり、また他国の沿岸を荒らし回ることも。

　まさに鵺である。


「キムチュンチュ？　新羅の宰相ではないか。知らんぞ」

アソカは怪訝な顔をしてともかくも会見の場に臨んだ。

「やはりあなたですね。私です。もう二十六年も前になりますが、あなたはまだ幼かった……」

「あっ、あなたですか。新羅の王子――」

「シカノシマではとても楽しかった」

「あなたのことは先頃もカマコと話をしていました」

「そのカマコから招かれてヤマトへ参るところなのですよ」

「まことに恐縮です。われらはあなたが何処の誰かまるで考えもせずに、遊び回っていたのでした」

「それが一番です。そんな時代が続くようにしたいものです。会えてうれしい。ヤマトへ行く前に是非会っておきたかった」

　その夜チクシ王は歓迎の宴を開いた。

　チュンチュとアソカは夜遅くまで語り合った。

　チュンチュの外交官としての手腕に抜かりはなかった。

ウイジャは得意の絶頂にあった。

同盟を結んだ高句麗とともに、大唐、新羅を敗退させ、しかも高句麗にくらべてほとんど兵力を損なわずに、大陸に進攻、長江口一帯を支配し、さらにその視点は長安に向けられていた。

すでにヤマトは弟のヨギとその母が大権を握り、事実上の百済の植民地であった。すべてはソンチュンの思惑通りに進んでいた。弟のユンチュンもまた征唐軍総司令官であると同時に行政官としての能力を発揮しつつあった。

「国家の未来を占う仙女でございます」

イムジャがクムファをウイジャ王に差し出したのはこのような時である。

巫女の装束を身に纏ったクムファはまるで天女が舞い降りたかのように王には映った。

クムファは目を閉じ、やがて神の言葉を伝えるといい、国を危うくするのは忠義な兄弟である。百済がもし忠臣兄弟を殺さなければ亡国の禍は目前にあり、殺せば永遠に国は栄えるであろうと言った。

「不思議なことを言う」

と王は言った。

「私は神の言葉を伝えるだけで、それが何を指すのかはわかりません」

王が目を奪われたのは、恐らく絶世の美女といってもよいクムファの肢態であった。クムファの言っていることは、この時はほとんど聞いていなかった。

クムファはこの日から王の寵愛を一身に受けることになる。

新しい都ナニワは活気に満ちていた。宮の建設、ナニワ津の浚渫《しゅんせつ》は未だ続いている。工事の音や人々の動きがここまで伝わってきている。

チュンチュ一行は大王タカラの謁見の間にいた。

チュンチュが持参した献上物に人々が群がり、女官たちの何人かは時々チュンチュに視線を投げかけたりしていた。

桜が舞っている。

一座がその時騒めき、感嘆の声が上がった。

チュンチュが献上した孔雀が羽を広げたのである。

「どうです。見事なものでしょう」

チュンチュの声はあくまで明るかった。

「世界にはまだまだわれらの知らないものが数多くあります。こちらの鸚鵡《おうむ》という鳥は人の言葉を話します。これらの世にも珍しいものは、陛下に最もふさわしいものです」

タカラは顔を紅潮させて身を乗り出していた。

チュンチュはその時顔を硬直させた。

先刻までは女王は御簾《みす》の中であったが、今は御簾を揚げていた。かたわらのヨギも好奇の目を輝かしていた。

チュンチュの方が動揺していた。

しかしチュンチュの外交はまずは成功であった。

そしてこの国でも人々を魅了していた。

「先生のお話をお聞かせください。今、世界がどうなっているかを」

ヨギは連日チュンチュを招き歓談した。

この二十二歳の若い王子は、むさぼるようにチュンチュから知識を吸収していた。

この若者が武王の子であり、ウイジャ王の弟なのか。チュンチュの父ヨンチュンは武王と戦って死んだ。

しかしこの若者に恨みはなかった。こうときめたら迷いなく進んでくるヨギを、むしろ好ましくさえ思った。

「オオアマトとはお会いになったことがおありですか」

ある日チュンチュは聞いた。

「いえ、直接にはまだ。私は無用の争いはしたくありません。われらだけで国を支配しようとも思っていません。有能な者であれば、誰とでも手を組んでいかなければと考えています」

オオアマトは果たしてこのチュンチュの子なのだろうか。ヨギは複雑な思いでチュンチュをみた。

奈良榛原《はいばら》、長谷寺と室生寺との中間に位置する小さな集落が点在する処である。オオアマトのヨギ一派に対する前線基地である。

すでにヨギ一派はアスカが危険とみて都をナニワに移していた。

この地から程近い桜井鳥見山でキムチュンチュはゲンリ、カマコらとともにオオアマトに会った。夜半に散った花片が残雪のようにあたりに残っていた。

チュンチュはオオアマトを見つめた。

カマコもそうであった。カマコの予想以上にオオアマトは成長していた。あの頃は不安におののいている少年の影を引きずっていた。が、オオアマトは伊勢、尾張、熊野、吉野を支配、じわじわとアスカを包囲し、今やヤマト政権をおびやかす存在として、ヨギの前にたちはだかっていた。

皮肉なことにカマコが教えた通りのことを、オオアマトは実行しているにすぎない。そして今カマコはこちらの政権の中枢にいる。

ヨギ一派とは明らかに距離を置こうとしているオオアマトにこんな形で対するとは、運命のいたずらというべきか。

カマコがオオアマトと密かに接触をはじめたのはイルカ襲撃のあとしばらくしてからのことであった。

オオアマトはカマコを丁重に扱ってはいたが動こうとはしなかった。

革命政権であるヨギらにオオアマトと戦う政治的基盤はなかった。数々の改新の詔を連発し、冠位を増設し、新政権への歓心を買おうとしたが、それがどこまで効果があるかはわからなかった。

決定的な決め手を欠いていた。

そんな時、新政権の事実上の政策推進者であるゲンリからオオアマトの出生に関する重大な情報を得た。

オオアマトが新羅の王族キムチュンチュの子かも知れないというのである。

これはどうゆうことか。

キムチュンチュ、彼はこの倭国に来たことがあるのか。

オオアマトの年齢を考えると生まれたのは丁度ウマヤドが亡くなった年にあたる。

チュンチュの父ヨンチュンは当時宰相であった。

宰相の子？

そうか、あの新羅の王子とはチュンチュのことであったのだ。僅かな期間ではあったが、明るくて頭の良い兄貴分であった印象が残っている。

彼はまもなくヤマトへ行った。ウマヤドの弔問使の一行として。

その後しばらく使節と別れて滞在していたと聞いてはいたが。

オオアマトは伊勢のタカムコ王の子として育てられていた。ゲンリはその一族である。信ずべき話であった。

しかしカマコには事の真偽はどうでもよかった。

いまヤマトはいわば多民族国家である。百済一国でこの国を制御出来るわけはなかった。そのことはタカラにしても、ヨギにしても充分わかっているはずである。問題はそのなかでどれだけ主導権をとれるか、ということであった。

これは使えるかも知れないとカマコは考えた。新羅をひっぱりだして、オオアマトに圧力をかけ、返す刀で百済の影響力をそぐ。ヤマトが国家として独立していく一つの賭けではないか。

ヤマトが外国から独立すべきであるということは、オオアマトとの折衝のなかで何度も話し合われていた。今各部族はそれぞれの本国を背負って勢力を競っている。その均衡を利用してこの国をまとめていくしかない。

カマコはゲンリにチュンチュをヤマトに招聘することを頼んだ。ゲンリは唐留学帰還以来、チュンチュとは旧知の間柄であった。

そしてカマコもまた旧知の間柄ということになる。そのことは招聘文の中にも触れておいた。

チュンチュはカマコに会うと親しく話しかけてきた。

チクシのアソカに会って来たこと、今は妻となった二人のアソカの妹について、とりわけ亡くなった姉のタマコについて悔やみを述べ、カマコをねんごろに慰めた。

チュンチュは私の思惑を超えるのではないか、カマコはそう思った。

チュンチュはオオアマトに母の消息を尋ねた。母は私が物心がついた頃は、すでにみまかっていましたとオオアマトは答えた。結局真実はわからなかった。オオアマトがチュンチュに対してどう思っているかも不明であった。

しかしチュンチュは信じたかった。万感の想いを込めて言った。

「望みがあれば言うがよい。出来るだけのことはしよう」

「お一人でナニワに出かけるのは危険です」

ヲヨリ、ヲキミ、オオクニ等腹心の者たちはオオアマトを止めに入った。

「カマコを通じて新羅の宰相までが私の前に現れた。聞けば先頃私に色々と世界の話をしてくれたわが一族のゲンリが同道して連れてきたという。

ヲヨリよ、ヲキミよ、オオクニよ。天が私を呼んでいるような気がする。

ヨギは百済王子だ。私は新羅を利用しよう。それで対になる。

だがその先は新羅でも百済でもないこのヤマトだ。

このことはカマコと同じ考えだ。カマコは私の師だ。私に危険はない。天が味方している。ヲヨリを連れていこう。

ヲキミ、オオクニは念のため三輪とウネビに兵を固めよ」


ヨギがオオアマトと初めて対面したのは、その数日後のことであった。

私の前に立ちはだかるオオアマトとはどのような男なのか。

ヨギは日輪を背後から受けて現れた男を凝視した。

髪は漆黒、色浅黒く、二重瞼の黒い瞳は強い光を発していた。

年の頃はヨギよりやや年長か。

やがてヨギがニコと笑い、やあと声をかけ、ヨギですと語りかけた。

二人はすぐに打ち解けていった。

オオアマトはヨギをさすが白面の貴公子、争えぬ気品というものがある、とてもイルカを直接手にかけた男とは思えぬと思った。

　一方タカラはオオアマトを好もしい若者と思った。そしてじっとオオアマトをみつめた。しかし実際にオオアマトをどう遇するかということになると、これは難問であった。大臣にしたところで、タカラ、ヨギ体制の中で、臣下であるということを明確化するにすぎない。事実カマコはそれを打診してやんわり断られてしまった。

「いっそのこと、ご兄弟の契りを結ばれてはいかがでしょう」

チュンチュが言った。

その手があったか、とカマコは愁眉を開いた。

タカラが言った。

「それは良い考えである。ヨギはどうか」

「私もあなたのような人と兄弟になるならば、どんなに心強いことか。どうか私の兄となってください。ともにこの国を創っていこうではありませんか」

「そうゆうことであるならば、私にも異存はありません」

とオオアマトは応えた。

「ただし、義兄弟というのは年齢には関係ありません。イルカを倒したのは何といってもあなたです。あなたが兄であるべきです」

吉日を選び、チュンチュ、カマコ、ゲンリが立会い人となって二人は義兄弟の杯を交わした。ここに連合政権を組む環境が整った。

以後この政権を中ノ大兄・オオアマト連合と呼ぶ。

やがてチュンチュがヤマトを去る日が来た。タカラと別れの挨拶をした。

タカラはチュンチュを見つめていた。その目は少し潤んでいるように思えた。

「チュンチュ、もう帰るのですか。ヨギにいろいろと良くしていただき、今また私に新しい息子を授けてくれました。感謝の言葉もありませぬ」

「私に出来ることはこんなことぐらいです。大したことも出来ないでこの国を去らなければなりません。しかしこの国に来て、陛下にお会い出来て良かったと思っております。私にとっても生涯の想い出となりましょう」

「最後にもう一つ頼みを聞いてほしいのです」

とタカラは言って侍女に目配せをした。

侍女は一丁の琵琶を持ってきた。

「これは私が少女の頃、さる御方から形見としていただいたものです。今もって大切にしております」

螺鈿《らでん》をちりばめた見事な逸品であった。

「聞けばそなたは琵琶の名手とか。ぜひ弾いてほしい曲があります。伽耶の秘曲『爾赦《いさ》』です」

チュンチュは琵琶を手に取ってじっと見入っていた。それからゆっくりとそれを撫でていたが、やがて静かに弾き始めた。

低く高くあるいは激しく弦が響きわたり胸をえぐるような嫋嫋《じょうじょう》たる調べが流れ出した。

カマコは不思議な感覚に捕われていた。懐かしいような悲しいような暖かいような、母の懐に包まれているような……
涙が溢れそうになっていた。
あれが琵琶というものか。何処かで一度見たような……そうか。
タカラは嗚咽を洩らしチュンチュを見つめていた。
チュンチュも涙を溜めて弾いていた。
王宮の人々は皆涙を流し別れを惜しんだ。
まもなくチュンチュは帰国した。

カマコはオオアマトと会見した鳥見《とみ》山が心にひっかかっていた。
鳥見山――とみ、とび、そうか、あの話だ。
――軍ついに勝つこと能わず。時に忽然として天陰《あまし》けて氷雨降る。
すなわち金色の靈《あや》しき鵄《とび》有りて飛び来たりて弓のはずに止まれり。
その鵄光り曄焜《ひかりかがや》きて、かたち流電《いなびかり》の如し。
是によりて皆迷《まど》ひ眩《まぎ》えて戦わず。
時の人よりて鵄の邑と名つく――
老人よ、あなたはまたも私を迷わせようとするのですか。
チュンチュが金の鵄であると。

キムチュンチュがヤマトへ入ったという情報は、ただちに高句麗のゲソムンのもとにもたらされた。

「今、われらにとって最も恐るべき敵はキムチュンチュである。ヤマトから戻れば長安に潜入するかも知れぬ。いや、あの男のことだ。必ず長安へ行く。今度こそ逃がすな。見つけ次第殺せ。生きて国へ返すな」

ヨンゲソムンは全軍へ布告し、刺客を八方へ放った。


新羅が生き延びるには、再び唐と結ばなければその術がなかった。

しかしチュンチュが自ら長安に行くことについては、さすがに周囲が反対した。

チュンチュは、李世民と面識がある私が行かなければ事は成功しません。わが身を捨てて国が生きるものならば望むところですと言った。

すでに先触れの使者を出していた。

ユシンは思った。

「何と忙しい方なのだろう、まるで死に急いでいるような」

そして従者のオングネを呼んだ。

「チュンチュ公を頼む」と。

チュンチュはわずかの従者と息子ムンワンを伴って出発した。

彼らの前には広大な高句麗と百済の占領地が横たわっていた。

日一日とウイジャはクムファとの愛に溺れていった。クムファは王を片時も離さなかった。ウイジャの精神はクムファの愛液で溶解し始めていた。

ソンチュンは政務に忙しかった。

彼もまたチュンチュの動きを注意深く追っていた。まもなく新羅の船が耽羅《たんら》に向かったという知らせが入り、ただちに警備艇が耽羅へ急行した。すでに新羅船は出航したあとであった。

島人たちは多額の金銭と引替えに食糧、衣服、産物等を与えていた。警備艇は後を追った。

唐・江都に百済警備艇が入った。江都は百済占領軍基地である。


警備艇の隊長は、新羅船が通ったら拿捕《だほ》せよとのソンチュンの命令を伝えた。江都の百済兵は答えた。そのような船は見ていない。ただ三日前耽羅の商人船が立ち寄り、水と食糧を求めて立ち去ったが、何でも長安まで商売に行くと言っていたと。

「それだ、新羅のキムチュンチュです。捕まえてください。長安へやったら臍《ほぞ》を噛むことになりましょうとユンチュン殿にお伝えください」

ただちに陸と海とで大追跡が始まった。


チュンチュの先触れの使者が長安に入った。とても一国の使者とは思えぬ姿であった。

「春秋《チュンチュ》が来るか」

李世民は病が進んでいたが、喜びを顔に現した。ただちに光禄卿《こうろくきょう》の柳享郊《りゅうきょうこう》を呼んだ。

「そなたは春秋の顔を覚えていよう。今は遼東、江南は高句麗、百済に押さえられている。春秋はその敵地を突破してくる。出来るだけ東に行き無事に迎えよ。兵三千を率いてゆけ」

長江河口江都から隋の煬帝が完成させた運河が延々と黄河に繋がっている。黄河から洛陽を経て長安に至る。長安から江都まで全長およそ二百五十里の大水路である。

その船ば、運河通済渠《つうさいきょ》をいくらも進まない所で、百済兵に取り囲まれた。

しかしその船には耽羅人が数人いるだけであった。

船の主はすでにその地の漁船に乗り移っていた。追跡すること数日、ようやく一艘の漁船を発見した。

その時、その漁船が高々と新羅軍旗を掲げた。

見るとそこには、三千の柳享郊の軍船が金春秋《キムチュンチュ》を出迎えていた。

百済兵は大魚を逸した。

李世民は金春秋を手厚くもてなした。

国立の学校を見学させ、自作の詩を披露し、出来たばかりの晋書を贈った。

ある日、李世民は春秋を謁見し、非常に多くの黄金や絹帛を贈り、

「今日はあなたの話を聞きましょう」

と言った。

春秋は襟をただした。

「私の本国は海上はるか隔たったところにあります。

わが国は多年にわたってひたすら天朝に仕えております。

一方百済と高句麗はわが国を侵略し、陛下に拝謁するための道まで塞いでしまいました。のみならず恐れ多くも陛下に対しても反逆し、この大唐を両国で切り盗ろうとしている有様です。

もし陛下が天兵をもって百済と高句麗を切り払わなければ、わが国は滅亡の運命にあります。しかしわが国の人民は最後の一人まで戦う決意でおります。

ひるがえって各国の情勢をみると、高句麗は淵蓋蘇文《ヨンゲソムン》が独裁しておりますが、蓋蘇文の性、凶暴であり、子供たちは国を治める器ではありません。遠からず崩壊するものと思われます。

また百済は義慈《ウイジャ》が政務をおろそかにしているという噂が入っています。国王が政務に倦めば、その国の運命もまた自ずから明らかであります。

私は先年、倭国へまいりました。筑紫《チクシ》はともかくとして、倭《ヤマト》はこのままでは百済の植民地でありま
す。

さて百済はこの陛下の都、長安から長江へぬける運河の喉元、江都を押さえております。

われらにとって当面する共通の敵は百済ではないでしょうか。今、陛下のお力をお借りして百済を攻めれば必勝は疑いなしと信じております」

李世民は深く彼の意見に賛成し出兵を約束した。この時春秋は新羅の礼服を改めて、唐の制度に従うことを申し出た。

李世民は喜びチュンチュに「特進」の位を授け、ムンワンを佐武衛《さぶえ》将軍に任じた。

やがて、三品以上の貴族たちによって別れの宴が開かれた。

あれから八年が経過していた。房玄齢《ぼうげんれい》、李靖は老齢のため居なかったが、長孫無忌《ちょうそんむき》、褚遂良《ちょすいりょう》など旧知の人々がチュンチュを囲んだ。彼らは東方の夷国にも人はいるのだということに改めて思いを致していた。

李世民は第九子皇太子李治《りち》をチュンチュに引き合わせた。

目が悪いのか時々額に皺を寄せて人を見ていた。後の高宗である。

これが李世民と金春秋との今生の別れとなった。

チュンチュはムンワンを長安に留めて帰国の途についた。

すでに百済がチュンチュの帰国を待ち受けて、蟻一匹通さぬ警戒網を敷いていることは明らかであった。

チュンチュ一行は黄河河口から、旧新羅領に上陸する作戦をとった。

まさに上陸直前のことであった。

今度はチュンチュの船が高句麗の警備艇に見つかってしまった。

さすがのチュンチュも進退極まり、最早これまでと覚悟を決めた。

その時従者のオングネが、

「私にお任せください」

と言って、チュンチュの冠をかぶり正装して船内の上座に座った。高句麗兵は彼を見てチュンチュと思い襲いかかって殺した。そして言った。

「帰って新羅国王に伝えよ。キムチュンチュは我ら高句麗が討ち取ったと」

新羅国王スングマンはチュンチュともども、身代わりになったオングネを嘆き悲しみ、オングネに大阿飡《テアチャン》の位を追贈し彼の子孫を厚く賞したという。

ゲンリ

中ノ大兄・オオアマト連合が成立した今となっては、旧来の部族権力は最早排除すべき対象でしかなかった。

外来の王は新しい統治の理論と方法を必要とした。

新しい統治理論と方法とは、たとえば公地公民制であり鐘匱《かねひつ》の法であり、鐘匱の法とは直接人民の声を王が聞くという制度である。

地方の税を直接集める朝集使であり、すなわち在地権力を放置して直接人民と結びつくことによって権力を掌握しようとするものである。


左大臣阿倍内麻呂が亡くなった。カルの舅である。

その一週間後、ヒムカがヨギに密告した。

「兄石川麻呂は中ノ大兄が海辺においでになっている時をねらって、害《そこな》うことを企んでいます。兄はソガ大王家を復活させることを終生の目的としています」と。

ヨギはそれを信用したという。

大王タカラはただちに朝臣を遣わし謀反の虚実を問うた。

「ご返事は直接大王の面前で申し上げたい」

と石川麻呂は言った。

大王は再度問うたが、石川麻呂はまた前のごとく述べた。

今度は大王は兵を遣わして石川麻呂の屋敷を包囲しようとした。石川麻呂は二人の子、ホウシとアカイとともに長男コウシがいる山田寺へ脱出した。

コウシは私が先に立って襲撃軍を防ぎましょうと言い、兵を集めた。

王宮を焼き尽くすつもりであった。

しかし翌日。

「お前は命が惜しいか」

と石川麻呂はコウシにたずねた。

「惜しくはありません」

とコウシは答えた。

石川麻呂はそこで山田寺の衆僧およびコウシと一族の者数十人を前にして語り始めた。

「人の臣たる者はどうして君に逆らうことを企て、父に孝を失すべきであろうか。

およそこの寺はもともと自分のために造ったものではない。大王のためを祈願して造ったものである。今、自分はヒムカに讒言されて無謀に殺されようとしている。

せめてもの願いは黄泉国《よみのくに》に行っても忠を忘れないことである。寺に来たのは安らかに終わりの時を迎えようと思ったまでである」

言い終わって金堂の戸を開いて、

「私は世々の末まで決してわが君を恨みません」

と誓い自ら首をくくって死んだ。

妻子ら死に殉ずる者は八人であった。

ヒムカは兵を率いて山田寺を囲んだ。

ヨギは物部塩《もののべのしお》を呼んですでに屍《しかばね》となった石川麻呂の首を斬らせた。塩は太刀を抜いてその肉を刺し、叫び声をあげてこれを斬った。

連座して殺された者十四人、絞首された者九人、流された者十五人であった。

ヨギは石川麻呂の領地、私財を没収した。

ヒムカは大使として九州倭国の都チクシに赴任した。人々はこれは忍び流しであろうと噂した。

ヒムカはこれでヨギに対する借りを支払ったことになる。


ヨギの妃ミヤツコ媛は父が塩に斬られたと聞いて心を傷つけ悲しみ悶えた。

そして塩の名を聞くことを憎んだ。このためミヤツコ媛に近侍する者は塩の名をいうことを忌み改めて堅塩《きたし》といった。

ヒムカはミヤツコ媛をさらった後、結局は媛をヨギに差し出していた。

ミヤツコ媛はヒムカとヨギの二人の男を憎んだ。いま自分が男たちに利用されただけであることに唇を噛んでいた。その憎しみが物部塩に凝縮されたのである。

ミヤツコ媛は心を傷つけられ死に至った。そして妹のオチノ娘《いらつめ》もまたその心を傷つけられていた。

ヨギはミヤツコ媛の死を聞いて、悲しみ悼み激しく泣いたという。

山川に鴛鴦《おし》二ついて
たぐひよくたぐへる妹を
誰か率《い》にけむ

もとごとに花は咲けども
何とかも
愛し妹がまた咲き出来ぬ

臣下のマンがヨギの心中をおもんばかって歌を詠んだ。

ヨギはじっと聞いていたが、やがて善《うるわ》しきかも、悲しきかもと言って、侍臣に琴を持たせマンと唱和した。

ヨギは本当に何も知らなかったのだろうか。

そうだとしたらその悲しみと表裏をなすその恨みは何処に向けられたのだろうか。

タカラはこの事件以後たびたび退位の意向を示すようになった。

初夏吉日。コセノトコタを左大臣に、大伴ナガトコを右大臣とした。

夏に入って李世民の容体が急変した。

高句麗のヤンマンチュンの射た矢傷は確実に李世民の身体を傷《いた》めていた。

極寒の遼東を彷徨《ほうこう》している夢を何度も見た。

何処を駆けてもヨンゲソムンの顔が、ヤンマンチュンの顔が待ちかまえていた。頬にあたる吹雪の冷たさで目が覚めた。

大尉長孫《ちょうそん》無忌《むき》と尚書《しょうしょ》右《う》僕射《ぼくや》・同中書門下三品褚遂良《ちょすいりょう》が枕元に呼ばれた。

大尉というのは元勲に与えられる三公の第一である。無忌は青年時代から李世民の腹心である。褚遂良の地位は中書令すなわち天子の詔勅の草案をつくる官庁の長官と同格であり、且つ行政官庁の長官を兼ねているといってよい。

二人は房玄齢《ぼうげんれい》、李靖《りせい》亡き後、李世民の絶大なる信頼を得ていた。

李世民は皇太子李治《りち》が心配の種であった。

皇后長孫氏《ちょうそんし》は無忌の妹である。皇后の子は三人いたが、兄二人が皇太子の地位を争って自滅し末子の李治にその席がまわってきた。

しかし李治は柔弱でひよわであった。

そのため李治を輔導するにあたって宰相房玄齢、長孫無忌、李勣《りせき》等を配置したのであった。しかしその成果を見届けぬままこの世を去るのがなんといっても心残りであった。

李世民は二人の手を握り李治の補佐を頼んだ。

「遂良、筆を持て。李治も見ておくが良い」

枕元には李治がいた。遂良は遺詔を書き始めた。


太宗李世民が崩御した。西暦六四九年四月のことであった。


ひと月後。新帝高宗李治が立った。

李治には王皇后の他、蕭叔妃《しょうしゅくひ》等多くの妃がいたが王皇后には子がいなかった。

先帝の忌日に李治はある尼寺を参拝した。

そこで李治が皇太子時代密かに通じていた先帝李世民の妃の尼僧姿を見かけた。

名を武照《ぶしょう》という。この時二十二才であったという。

李治は蕭叔妃を寵愛していた。彼女にはすでに数人の子がいた。王皇后はかねがねこれを妬んでいた。

しかし王皇后は夫がこの尼僧に未練が残っているのを見て取った。

彼女は尼となっている武照を自分の側に置いて、夫の気を引くことを考えた。

それとなく夫に勧めてみた。

やがて武照は宮中に召し出され、まもなく昭儀《しょうぎ》の地位が与えられた。昭儀とは九嬪《きゅうひん》の第一位である。

九嬪とは后妃の順位であって九嬪の第一位とは后妃定員百十二名中四人目にあたる。

王皇后にとって話が少し違ってきた。

キムチュンチュは一族のキムトングスを親しく呼んだ。

「ボムミンのことでは感謝している。そなたのその力と倭国についての知識を今度はヤマトで役立ててほしい。オオアマトの側《そば》にいてほしいのだ」

オオアマト様はやはりお子でございましたか」

「恐らくはとは思うが真実はわからぬ。今大事なことは真実ではない。決めつけることだ。オオアマトは私の子だ。わかるか」

「はい」

新羅がヤマトと結べば唐・新羅・ヤマトの三国同盟が成立し、高句麗・百済同盟に対して反撃の機会が訪れる。

「オオアマトを頼む」

沙喙部沙飡《さとくほうささん》キムトングスは三十七人の従者を従えヤマトへ渡った。

キムトングス、漢字で金多遂と書く。

ヤマトでは多氏《おおの》を名乗り終生オオアマトのそばを離れなかった。

大王タカラの退位の決意は固かった。ヨギは窮地に追い込まれた。

モジョンの勢力圏を引き継いだとはいえ、それは絶対的に保障されたものではなかった。オオアマトとの連合は対等どころか実際の力関係は押され気味だったのである。今ようやく石川麻呂の領地、財産を手に入れて、おのれの基盤を固めようとしていた矢先のことであった。今王位につくわけにはいかない。

イルカがしてきたことと、ヨギが彼の妃の親たちを次々と殺してきたことと、いかほどの差があるというのか。

世の人々は彼をそうみている。

これもまた王位を継承するにあたって逡巡した理由の一つであったに違いない。

今はイルカを殺したことすら傷になりかねなかった。

カマコはカルを推挙した。カルはタカラの義弟、ヨギには叔父にあたる。

父は百済法王、母は彦人大兄の娘である。父王の死後母の生地ヤマトの百済王家の地、和泉郡軽部郷に拠をかまえていた

カルもまた在倭国一世であるが、在倭年数、年令ともにヨギよりもはるかに長く、はるかに年長であった。

カマコは軽部の郷にカルを尋ねた。

「困ったことになりました」

「姉は石川麻呂の件が余程こたえたらしい。イルカへ嫁いだこと、そのイルカを殺したこと、ヤマトへ来て色々なことがありすぎた」

「あなたがもっと陛下についていてあげれば良かったのでは。心の支えが必要だったのです」

「そうかも知れぬ。しかし私も姉と同じで、こういうことは苦手だ。ヨギのこともある」

イルカを倒した新政権は何をすべきかを決めなければならなかった。イルカの轍を踏まぬためにも新しい方針を出さなければならなかった。

具体的な方針となると、唐留学生たち、ゲンリ、南淵請安、旻法師に頼らざるを得ない。それはカマコやカルとて同じことであった。いわんやタカラやヨギにおいてはなおのことである。

特にゲンリは具体的な案を持っていた。結局ゲンリと旻が国博士となり政策参謀として参加することになった。

若いヨギは積極的にゲンリらと協議をした。

しかし自ら手を汚したヨギは、後ろで糸を引いていたカルを何とはなしに煙たく思っているようであった。

「私は小さな齟齬《そご》が大きくひび割れる予感がして身を引こうと思ったのです。姉のあとはヨギで良いのでは」

「さあそれは。あなたがよくご存知なのでは」

言ってみればヨギはよそ者である。豪族たちの目は冷ややかであった。

その豪族たちに睨みをきかせた形で登場したのがオオアマトである。

二人は兄弟として政権の中枢にいる。

今やお互いがお互いを必要とする関係になっていた。

二人をつないだのはキムチュンチュであったが、チュンチュと入れ替わりにキムトングスがオオアマトの側近としてやってきた。

トングスが新羅の利益を代表しているのは明らかであった。ヨギが大王となるのはむずかしいといわなければならない。

「オオアマトは積極的には何もいいません」

「ヨギが動ける状態ではないということですか」

ゲンリと旻は唐の組織をどうこのヤマトに移すか、基本的な計画を練った。

初めに出てきたのは土地の公有制であった。

これに一番反応したのはヨギやオオアマトではなく在地の豪族たちであった。

彼らの抵抗はすさまじいものであった。

その意味でこの度の石川麻呂の誅殺が彼らに与えた衝撃は計り知れないものがあった。

しかしながら政権側にも妥協の必要があった。

これらのことごとは旻法師を通じてカルの耳にも届いていた。

カルは旻と話をするようになって佛の道に帰依していた。それでよく旻と会っていたのである。

「そういうわけですので、ここは一つあなたに出馬していただかなければなりません。皆弱っているのです。どうしたら良いのかと。元はといえばこれはあなたが言い出したことです。責任をとっていただかなくては」

「これは一本取られた」

「チクシにおられるプンジャン王子に書状を書いていただきたい。お会いになられたことがありましょう」

ついにカルは承知した。

しかしカルを王とするにはもう少し工夫が必要であった。

そこでウマヤドが大王になるにあたって利用した讖緯説を再利用した。

しばらくして長門国より白雉《しろきぎす》が奉られた。

チクシに滞在している百済王子プンジャンが白雉に付き添ってヤマトに現れた。

朝廷はプンジャンにその意味を尋ねた。

プンジャンは後漢の明帝の時、白雉があちこちに見られたと申しますと答えた。

次に僧旻等法師たちが答えた。これは休祥といって珍しいものです。王者の徳が四方に行き渡るときに、白雉が現れるということです。周の成王のとき、晋の武帝のときにも見られたとのことです。正しく吉祥であります、と。

吉日を選んで儀仗兵が威儀を整える中、左右大臣以下文武百官が輿に乗せられた白雉を迎えた。そこでカルが大王になることをいかに天が望んでいるか、人々は口々に合唱したのである。

西暦六五〇年二月十五日、この日、カルは即位した。

元号を白雉とした。

カマコは大后にヨギの妹ハシヒトを薦めた。

ハシヒトが二十才を少し過ぎた頃である。

色が白いというより青白く、ほっそりとしており、あまり表情をみせなかった。身体も、そう丈夫そうではなかったが、カルはかねがね蜉蝣《かげろう》のようだと言っているとおり、そうっと繭《まゆ》の中にでも入れておきたくなるような女であった。

それをカマコは知っていた。

即位と同時にハシヒトは立后した。

カルとは親子程の年の差があった。カルはハシヒトを大切に扱った。

しかしハシヒトの表情は相変わらずである。カルにはハシヒトが褒姒《ほうじ》に見えてしまうような気がした。

褒姒《ほうじ》とは中国西周の末、幽王の妃で、神龍の残した泡から生まれたという魔性の女である。褒姒は笑わなかった。

幽王はあらゆることをして笑わそうとしたが、ことさらに笑わなかった。

正妃申后《しんこう》と皇太子宜臼《ぎきゅう》を廃し、褒姒を正妃とし、その子伯服《はくふく》を皇太子にしても笑わなかった。

ある時幽王は烽火《のろし》台に火を入れてみた。

諸侯百官があわてふためいて馳せ参じてきたが、敵は何処にもいず、互いに狐につままれたような顔をしていた。このありさまを見て褒姒は初めて笑った。

幽王は大いに喜び、その後烽火台に火を入れること四度《たび》に及んだ。諸侯百官はもう誰も集まらなくなった。

二年後、正妃申后と皇太子を廃嫡された舅の申候は西方遊牧民と手を組み反乱を起こした。峰火台に火が入ったが、だれも馳せ参じることはなかった。都城は炎に包まれ、反乱軍のなすがままであった。

幽王は殺され、西周は終わりを告げた。

まさか、そのような愚かなことを。カルはそんな考えをあわてて打ち消した。

「第一に土地、人民の公有。豪族の土地、人民を取り上げる。

第二に取り上げた土地に国司を派置する。中央との連絡を迅速に行なえるようにする。

第三に税、兵役の元である戸籍を作る。

第四に税の細目を決める。

以上がわれらがこれまでに推し進めてきた改新の大元《おおもと》の方策です」

とカマコはカルに報告していた。

「最大の問題は在来の豪族の抵抗であります。前年石川麻呂を倒して、その後はいくらかやりやすくなりましたが、まだ土地を返さない、人民を返さない者が多くいます。このままではわれらは潰されかねません」

「ゲンリは何と」

「これが出来ないようでは何のためにあなた方はソガを倒したのか、とあの穏やかな人が興奮しております」

「ヨギ、オオアマトは？」

「お二方ともこの方策には賛成なのですが、案外と冷静で、要するに豪族の既得権は認めてしまえと。とりあえずつじつまを合わせて、徐々に実質をとっていくしかないのでは、ということです」

「うーむ。それでうまくゆくのか。彼らは太古の昔から根を張っている連中だ。二、三代前にこの土地に来た者たちはまだ説得出来ようが……、かえって形だけで終わってしまうことになりかねない」

「何とかするしかないでしょう。ゲンリのいうとおり先行き唐と立ち向かうためにも」

カルは佛の道がこの世を救うのではないかと思い始めていた。

旻はその立場から改新を進めようとしている。旻の話はわかりやすかった。佛を信ずれば道は自ずから開けましょう。

世を救い、おのれを救う、それが佛の道であると。

大王になった今、国家の力で佛を広めることが出来る。

まず身の丈六丈に及ぶ佛を造らせ、さらに千の佛を刻むことを佛師に命じた。

ハシヒトの心を開くことが出来るだろうか。

「豪族の土地、人民はそのままとするが、あくまでも形は大王より支給されたものとする」

とカマコが言った。

「要するに無理にでもつじつま合わせをしろというわけですね」

とオオアマト。

「そうです。そのかわり戸籍はきっちりやってもらいます」

大王の前にヨギ、オオアマト、カマコ、ゲンリ、旻が集まっていた。

カルが口を開いた。

「まず隗《かい》より始めよ、である。そなたたちの領地から戸籍を作り、班田収受を行なえ。最後は例外を認めないようにせよ。

次に墓について述べよう。

古来この国はむやみと大きく立派な墓を造ってきた。このためいかに人民が疲弊しているか、ゆるがせには出来ないことである。

棺は骨を朽ちらせるに足りれば良い。衣衿《きもの》は身体を朽ちさせるに足りれば良い。代がかわった後にはその場所が知れなくて良い。飾りは無用。

葬うのは隠すことである。人に見られないのが良い。

これは中国の王が語った言葉である。葬礼について細かく定めよ。人民を富ます大きなもととなろう」

改新の政策は少しずつ実行されはじめた。

人々の動きも期待と願望によって活発になってきた。

ナニワ宮の造営も着々と進んでいる。

昨年からかかっていた丈六の佛が完成した。前大王タカラを招いて百官が集まるなかで法要が営まれた。

散り舞う桜の花と鐘の音と読経の響きが巨大な佛を包んでいた。

カルは傍らのハシヒトを見た。

ハシヒトの表情は相変わらずだった。

もう一人、女の表情を気にしている男がいた。オオアマトである。

女は額田《ぬかた》といった。花片が額田の髪にまとわりつく。

額田は巫女であった。オオアマトの子をみごもっていた。

オオアマトを見ようともしなかった。

オオアマトはそっとため息をついて佛に顔を向けた。


ある日タカラとヨギは王宮の一室からナニワの海を眺めていた。

今日の海は穏やかである。

ナニワ津を浚渫《しゅんせつ》しているさまも絵のようにおさまっている。

「あの海の先に百済がある。ヨギよ、帰りたいか」

母は子の表情に欝屈したものがあるのを見て取った。

「私の故郷は母上のいる処が故郷です」

とにっこり笑った。

「百済は今この海のように穏やかであると聞いています。兄上がご健在であるかぎり安泰でありましょう。

母上もようやく穏やかな日を過ごすことが出来、ようございました」

母はもう一人の子、ハシヒトを思った。

ヨギも妹を思っていた。

「あの子はうまくやっているだろうか」

母は呟いた。

ヨギは海に顔を向けたままだった。

ヨギにはどうしても妹を取られたという思いから離れられなかった。

そうか、この子はハシヒトのことを考えていたのか、と母はヨギの冴えない表情に思い当たった。

「お前の叔父上はあれで中々ひょうきんなお方です。あの子を楽しませようと、色々と心を砕いておられる。最近は佛の道で楽しませようとなさっている。この暮れには途方もないことをしてみようと、おっしゃっていた」

「母上は叔父上の佛への想いをどう考えられますか」

「あの方にとっては良いことではないでしょうか。ただ高句麗の者の話では佛とは違う教えがあるという。もう少しその話を聞いてみたかった」

「私には叔父上の処へ行った妹は不幸ではないか、と思われます」

「あの子はあまり丈夫な子ではない。私とそなたで支えてやらねばなるまいぞ」

「はい」

タカラは語調を改めた。

「ヨギよ、そなたもやがてはこの国の王となるべき立場です。一族のことだけ考えていては国は治まりませぬ。

特に兄弟となったオオアマトには心を配ってほしい。オオアマトあってのそなたであると、深く心に刻んでおくれ」

日が動いて母の鬢を光がかすめていた。

こういうときの母を特に美しいと思った。


大王カルの佛に対する思いはますます深くなっていった。

カルは子供の頃を思い出していた。

泗沘《サビ》の南、母岳山《ぼたいざん》の麓に建てられた巨刹《きょさつ》金山寺を父王と訪れた時のことである。王一行のために万燈が灯された。漆黒の闇に黄金の光が境内を埋め尽くし弥勒《みろく》殿が夢のように浮かび上がった。

子供のカルは極楽の中に遊んだ。

ハシヒトにも見せてやりたい。

その年の大晦日の夕刻、王宮の庭に実に二千七百の灯が点された。

夕闇が迫るとともに灯は輝きをまし、昨日からの残り雪に映え、新宮殿が鮮やかに浮かび上がり夢の世界を現出した。

読経する僧尼は二千百人に及んだ。

カルがハシヒトを見ると、口許が少しほころんだかのように思えた。

「今日で五日目だ」

とゲンリは呻《うめ》いた。

雨が降り続いているのである。

時折激しく吹く風が女官たちを怯えさせた。

浸水のため家が壊れたという報告が頻々と入ってくる。

王宮の外も内も薄暗くいつも夕刻のようだった。

雨が降り始めたのは王宮で佛の法門論議が行なわれた日の直後のことであった。

千名の僧侶を前において二人の高僧によって論議が行なわれたのである。

あれは雨乞いの集会であったのかと皮肉を言う者まで現れた。

六日目。同じように雨は降り続いている。ついに死者が出た。

牛馬が流され始めたと報告が入る。あちこちに出来ていた水溜まりは池となった。

こんな時に何処其処の班田が終了しました、某々の戸籍が完了しましたと報告がゲンリに届く。

雨はさらに三日間降り続いた。

カワチ湖と呼ばれている潟湖《せきこ》は満水となり近辺の郷を浸し始め、ついにヤマト一国が海になってしまった。死者の数、牛馬、家屋の損失は想像がつかなかった。

完成間近のナニワ津の湊《みなと》もどうなってしまうのか。

ナニワの王宮はついに孤島のようになってしまった。

班田であるとか、戸籍であるとか訳のわからないものを始めるから神々がお怒りになっておられるのだ、今の王は神々をないがしろにし、佛に偏りすぎている、この水害は神のお怒りだと、怨嗟の声が満ち始めた。

おのれの権益を守ろうとする豪族たちはこの自然現象を利用しようとしている。

カマコやゲンリたちは思わぬ伏兵に茫然としていた。


十日目にしてようやく雨が上がり、日が差してきた。

王宮の小高い丘の上に立つと一望海である。

「この都は難しいかも知れませぬな」

新羅からやって来てオオアマトの側近になっているトングスは言った。今はオオノホンジと名乗っている。

「うむ」

オオアマトはうわの空で返事をした。

この雨で動きが取れなかったが、先程十市《とおち》から戻ったばかりであった。

巫女の額田を孕ませてしまい、やっとのことで十市の郷に預けてきたのである。

私は巫女でございます、大王様にいいつけますよ。

私をどうしてくれるのですか
と言ったり、はたまたまったく口をきかずに追い返したり、さんざんオオアマトを手こずらせていた。

ホンジはそんなことは百も承知で、

「相手が何処の国になるかはわかりませぬが、敵から攻撃を受けた場合、このナニワでは不利でございます。こんなことでこの有様です」

茫々たる洪水を見渡してそう言った。

ホンジには別の思惑があった。

オオアマトの本拠地は伊勢である。アスカから東南の山々は勢力範囲である。オオアマトの将来を見据えていた。

しかし王宮の造営は着々と進み、秋に入るとついに完成を見た。

その宮殿の有様は譬えようもない程のものであったという。

完成の祝いも兼ねて、大晦日には前年のように何千という灯を点し千人の僧尼によって盛大に斉会《さいえ》を行なった。


チュンチュを逃がしたことが取り返しのつかぬことをしたのではないか、という思いがソンチュンの脳裏から離れなかった。

ゲソムンも同じ思いに違いないと思った。

それを打消すかのように弟のユンチュンからの報告である。

ユンチュンが占領している唐江南の地は一応の成果を見せ始めていた。唐軍には李世民が死去してからというもの、勢いが感じられなかった。新帝高宗は凡庸であった。

唐を滅ぼす機会が訪れている、ユンチュンからの書状はそれを催促していた。

ソンチュンにはもう一つ気がかりなことがあった。クムファが王の後宮に入るようになってから王宮が華美になってきていた。それにともなって王が彼を疎んじ始めているのではないか、と感じていたのである。具体的に何かがあったわけではなかったが。

今のうちに打てる手はすべて打っておきたかった。

すでに高句麗を通じて靺鞨《まっかつ》とも引き続き同盟を結ぶようにと、新羅包囲網を敷く策をたて使者を高句麗に派遣していた。

チクシとも同盟を結んでおいた方がよいのではないか。

それはヤマトのカマコがしきりと勧めていたことでもあった。

その実、カマコは数ヵ月前大唐に二百四十一人もの遣唐船を送っていたのである。

その中にカマコの十一歳になる子、定恵《じょうえ》が入っていた。定恵は実は大王カルの子であったという噂であった。

人質として長安に送られたのだと。

ソンチュンはカマコのしたたかさを見せつけられた。

夏。百済はチクシとカマコ立ち会いのもとで同盟を結んだ。

それからまもなくヤマトナニワに宮を構えていた大王カルを置去りにして、ヨギ、母タカラ、カルの正妃であるヨギの妹ハシヒトがアスカに去ったという意外な知らせが入った。

寝耳に水であった。ソンチュンにとってはヤマト百済の内部分裂に等しい。

一体何が起きたというのだ。

大使としてチクシに赴任しているヒムカは、中央に戻るためにヤマトの情報収集を怠らなかった。そしてどうやらナニワの都におかしい動きがあることを掴んだ。

大王が佛の道に熱心なあまり、政務を疎んじているのではないかということ、改新の政策が豪族の抵抗にあって行き詰まっていること、ヨギとオオアマトの二人の存在が大きくなってきていること等である。ヒムカはこれらを分析して、土着でありながら新興勢力であるオオアマトに目をつけた。

この男か――

しかも新羅から来た男がべったり付いているという。

しかし暑い、何年たっても慣れぬわ。

ヒムカは殆ど半裸体で配下の者に団扇で扇がせていた。

「ヤマトより中臣カマコ様がお越しでございます」

取り次ぎの声である。

「カマコが？」

ヒムカは怪訝な顔をして迎えた。

「ご健勝のご様子、祝着にございます」

とカマコは挨拶をした。

コマロが供をしていた。

「わざわざ内臣《うちのおみ》が見えられるとは、余程重大なことらしい」

「いやあ、チクシと百済に頼まれましてな。二つの国の立会い人です。二つの国は同盟を結ぶことになりました」

「そうですか」

ヒムカははずされていると感じた。しかし顔には出さずカマコと同道した。

すでに百済の大使は到着していた。

チクシ側からはチクシ・イハラのイハラ王とアソカが出席し、二つの国は未来永劫にわたって変わるまじき約を結んだ。違背した場合は子々孫々に至るまで神佛の祟りがあるであろう、と。

百済とチクシが約を結んだということは新羅を仮想敵国とするということである。

ヒムカはこれはオオアマトにとって不利なことではあるまいか、オオアマトは今度のカマコの動きを知っているのか、知っていたとしても、いずれにしてもここでオオアマトに恩を売っておけば復活の機会が訪れるかも知れぬと思った。

カマコは久し振りにアソカと会った。

「おい、一体どうしてくれる。ヨリコが戻ってきてしまったではないか、マヒトはどうしたのだ」

アソカは怒っていた。

「すまぬ、まず話を聞いてほしい」

「聞く耳持たぬぞ。ヨリコに謝れ」

「あとでいくらでも謝る、まず聞いてくれ。

去る五月に遣唐使船を出すことになった。遣唐大使はキシノナガニとタカタノネマロという男だ。

しかしこれには裏がある。

去年新羅の使いが内々に奏上したところによれば、大唐がわが国の大王の王子を質として入唐させよ、ということであった。

皇帝が代わってから、大唐のやり方に変化が起きている。

ところが大王には王子が一人しかおらん。アリマだ。

このまま行けば次の大王となられるお方だ。

それで大王からこうゆう話があった。

そなたの子を実は朕の子であるということにして差し出すわけにいかないだろうか、と。

大王の意向ということになれば逆らうことは出来ん。

結局車持《くるまもち》の娘ヨシコという有りもしない氏族の妃をデッチあげて、身重になったところで私にお下げ渡しになり、生まれたのがマヒトということになった。

それで定恵という僧侶にして遣唐船を仕立てて送り出した。こたびの遣唐船はそのためのものだ」

「ふん、お前の盟友であったヤマトの王も大したことはないな。王になった途端に自分のことしか考えぬ。なにが佛だ、格好ばかりつけて。

千人の僧に経を読ませたからといってそれに何の意味がある。おい、佛とはそのようなものか。ヨリコやマヒトを不憫と思わぬのか。お前も同罪だぞ。だからおれはあの時言ったのだ、ここに住めと」

アソカの言う通りだった。自分が情けなかった。人の幸せとは何なのだろう。

私は何のために何をやっているのだろう。

同時にもう一つの声が囁いていた。立ち止まると。

その時騒ぎが持ち上がった。松明の火がうごめいている。

ヤマトの遣唐船が難破して、今数人が娜の大津に辿り着いたという。

「火急の事態です」

何故今頃？

何処で難破したのだ？

「何だと！」

アソカはカマコを睨み付けた。

「マヒトに何かあったらお前を殺すぞ」

そう言ってアソカは飛び出していった。

カマコも蒼白となって後を追った。

浜にはすでに大勢の人々が松明を振りかざして動き回っていた。

陣頭指揮をしているヒミカの声が聞こえる。

「マツラの方へも人をやれ、シカノシマへもだ。急げ」

ヒムカも来ていた。

カマコは大声で叫んだ。

「マヒト！　マヒトはいるか！」

助かった者はたった五人だった。

「しっかりしろ、私は中臣カマコだ」

「私はカトベノカネといいます。マヒト様はわれらの船ではありませぬ。われらはタカタノネマロの船であります」

カマコは気が抜けてその場にへたってしまった。

「どっちにしてもカマコ、お前を許さんぞ」

アソカもほっとしながらもなおそう言った。

ヒムカが言った。

「早速ヤマトへ急使を立てます」

空が白みかけた頃、大使の館から男が出てきた。ヤマトへ向かうヒムカの使いであった。

待っていたかのようにコマロに呼び止められた。

コマロはチクシに来て以来ヒムカの動向に注意していた。

「内臣の命令である。文を改める」

はたしてオオアマトへの書状が別にあった。それを取り上げると使者を放した。

やがてコマロは館に入っていった。

数日後、ヒムカが急病で亡くなったとチクシ王に伝えられた。

話は少し遡る。

ナニワ津の湊はごった返していた。

大型船が二艘停泊している。

新政権になって初めての遣唐使船がいま出帆しようとしている。

この遣唐使船はある密命を帯びていた。

第一組の大使は小山上《しょうさんじょう》キシノナガニ、副使小乙上《しょうおつじょう》キシノコマ、第二組の大使大山下《だいさんげ》タカタノネマロ、副使小乙上カニモリコマロ、以下学問僧、学生、船長、水夫、すべて二百四十一名である。

見送りには大王カル、ヨギ、オオアマト、カマコ、ゲンリ以下百官が勢揃いしていた。

遣唐使たちは今家族たちとの別れを終え、大王へ出立の挨拶をしていた。

やがて彼らは船に乗り込みはじめた。

家族や友人たちは大声で言葉を投げ、あるいは泣き叫び、一段と狂騒の度を加えた。

これが今生の別れになると内心では皆そう思っていた。

一行の中でひときわ目立つ者がいた。

あまりに幼いので人目を引いたのである。

定恵、中臣カマコの子マヒト十一才である。

「何とむごいことを」

口には言わぬがそんな空気が見送り人の間に広がっていた。

「実はカル大王の王子らしいという噂よ」

「おいたわしいこと」

女たちは姦《かしま》しい。

オオアマトは周囲のそんな声を聞いてニヤリとしてヨギに言った。

「車持夫人ヨシコとはまたよく思いついたものだ。ヨリコ夫人と紛らわしい」

「どうせ唐へ行けばそういうことかということになる」

「カマコも気の毒に。奥方の顔を見ろ、蒼白になって今にも倒れそうだ」

王子アリマは身代わりとなったマヒトを複雑な想いで見送った。

遣唐使船は出航した。

見送りの人々はあらん限りの声を出して送った。

やがて二艘の船は須磨の彼方へ消えていった。人々は散開し始めた。

「この湊も何とか間に合ったな」

とオオアマトが言った。

「去年のあの雨でほとんど工事のやり直しであった」

ヨギも感慨深そうにそう言った。

「あの洪水は物凄かった。この王宮が孤立していた。兄者、この都は攻めるには良いかも知れぬが、守るには難しいぞ。淡路を占領され、紀の国から攻められて古市を押さえられたら孤立してしまう。出城にして、いっそアスカに戻らぬか」

「たわけたことを。今やっと都が完成したばかりではないか。どれほどの苦労をしたと思うか、わかっておろうに」

　とは言ったが、もともとナニワに遷都した理由はここにいるオオアマトを避けるためであった。そのオオアマトと連合した今となってはナニワにいる理由はない。オオアマトの言うとおりであった。

「まあよく考えたほうが良い。大唐はああやって人質を要求してくる。一歩間違えたら大軍が襲ってくるぞ、ひとたまりもない」

　そう言ってオオアマトは去ろうとした。

「今日も十市《とおち》へ行くのか。赤子は元気か」

「うむ、男よりも女の子の方が可愛いものだな」

「どうだ、私の子大友と目合せないか。今六才になる。丁度良いではないか」

「これは気が早い。良いだろう」

　オオアマトは再びニヤリと笑った。

　ヨギは大王カルにオオアマトの言ったことを話した。

　カルは言った。

「今人民の血と汗の結晶でようやく都が完成した。何年もかかってだ。おろそかにするわけにはいかない」

「わかっております。が、改新の策はまことに理にかなったものでありますが、如何せん去年の洪水以降豪族たちは神の怒りと騒ぎたて思うように進んでおりません。

　ここは人心一新、都も一新して出直すべきではないでしょうか」

叔父は話がわからぬ人ではなかったはずであったが、近頃話に齟齬をきたすようになっていた。佛にのめり込み過ぎて、現実的ではない面が出てきている。ヨギにしてもハシヒトの件があって叔父に対して何か疎ましさを感じていることも確かであった。

石川麻呂の一件も叔父が仕組んだと思っている。母はよく知らされていなかったのではないか。王の子として生まれ、このヤマトへやって来た以上は相当の覚悟をしてきたはずである。が、自分の妻となった人の親を殺害する現実は耐えられないものがあった。母が退位した理由もそこにあった。

ヤマト媛の父フルヒトの時も。イルカを手にかけた時は夢中であった。

一度は母が愛した男を殺してしまった。だからイルカを憎んでいたのか。

あの時は叔父カルはイルカに最大の敵と思われ、厳重な監視がつけられ、軽部郷から一歩も出られない状態であったが、カマコの後にはカルがいたのは想像できた。

ここまで来たのは二人の力があってのことだとはわかっている。

が、愛しい妹が叔父のところへ行くことになってから、心の闇が一気に刃となってカルに向かっていた。

「愚かなことだ」

カルはそう言って不機嫌な顔になった。

たしかに去年の大雨以降、人心に不穏な空気が入り込んでいた。

この都は呪われているという噂がかけ巡った。それを打ち消すようにカルは益々佛の行事を盛大に行なうようになっていた。

旻法師に相談してみようと思った。

旻は病に倒れ、安曇寺《あずみ》で病臥していた。

もはや話をする状態ではなかった。

同行したゲンリともども涙を流して言った。

「あなたが今日亡くなればわたしも明日死ぬでしょう」と。

ゲンリはカルに言った。

「唐は長安が都ですが、洛陽もまた都であります。洛陽は唐の大平原の入り口にあり、まさにナニワと同じ位置になると考えられます。

ヨギがアスカへ行くのであれば、それも良いではありませんか。唐の皇帝も長安に居たり、洛陽に行ったりしております」

カルはゲンリの言葉を多とした。

そしてヨギにアスカへ行くならばそれも良い。私はここナニワで政事《まつりごと》をしようと言った。

しかし蓋を開けてみたら、ヨギ、オオアマトはおろか、タカラ、そして意外なことにハシヒトまでがカルから去ってしまった。

年来の友カマコは言った。

「ここは大勢《たいせい》に従うしかありません」

そして旻法師が亡くなった。

壮絶な孤独感に襲われた。

「ハシヒトよ」

ゲンリは数奇な運命に弄《もてあそ》ばれていた。ウマヤド王によって唐留学生となった。四十六年前のことである。

隋の使節裴世清《はいせいせい》を送る大礼小野妹子《だいらいおののいもこ》に従って送り出された八名の内であった。

まもなく隋から唐への動乱を経験することになる。

それから三十三年の月日が経った冬、新羅を経由して帰国する。恐らく五十歳を超えていたと思われる。東アジア動乱の波が彼の帰国をうながした。

唐には理由があった。同行者清安は明らかに監視役兼公安である。

そして新羅経由の帰路にも理由があった。新羅にはキムチュンチュがいた。唐と新羅はゲンリを利用して倭国にくさびを打ち込もうとしていたのである。

彼は五十にして故郷に錦を飾った。

倭国ヤマトもまた動乱のさなかであった。

彼の新知識はいずれの側からも重要な兵器であった。やがてキムチュンチュを呼びヤマトの政治路線に決定的な役割を果たした。

その後、大錦上となっていたゲンリはカマコから再び大唐にいくことを勧められた。

二船に分乗して、とあるから前年の遣唐船、二百四十一人に近い人数を率いていたと思われる。

二月下旬ヤマトを発った。新羅道をとったと記録される。

ゲンリは深い絶望感に襲われていた。

若い時からずっと一緒だった旻が亡くなった。

小野妹子に従って、イカルガを出立した八名の留学生は今はアスカにいる南淵請安と二人だけになってしまった。

再び故国の土を踏むことはあるまいと思っていたが時代は三人をヤマトに引き戻した。

三人で語り合った理想の世界がヤマトで実現する場に居合わせた。請安は柄でもないと辞退したが、旻とゲンリは政府の人となった。

理想に共鳴する人々が集まり、ことは少しずつ成就するかに見えた。

が現実には手から砂がこぼれるように、理想がこぼれ落ちてゆき、残ったのは施政者の都合の良いものだけでしかなかった。

人民から如何に、より徹底して収奪するかということだけが実行された。

カルに理想が無かったとは言わない。

しかし人民にじかに接するのは国司とその配下の者たちである。

中央にいる者はそれを言葉で飾っていれば良い。

それすらも今回のカルとヨギとの軋轢《あつれき》は粉砕してしまった。

影で喜んでいる者は旧来の豪族といまや収奪屋になりさがった国司たちである。

何のために倭国へ還ったのか。

そんなゲンリをカマコは知ってか知らずか、大唐行きを言ってきたのであった。

ゲンリはふと思った。カマコの優しさか、――と。


これも運命かと思う。

偶然にもゲンリはキムチュンチュの新羅国王即位に立ち会うことになる。

春。新羅国王スングマンが薨去した。おくり名を真徳王という。群臣は後継者に伊飡《いさん》アッセンを推した。しかしアッセンは老人であった。彼は固辞して次のように述べた。

「人徳もあり人望も極めて高い人物はチュンチュ公をおいて外にはありません。彼こそまさに世を救う英雄というべきでしょう」

チュンチュは三たび辞退したが断りきれず承諾した。

即位式には倭国ヤマトの重臣大錦上タカムコノゲンリ以下遣唐使一行が列席した。

ゲンリは新羅国王キムチュンチュに拝謁した。

ゲンリが新羅を通過することは新羅にとって好機であった。彼らと行をともにすれば、前女王スングマンの死とチュンチュ王即位の報告の使者を無事長安へ送ることが出来る。

同時にこのことは二百人におよぶヤマトの大部隊が新羅を縦断することでもある。新羅国内を存分に見てくださいといっているようなものである。

チュンチュはカマコの意図を見抜いた。何故ゲンリか、何故新羅道かと。そしてゲンリをあわれと思った。

ゲンリは言った。

「私はすでに還暦を過ぎています。ふたたびヤマトへ戻ることは無いでしょう」

チュンチュは別れを惜しんで一日の行程を共にして、ゲンリを送った。

数カ月後、ゲンリ一行は新羅の使者を伴って無事長安に到着。高宗に拝謁した。

永徽五年（西暦六五四年）五月。唐はチュンチュを冊命し、開府儀同三司《かいふぎどうさんし》新羅王とした。

ゲンリは大唐の地で死んだ。

クムファ

カマコは憂鬱であった。
あれ以来ヨリコは何も言わず、ただ侮蔑の目を向けているだけであった。
カマコはヨリコの目が恐ろしかった。
それが倭国の為になるのだと言って聞かせても何の意味もない。
まもなくヨリコはチクシに帰ってしまった。
今回のことはカルとカマコの間に、ある亀裂を起こした。
政治上の意見の喰い違い等ではない。人と人の感情のもつれであった。
男と女、男と男、救いようのない――
カルとヨギとの間もそうであった。
それが政権崩壊に結びつく。過去の歴史に幾つもの例がある。
今、大王カルを一人ナニワ宮に残してアスカに引き上げたことはまさにそうであった。
ゲンリの落胆は端で見ていても激しかった。
この政権は崩壊しようとしている。

そしてカマコの家はすでに崩壊していた。
あなたは人の情けを食べて生きている生き物ですね。
ヨリコの目はそう言っているようだった。
私は多分、人としての一線を超えてしまったのだ。
ヨリコを裏切り、マヒトを裏切り、カルを裏切り、そして今度は誰を裏切るのだろう。

夏。前年の遣唐大使キシノナガニが膨大な文書・宝物を得て帰国した。この文書の中に三国志魏志倭人伝が含まれていた。

中ノ大兄・オオアマト連合はヤマトの独立、できうればチクシを併合しての独立国家を目論んでいた。チクシとは唐に対して連合しているにすぎない。それもその時々によってどちらかが倭国の正統性を主張しているのが現状であった。

独立国家、といってもそれはあくまで最大公約数としてであった。内部ではまた微妙に食い違っていた。

この雑多な部族連合の志《こころざし》をどう構築するか、それなくしては、どのような入れ物をつくっても無意味なのではないか。この政権は崩壊しようとしているとカマコは考えた。

まず大唐の正史、その他の文書を蒐集することから作業は始められた。

彼らの正史には何が書かれ、何が書かれていないのか。

書かれていない時空こそがカマコの求めている一点であった。

茫々たる空白の時空。それはなにを描いても良い、真っ白な画布であった。

そのためには倭国について何が描かれているかを見極めねばならぬ。

キシノナガニは良く任務を果たした。

われらは過去を抹殺しなければならぬ。

カマコは一人低く呟いた。


カルは佛に向き合っていた。

私は何の悟りも得ることが出来ず、いや煩悩の虜となって毎日のたうち回っている有様です。

ああ、ハシヒトよ、何故なのだ。

もうこんな問いを一年に渡って問い続けています。

鉗着《かなぎ》け　あが飼う駒は
引き出せず　あが飼う駒を
人見つらむか

こんな歌を送ってはみたのですが、未練というものです。

私も老いてしまいました。こんな男が若い女に懸想をするということが土台無理というものでありましょう。

元々私は百済を追われた人間です。百済はいつもそうです。邪魔な者を倭国へ送り出してしまうのです。

ヨギもそうです。プンジャンも。

小さいときは不良少年だった私は、ヤマトにきてからも不良中年でした。そんな時、唐から旻法師、ゲンリたちが戻ってきました。

人々は大帝国唐の有様をこぞって彼らから聞き出そうとしました。私もそうです。カマコもそうでした。

私たちはいつしか緊密な同志のようでありました。

旻は僧侶です。佛の道を説く身の上です。真の政《まつりごと》とは世の人々を救うためにあるのだと。

ゲンリは彼の思想を具体化する方法論を持っていました。

たとえば、公地公民制であるとか、都城制であるとか。それらを実際に運営するための役所はいかにあるべきか、都市はいかにあるべきか、村はいかにあるべきかなどなどです。

唐が理想の国であるとは必ずしも考えているわけではありません。

恐らく二人はそれを承知の上であえて彼らの理想を語ったのでしょう。

カマコは私たちよりずっと世代の若い青年でした。

むさぼるように吸収していきましたが、今一つ確信が持てないようでした。

そこへかつての私のようにヨギが母と妹とともにやって来たのです。

私は兄武王の妃であったタカラに以前から魅かれていました。

女として何と言ったら良いか、花が咲いているような……

しかし同じ想いの者は外にもいて……

その中の一人、イルカがヤマシロを倒した後、大后としてさらってしまったのです。

私はタカラとは対照的な線の細い娘、ハシヒトが気になり出しました。

色が白く蜉蝣のような、それでいて魅惑的な瞳が妖しい雰囲気を醸《かも》しだしているのです。

はじめタカラに目を奪われて気がつきませんでした。それからというもの、この少女を想っては眠りに入るというような有様でした。

イルカを倒す計画は百済本国からの要請で急に具体的になりました。

私とカマコはヨギを説得にかかりました。ヨギを巻き込まなければ成功はおぼつかなかったのです。タカラには知らせませんでした。秘密は知らない方が安全ですから。

そのかわり事が成就した時はみるも哀れなほどの落ち込みようでした。

皮肉なことにそのタカラを、今度は私が説得しなければなりませんでした。

このことでタカラは私を恨んでいると思います。思えばタカラは可哀想な女です。本国と私たちの圧力で無理矢理大王位を引き受けさせてしまいました。

旻もゲンリも良くやってくれました。どれだけの成果があがったのか、急にはわからないこともありましょう。

ハシヒトを娶ったのは私が王位を引き継いだ時です。半ば政略結婚のようではありましたが私は有頂天でした。

触れれば壊れそうなハシヒトを真綿で幾重にも包んで人形箱に納めるように大切に扱いました。

王位に就いた時私は考えました。王とは何をなすべきなのか、人々を救うのが王の役目ではないのか。

あなたは天竺の王の子でありました。にもかかわらず人々を救うことを探し求めて俗世の栄華を捨てて佛の道に入られた。私にはとても出来ぬことです。

むしろ王であるが故に人々を苦難から救うことが出来るのではないか。

私たちはソガを倒した。ソガを倒すことが人々を救うことになるのか。倒すことに先走ってその意味を問うことにおろそかではなかったか。ソガが百済に代わっただけではないのか。もう一度思いを新たにする必要がありました。

私はものの考え方の根本を佛法に求めました。夏には千人の僧を集め経を説き、冬には千の灯《ひ》を点し供養もしました。

私が王とは何か、何をすべきか、そんなことを考えていくに従って、いつのまにかカマコやヨギと考え方に距離ができていたようです。

マヒトのことは、カマコがすべてを取り計らったことです。いや、これは愚痴でした。

おろかにも気がついた時には旻とゲンリだけが私の理解者でした。が彼らは政策立案者であって、実行者ではありませんでした。そのうえ旻は病に倒れついに亡くなってしまいました。

さらに追い討ちをかけるようにゲンリまでが遣唐大使となり私の元から去ってしまいました。

彼が自ら望んで行ったのかどうか、私にはよくわかりません。

そしてついに恐ろしい事が起きたのです。

大事にしまっておいた筈の后ハシヒトがいなくなったのです。あろうことかヨギもタカラもいなくなりました。

私は半狂乱になって探し回りました。

ああ、ハシヒトよ、何故！

くる日もくる日も王宮中を探し回りました。王宮の中もいつのまにか人がいなくなっています。

ハシヒトが、彼らが何故私の元を去ったのか、私には今だに謎です。

いや考えたくない。

それは想像だにしたくないおぞましいことです。

今、私はほとんど食物を口にしていません。意欲というものが無くなってしまいました。

気がつくと回りには壊れた器物が散乱しています。恐らく私が壊したものでしょう。

ハシヒトよ――

戻ってほしい。

佛よ、あなたは妻子を捨てられた。私にはハシヒトを諦められない。

煩悩、そうです。煩悩の塊です。煩悩の炎が私を焼き尽くそうとしています。

ハシヒトよ――

あなたがそうしろというのならば、私はこの王宮を炎の海にしても悔いはない……

カルは佛の前でこと切れていた。

白雉五年（西暦六五四年）冬十月十日のことである。


ゲソムンと百済のソンチュンとの連携は近年益々緊密化していた。二人の関係はもはや、あうんの呼吸ともいうべきものであった。

チュンチュが新羅国王となった今、新羅を先制攻撃すべきであると意見が一致した。すでに高句麗は靺鞨と、百済は倭国とそれぞれ同盟を結んでいた。

正月を期して同盟軍は新羅北部国境に襲いかかった。

作戦は大成功で北部地方三十三城を壊滅させた。

倭国、チクシは対馬海峡に陣を張った。

ヤマトはカルの死後後継者が決まらず、ヨギとオオアマトの駆け引きもあり、エミシから数百人を派遣させるにとどまった。

新羅国王になったばかりのチュンチュはたちまち窮地におちいった。

救援を求める決死の使者が続々と長安へ派遣された。

ヤマトでは前大王タカラが再び大王となった。これは極めて異例なことである。

長子大友を十市《とおち》にと言ったヨギは今度はオオアマト自身にヨギの長女オオタ媛を輿入れさせた。まだ十才になったばかりである。

「そうですか。中ノ大兄も気をつかっていますな。いずれ大王をあなたにというわけですか、それでタカラを再び大王位にと。

ま、焦ることもないでしょう」

とホンジが言った。

すでにヨギ派とオオアマト派が表面化しようとしていた。

都をアスカに引き戻したことによってオオアマト派は動きやすくなったと言える。

今回の新羅包囲作戦にはなんとか直接部隊を派遣することは避けられたが、これを巡っては両派の間で大激論が展開された。結局カマコの提案でエミシとチクシに交渉しそれぞれに部隊を出してもらうことで決着した。

結果は新羅の大敗北であった。

ヨギ側がこれで勢いづくことは避けられなかった。

タカラは自分の意志とはかかわりなく、いつも百済王家の危機的な場面に登場してきた。

今回もそうである。

自分を押さえつけていた衣がすこしずつ破れはじめていた。

奇妙な振舞が多くなってきた。

王宮内に石を敷きつめた怪しげな祭壇をしつらえ、大王自ら祭祀を執り行なった。都を取り巻く山々に溝を掘り石を積み上げさせた。

カルとは違う新しい神を招いているのであろうか。

石の山丘《やま》を作る。作る随《まにま》に自らに破れなむ。

十万の人が動員された。

狂心《たぶれごころ》の渠《みぞ》――と人々は噂した。

七月に入ってヤマト朝廷は、新羅包囲作戦に参戦したチクシとエミシの部隊を招き饗応し、それぞれに冠位を与えた。


夜ソンチュンはひとり望楼に登った。

これまでソンチュンの策はことごとく図に当たってきた。

唐軍が動きはじめた。唐軍司令官は蘇定方《そていほう》である。この当代一の将軍を倒せば、唐への打撃は計り知れない。

蘇定方軍は高句麗領に向かっていた。明日にでも江都にいるユンチュンに使者をたてねば。蘇定方軍の退路を断てと。

それにしてもこの度完成した太子の宮殿は何と豪奢なことか。

今はまだその時ではない。王には苦言を呈さねばなるまい。

先王が重態におちいった時、まだ太子であったウイジャとここで会ったことを思い出した。あれから十五年の月目が流れていた。人の志とはかくも脆《もろ》いものなのか。この君とならば私の命を賭けても良いと思った。

今うっすらと見えている錦江があの時は煌々《こうこう》と月光を浴びて浮かび上がっていた。見上げると今宵は満天の星であった。

その時星が落ちた。

ウイジャはイムジャに、

「ソンチュンをどう思うか」

と尋ねた。

「ソンチュンの才智、計略は衆に抜きんでており、戦略をたてれば百に一つの失敗もなく、また人の気持ちをよく見抜きます。それに言葉たくみで彼を隣国に使者として遣わされれば、君命を辱めるようなことはありません。まことに天下の奇才です。しかしそうした奇才を持つだけに彼を操縦するのはむずかしゅうございます。

こたびの戦いにおいてもゲソムンに、高句麗にあなたがおられ、百済に私がいるのですから、われら両人が力を合わせるなら天下を得るに難いものがありましょうかと言い、またゲソムンは、私はあなたがいまだに大権を握れないでいることを残念に思っている、と言い、ソンチュンを厚く遇したといいます。

ソンチュンがこのように測りがたい心を持ち、また弟にはユンチュンのような名将もいることなので、臣は大王のご逝去後ともなれば百済は大王のご子孫の百済ではなく、ソンチュンの百済になりはせぬかと考えてしまいます。杞憂で終わればよいのですが」

王はクムファと初めて会った時、クムファが忠義な兄弟が国を滅ぼす——と言ったことを思い出した。兄が成忠《ソンチュン》、弟が充忠《ユンチュン》である。二人は忠の字がつく兄弟である。

王はただちに、ユンチュンを本国に召還し征唐軍司令官の職を解いた。またソンチュンと会うことも拒絶した。

思いもかけぬことであった。

蘇定方《そていほう》軍は開封《かいほう》に入った。

この先は高句麗領と百済領である。

「この戦いは難しい。高句麗を攻めれば百済が襲ってくる。捉えどころがないところがある」

「それに都が気になりますな」

と副将程名振《ていめいしん》は言った。

「後宮が何やら騒がしい。武昭儀《ぶしょうぎ》の赤子が亡くなったとか。皇后がその赤子を手にかけたとか。武昭儀自身が手をかけたという噂もありますな」

「滅多なことを言うものではない。首が飛ぶぞ」

と目配せした。

若い参謀が今入って来た伝令と何やら話をしている。

「閣下、事態が急変しました」

と若い参謀は定方のもとに走って来た。

参謀の名は右戎衛郎将《いうじゆうえいろうしよう》郭務悰《かくむそう》と言った。

年少の頃より切れ者との評判が高く武昭儀に可愛がられ、今回高句麗討伐軍に配属されていた。

色が白く目許が涼しかった。

「百済軍司令官允忠《ユンチュン》が更迭されたという報告です。どうしますか」

「どうしますか？　うむ」

と定方は若者を見てニヤリと笑い、名振に向かって言った。

「名振、高句麗は後回しだ。江都へ向かう。一気に百済を追い払う機会だ」

蘇定方は機敏であった。郭務悰はニッコリ笑った。

まもなく百済占領地は急展開した蘇定方軍によって、あっけなく落とされてしまった。


ユンチュンは憤って自ら死んだ。

黄海をはさんで山東半島を望む任存城々主ボクシンはソンチュン、ユンチュン兄弟の更迭を聞いて愕然とした。

「馬鹿な」

百済に暗雲が立ちこめている。このままですむ筈がない。

百済が終わるのではないか、そんな予感がした。

城中に筒の柱を数多く作らせ、そこに屑米を備蓄させた。

九月朔《ついたち》。高宗は四人の重臣を呼んだ。

長孫《ちょうそん》無忌《むき》、李勣《りせき》、于志寧《うしねい》、褚遂良《ちょすいりょう》の四人である。李勣は欠席した。

議題は王皇后、蕭淑妃《しょうしゅく》を廃し武昭議を皇后に立てる件であった。

三人は反対した。

高宗は不機嫌になり、会議は翌日に持ち越された。

翌日、李勣はまたも欠席した。

遂良は決死の覚悟でひざまずいて額を床に打ちつけて反対した。額が破れて血が流れた。

簾中《れんちゅう》から武昭議があの男を殺せと言った。

この時、無忌《むき》が高宗を制し、遂良は先帝の遺託を受けております。刑を加えることはなりませぬぞと言った。

数日後、李勣は高宗に進言した。

「これは陛下の家事であります」

これで武昭議の立后は決まった。武照が高宗に召し出されてわずか四年のことであった。

皇后となった武照は王氏と蕭氏を杖で百ずつ打たせたうえ、両手両足を斬り落とし、酒瓶の中へ放りこませた。

「骨の髄まで酔わせておやり」

と言い捨てたという。

褚遂良は愛州（ヴェトナム）に左遷され酷熱の地で死んだ。

長孫無忌は四川に流され、謀反の疑いをかけられ自殺した。

于志寧《うしねい》は官を免ぜられた。

武后にとってはほんの始まりに過ぎなかった。


ユンチュンが死に、ソンチュンも避けられると、クムファはいよいよ誰はばかることなく、壮麗広大な寺院を建てさせた。

「百済の山川の地徳は険悪であるから鉄をもって鎮めなければなりませぬ」といい、各地の名山に鉄栓を打ち込み海や河に鉄器を投げ込んで国中の鉄を枯渇させた。

人々はクムファを憎んで「ブルガサル」と名づけた。「ブルガサル」とは百済の神話にある鉄を食う神の名である。

ここにおいてソンチュンは上奏文をもってイムジャとクムファを痛烈に論難した。

王はソンチュンを捕らえて獄に下し、佐平フングスを島流しにし、西部恩率のボクシンを禁固にした。

イムジャはソンチュン一派を粛清にかかった。

ここに南部達率のフッチサンチという者がいる。性闊達にして明るく、情に厚かった。

上佐平ソンチュン、佐平フングス、西部恩率ボクシンが捕らえられたことを聞いて、

「百済は真の忠臣を失った。われらは何を指針として生きていけば良いのか」

と周囲の者に語ったという。

心ある者は皆、サンチの言う通りだと思ったが、声を出す者はいなかった。

以後諫言する者がいなくなった。

王は宮廷で酒色にふけり、クムファとの快楽に溺れていた。

海東の曽子といわれたウイジャ王の変わり果てた姿であった。


三月。ソンチュンは獄中から遺言の上奏文を奉って、

「臣は死すとも王のことを忘れません。一言申し上げて死にたいと思います。

私は常に時勢をみ、その変化を推察していますが、近いうちに必ず戦争が起こるでしょう。およそ兵を用いようとするならば、地勢をえらび上流に陣取って応戦しなければなりません。そうすれば完全に勝利を治めることが出来るでしょう。

万一敵が侵入したなら、陸路は炭峴《たんけん》で遮り、水路は白江で防ぎ険阻な地によって戦えば後のことはうまくいくでしょう」

と述べ、食を絶って二十八日目に死んだ。

王は彼の上奏文を顧みなかった。

キムユシンの流した毒は遂に百済全身に回った。

もう四年も前のことになる。

父王を残してヨギ、タカラがナニワ宮を去った。それだけではない。大后ハシヒトまでが同行していた。

巷の噂ではヨギとハシヒトが父王の目を盗んで、いや堂々と通じあっていたという。

それだけで彼らが去っていったとも思えなかったが、ナニワ宮は大王カルを残して空の宮殿になってしまった。

やがて父は孤独のうちに死んだ。

当時十四歳のアリマには事の真相はわからなかった。ただ屈辱感だけが残った。

アリマに近づいたのはモリキミノオオイワである。

「あなたは本来ならば父王の跡を嗣ぐはずの人です。今、非常に微妙なお立場にたっておいでです。決して賢《さか》しらなことをなさってはなりませぬ」

アリマは狂人をよそおったという。

「カマコ、近頃アリマの様子が変ではないか。惚《ほう》けたのではないか」

とヨギは言った。

ヨギの心情は複雑であった。

「さあ、どうでしょうか。アリマ王子も難しい歳になってきました。あなたにも憶えのある年令です。王子が何も考えていなくても利用する者が現れるのを恐れます」

カマコはそういいながら、ヨギがそなたもそうであったな、と心中思っているような気がした。

「オオアマト王子ともっと仲良くすることです。面倒なことは未然に防ぐことが肝要です」

「オオアマトとは十分仲が良いぞ」

「もっとです。周りに隙を与えないことです。ウノの媛君をオオアマト王子に輿入れなさいませ」

「もうオオタを与えているではないか」

「姉君は失礼ながらお体がご丈夫とは申せません。オオアマト王子にはあなたの孫を沢山つくってもらうことです」

そういうことかと思った。

オオアマトがアリマを利用することがないとはいえない。

ヨギは次女を、オオタ媛に続いてオオアマトに目合わせた。ウノ・サララ媛十二才である。

ヨンゲソムンは重態になっていた。彼には三人の息子がいた。

長子をナムセン、次子をナムゴン、三子をナムサンといった。

三人とも父には遠く及ばなかった。そのことはゲソムン自身がよくわかっていた。

百済との同盟を中心にして新羅を包囲し、唐との対決を強めていた時に、百済のソンチュン・ユンチュン兄弟の突然の更迭と死は、同盟が瓦解したことを意味していた。

今はすべての夢が破れていた。

三人の息子を病床に呼び言い遺した。

「三人力を合せてわが高句麗を守り固めよ。決して攻めてはならぬ。兄弟とも水魚のように仲良くせよ。私の死は伏して公表するな」と。

言い終わるとヨンゲソムンは息を引き取った。

平壌の河の水がおよそ三日間、血の色をしていたという。

チュンヒはゲソムンの瞳によく似た少女を伴って平壌を去り倭国コシに向かっていた。ゲソムンの遺言であった。

長子ナムセンが莫離支《ばくりし》となった。やがてゲソムンの危惧は的中する。


ヨギの子タケル王が亡くなった。八歳であった。口のきけない子であったという。

大王タカラはこの孫を溺愛していた。わが死後は必ず二人を合葬するように、と。

オチノ娘《いらつめ》が男子を出産した。

タカラは関心を示さなかった。ただただタケルのことを想っては慟哭する毎日であった。

オチノ娘もまた精神を病んでいた。

出産後はますます衰弱がひどく、ヨギはつききりで励ましていた。

こうなったのはすべて自分に責任があると思った。

すべてはオチノ娘の父石川麻呂殺害に源があった。

涙が止まらなかった。

オチノ娘はヨギを見上げようとするのだが、まなざしもひどくだるそうで意識もままならぬありさまであった。

その夜半、オチノ娘は亡くなった。


高句麗の使者に人相を観る人がいた。

この赤子を観る機会があった。曰く、

「この子は帝王に登る相であります。しかしその場合は世が乱れ、人民が苦しむことがあるかも知れません。あるいは王を補佐する方として観ると、それもまた少し相が違うようであります」と。

帝王、王の王か、さりとて臣下でもない。何やら不可解な観相であった。

この年、ヨギの長子大友は十一歳であった。

すでに、博学にして文武に材幹ありといわれていた。

密かに大友を後継者にと思い定めていたヨギは無用の争いは避けたかった。

カマコを呼んで言った。

「そなたの子として育てよ」

その子はフヒトと名づけられ、カワチ安宿《あすか》田辺の里に預けられた。この地域一帯はかつてオチノ娘の父石川麻呂の領地であり、今はヨギのものであった。

冬。大王タカラとヨギは王子タケルとオチノ娘の死による傷心を癒すため紀の国の白浜の湯に行幸した。アリマが勧めたという。

アスカ岡本宮はガラ空きとなった。

留守を預かる責任者はソガノアカエである。

アカエはアリマに反乱をそそのかした。

アリマは乗った。

「わが生涯ではじめて兵を用いるときが来た」と。

アカエの館にアリマ、モリキミノオオイワ、サカイベノクスリ、シオヤノコノシロが集まった。

しかしこの計画は中止となった。

仮にヨギ側が文字通り何も知らずに紀の国へ行っていたとしたら、この反乱は必ず成功していたはずである。

ヨギ側の謀略であるとしたら、アカエは自らの将来を危険にさらしてまで深入りする必要があったのか。

その夜アリマの住んでいる生駒までの五里以上の距離を走って、伝えられるところによると軍隊ではなく造営工事の人夫を率きつれてアリマの館を囲んだという。

このことはアカエが必ずしもヨギ側ではなかったことを示している。

この時オオアマトは何処にいたのか。カマコは何処にいたのか。

オオアマトにとってはこの反乱は成功してほしかったのか。

アカエがオオアマトの意を受けたのか。オオイワがそうだったのか。

アカエはこの謀議参加者の中にヨギが差し回した者がいると判断した。ヨギはすべてを把握しているとみてよい。一刻の猶予もなかった。その夜のうちに早馬を紀の国へ立てた。

アカエはアリマとオオイワ、クスリ、コノシロを捕らえて紀の国へ送った。

ヨギの直問に対しアリマは、

「天とアカエこれを知る」

とだけ答えた。

十一日。王子アリマ絞首刑。十九歳であった。

この時アリマが遺したとされる歌が万葉集に収録されている。

磐代《いわしろ》の浜松が枝を引き結び
真幸《まさき》くあらば
また還り見む

家にあれば　笥《け》に盛る飯《いひ》を
草枕　旅にしあれば

椎の葉に盛る

コノシロ斬殺。

コノシロは斬られる時、謎の言葉を残した。

「願わくは、右手をして国の宝器たらしめよ」と。

オオイワを上毛野国へ、クスリを尾張に流刑。

アカエは虎口を脱した。


女の屍《しかばね》が泗沘王宮の池に浮かんだ。長さ十八尺もあった。

宮中の槐《えんじゅ》が人の声のように哭《な》いた。

人は言った。ソンチュンが哭いている――と。


顕慶四年（六五九年）十一月。

高宗との謁見を終えて客舎に戻ってきた倭国の遣唐使一行は、突然近衛兵に囲まれた。

「お気の毒ですが、本日からここを一歩も出ることは出来ません」

皇帝は一言もそんなことは言われなかった。ただゆっくりと滞在するがよいと。

「一体何のためですか。理由を教えていただきたい」

「今は残念ながらそれも言えません。時が来るまでは長安の街を歩くこともできません」

高宗李治《りち》は無力だった。すでに実権は武后の手に移っていた。

彼らは不運だった。

彼らが二艘の船に分乗してナニワを船出したのは四ヵ月前のことである。

途中嵐にあい、うち一艘は南の島に漂着。大使たち主だった者は島人に殺されわずか五人が生き残り、島の船を盗んで大陸に渡った。

彼らはしかし洛陽で監禁されてしまった。

もう一艘も旅程を大幅にはずれて大陸に着いた。そこで船を捨てて身ひとつで、ようやく都に辿り着いたばかりであった。


唐は高句麗のヨンゲソムンが亡くなったことをすでに察知していた。

百済のソンチュン・ユンチュンも亡くなり、百済占領地を取り戻した今、ようやく反撃の機会が訪れていた。

同盟国新羅に密使が立てられた。

だが同時に武后の意志により、最高首脳会議が招集され、極東戦略が秘密裡に決定していた。すなわちゲソムンの死を機に一気に百済、高句麗を攻め落とし、態度のはっきりしない倭国を席巻し、機会をみて同盟国新羅をも押し潰し、最終的には極東全域を唐の領土とするというものであった。李世民が亡くなった今、新羅に義理立てする必要はなくなっていた。

戦線拡大反対派であった房玄齢《ぼうげんれい》、李靖、褚遂良《ちょすいりょう》もすでに亡く、武后の思うがままであった。

しかし、しばらくは同盟を続けなければならない。

新羅を除く極東の使節、留学生、商人たちは一斉に逮捕監禁された。

唐の軍事行動は全て極秘にされた。


翌年三月　唐の密使が慶州に到着した。

「蘇定方《そていほう》を総司令官に新羅王第二王子金仁間《キムインムン》を副司令官に任じ、水陸十三万の軍で百済討伐を行なう」として、さらに勅命として、

「新羅王を別動隊の司令官として兵を率いて唐軍を援助せよ。以上すべて極秘に行動せよ」と。

夏に入って、チュンチュ王はユシンに兵五万を与え、共に出陣した。

蘇定方は山東半島煙台《えんだい》から延々千里に及ぶ大船団を組んで、海流に乗って東に向かった。

やがて朝鮮半島東端に位置する徳物島に着いた。

そこには太子ボムミンが兵船百艘を従えて、出迎えていた。

蘇定方はボムミンに七月十日に泗沘《サビ》城の南で新羅王の軍と合流し、一気に百済を滅ぼしたい。約束を違えないようにといった。


七月九日。

ユシンの率いる五万の兵は黄山《ファンザン》の原で百済の将ケペックと対決していた。

因縁の対決であるといってよい。

ケペックは、

「こたびの戦いは勝てる戦いではない。われらは五千、敵は五万である。恐らくわが妻と子は捕らえられて奴婢《ぬひ》となるであろう。

生きて辱しめを受けるよりは死ぬ方がましである」

といい、妻子を殺して出陣した。

「高句麗のヤンマンチュンは五千人で三十万の唐兵を破った。各自奮励せよ」

と全軍を鼓舞した。

ケペックの軍は堅陣であった。

ユシンは四度戦っても戦機をつかむことは出来なかった。

配下の将キムスンが子のパングルに対して、

「今日のこの危機にあって命を投げ出すのは忠と孝の二つながらを全うすることである」

と言った。

パングルは、

「謹んで命令に従います」

と言い残して敵陣深く突入し戦死した。

パングルは香を焚きしめ、薄化粧をしていた。

左将軍プミルも諸将の前で子のグアンサンに、

「そなたはわずか十六才であるが志気がすこぶる旺盛である。今日の戦いでよく全軍の模範となれ」

とはげました。

グアンサンもまた香を焚きしめ、薄化粧をし、きらびやかな衣装を纏っていた。

その姿は血生臭い戦場にあっては、兵士たちを一種恍惚とさせる、妖しい艶やかさを持っていた。

新羅独特のファランである。貴族の見目麗しい子を中心としファラン集団を形成し互いにその研を競っていた。

「かしこまりました」

とただ一人馬を走らせた。

しかしすぐに生け捕りにされてケペックの前に引き出された。

ケペックはまだ少年であるのを見て、殺すに忍びず放してやった。

グアンサンは戻って父にことの次第を告げ、水を飲み干し再び戦いに加わった。

ケペックはまたもグアンサンを捕らえ、今度はその首を斬って、馬の鞍に着けて送り返した。

プミルは血の滴るグアンサンの首を手に持ち上げ、

「わが子の顔や目はまるで生きているようではないか。王のために死ぬことが出来、まことに幸せである」

と言った。

全軍これを見て、心を奮い立たせ、ようやくにして百済軍を討ち破った。

ケペックは戦死した。

七月十日。この日蘇定方《そていほう》軍は伎伐浦《キボルポ》に到着。

ここで百済軍に遭遇、これを迎え撃って大敗させた。

この日が新羅軍との合流日であったが、新羅軍は来なかった。

翌日、ユシンの率いる新羅軍が到着した。

蘇定方はユシンが期日に遅れたことを理由に、到着の報告に来た新羅の将校を斬ろうとした。

これを聞いたキムユシンは、

「蘇定方将軍は黄山《ファンザン》の激戦を知らないのだ。期日に遅れたということで罰を受けるのであれば、私も同罪であり、辱しめを受けることになる。

この上は百済と戦う前に唐と戦おうではないか」

といった。

この時、ユシンの怒髪は植えたようにそそり立ち、腰の宝剣が自然に鞘から飛び出したという。

さすがに定方《ていほう》は思いとどまった。


百済が唐・新羅連合軍の来襲を知ったのは、すでに連合軍が百済領内に入ってからであった。

総司令官蘇定方、中郎将劉仁願、副司令官新羅王チュンチュの子インモン以下十三万の軍が、新羅のユシン五万の軍とともに泗沘《サビ》城を包囲した。

七月十二日のことである。

ウイジャはソンチュンの一派として流刑に処していた佐平フングスに助言を求めようとしたが、イムジャ一派はこれを拒否、今は全てが手遅れになっていた。

「ソンチュンを切ったことが間違いのもとであった。せめてソンチュンの遺言を聞き入れていたならば」

翌十三日、泗沘城は陥落した。

かつてボクシンがこれがあるかぎり泗沘城は滅びないと思った大岸壁に、数千人の女官たちが押し寄せていた。

唐や新羅の兵たちの慰みものになるくらいなら、と次々に飛び降りていった。女官たちの華やかな衣装が舞い散って、さながら花が散るようであったという。

今この大岸壁は落花岩《らつかがん》と名付けられて訪れる人の涙を誘う。


新羅王チュンチュは蘇定方とともに城内に入った。

新羅太子ボムミンは百済太子ユンを馬前にひざまずかせ、その顔面に唾し罵った。

「お前の父は私の妹を無実の罪で殺し、その屍を獄中に埋めた。私はこの二十年間恨み続けて生きてきた。今日お前の命は私の手中にある」と。

ユンは地に伏し返す言葉もなかった。

それからボムミンは裏切り者コミルの両手両足を切って白江に投げ捨てた。

「ソラン、やっと仇をとったぞ」

ボムミンは天に向かって叫んだ。

チュンチュと蘇定方は酒樽を抜いて將士をねぎらった。

そしてウイジャとユンを側にすわらせ酒の酌をさせた。

ウイジャは自ら首をはねようとしたが、動脈まで届かなかった。蘇定方は息も絶えだえになっているウイジャを転がして笑いものにした。

捕らえられた百済の群臣は声をあげて泣いた。

蘇定方はキムユシンに言った。

「私は天子の命を受けて、戦後処理について任されております。今獲得した百済の領土を報奨としてあなたの食邑《しょくゆう》としたいが、いかがですか」

罠であった。

ユシンは答えた。

「あなたが天兵を率いてわが王の希《のぞみ》をかなえ、わが国の仇を除いてくださいました。私だけが賜り物を受けわが利益とするのは道義上いかがなものでしょうか」

と言って申し出を受けなかった。

百済討伐の陰で二人は鍔迫り合いを演じていた。

蘇定方はウイジャ、太子ユン以下王族、佐平イムジャ等重臣九十三人、百済人一万二千人を率いて唐へ凱旋することになった。

蘇定方は参謀郭務悰を呼び寄せた。

「劉仁願《りゅうじんがん》のオヤジを助けてやってくれ、頼れるのはその方だけだ。つらい任務となろうが頼む」と。

中郎将劉仁願が占領軍総司令官に任命され一万の兵とともに泗沘《サビ》城に留まった。

その頃新羅国境へ急ぐ二人の男女の姿があった。

それがチョミゴンとクムファであったかは定かでない。

ただ国境付近で二人の男女の惨殺死体を見た者がいるという近くの村人たちのもっぱらの噂であった。

こうして百済王家は滅んだ。

しかし百済人民の抵抗は燎原の火のように燃え広がったのである。

新羅軍が凱旋した。が、表の華やかさとは裏腹に内実は深刻であった。唐は何かにつけて新羅を属国扱いにしてきた。

たとえば、ユシンの軍が蘇定方と合流する日時を違えたという理由で、蘇定方は新羅の将を斬ろうとした。

この時はユシンが定方《ていほう》と一戦交える動きを示したので、唐側が引いた形になった。この事実は唐の真意が何処にあるかを明らかにしていた。

家臣の一人が提案した。

「わが国の民を百済人に仕立て、あたかも反乱を起こすかのようにすれば、唐は必ずこれを襲撃することは必定であります。その時彼らとともに戦えば必ず唐軍を破ることが出来る筈です。しかる後に高句麗と結び、唐を撃退すればわが新羅を守ることが出来ましょう」

王は言った。

「唐軍はわれらのために敵を滅ぼしてくれたのに、そのようなことをして、天がどうしてわれらを助けようか」

ユシンは、

「犬はその飼い主を恐れていますが、飼い主がその犬の足を踏めば飼い主を噛むものです。どうして国難を自力で救わないでよろしいのでしょうか。この考えは取り上げるべきです」

と強く勧めた。

「今はまだ時期ではない。しかしながら防備は厳重にせよ」

とチュンチュは家臣たちに告げた。

そしてボムミンとユシンに向かって言った。

「これから苦しみが始まる。心せよ」

チュンチュは自分が生きている間に新羅の独立と安全が達せられないだろうことを自覚していた。身体に疾患を抱えていたのである。


九月十二日。ヤマトの遣唐使たちは約一年ぶりで釈放された。

十九日。長安を発った。

十月十六日。洛陽に到着。そこで幽閉されていた五人の仲間と会うことが出来、お互い涙を流して再会を喜んだ。

十一月一日。一日中強風が吹き荒れ、黄砂が舞っていた。その砂塵の中から蘇定方将軍に率いられたウイジャ王、太子ユン以下捕らえられた百済の人々が姿を現した。

行列は延々と続いた。舞い上がる黄砂が一層彼らをみじめにしていた。

遣唐使たちは茫然として捕虜たちを見送った。

二十四日。彼らは洛陽を後にして、ヤマトへ向かった。


アスカに百済敗れるの一報が入ったのは九月五日のことである。百済泗沘城が陥落してすでに二カ月近く経過していた。

「僅か三日で泗沘《サビ》城が陥落、ウイジャ王、太子ユン等、主だった者はほとんど唐へ連れ去られました」

タカラ、ヨギ、プンジャンらの母国は一瞬にして消滅していた。

茫然自失とはこのことであった。

「タケルの死はこれであったか」

今はタカラは何かにつけタケルと結びつけ、さめざめと泣いているばかりであった。

オオアマトやカマコは、もちろん百済が滅んだことには驚愕していたが、それと同時に二カ月間も何の情報も入らなかったということに、事態の重大性を感じていた。

これは朝鮮海峡が完璧に海上封鎖されていた、ということを意味し、とりもなおさず唐・新羅連合軍はあらゆる想定をして、完璧な戦争準備および実行をしたということにほかならない。百済の同盟国高句麗は何故動かなかったのか。

ここも情報が封鎖されていたのか。

今日明日にも連合軍が倭国に攻め入る可能性があった。

唐の底力をみせつけられた思いであった。

チクシに使いが走った。チクシにもすでに情報が入っているはずであった。今やれることはまず共同で沿岸の防備を固めることぐらいであった。

追いつめられて初めてヨギ、オオアマトの心が通じあったようにカマコには思えた。

オオアマトは次のように述べた。

「日頃から言っているように、今こそ海の向こうときっぱりと手を切る時です。ヲホド王以来この国の王たちは、海の向こうの故国へ還ることばかり夢みてきた。あのウマヤド王にしてからがそうです。いわんやこの国のあちこちに流れ着いた部族たちは皆そう思っているとみて過言ではないでしょう。いつの日にか故国に凱旋したいと。

私ですか。チュンチュ王がどう思おうと私は私です」

ヨギが言った。

「亡き祖父が言っていた。ヤマトをわが祖国とせよと。今私の本国は消滅してしまった。否応なくこの国に住まなければならぬ。しかし明日にでも唐・新羅が襲って来ようという今、手を切る切らぬといっても始まらぬのではないか」

「心のありようを言っているのです。私は最後の一人となっても、山にたてこもってでも戦うつもりです。たとえ相手がチュンチュであってでもです」

ヤマトを祖国とすること、唐・新羅と戦うことも辞さない。彼らはこの二点について意見の一致をみたのである。

百済に奇跡が起きていた。

百済人民が一斉蜂起し、劉仁願は泗沘《サビ》城を逃げだし熊津《ウンジン》城に入ったが、孤立無援のありさまであった。

蜂起の先頭に立ったのは、ソンチュン一派として刑を受けていたクシルボクシンである。クシルボクシンは外交官として活躍していた頃、ゲソムンに惜しい男と言わせたが、百済はボクシンを使い切れなかったのかも知れない。

王が降伏するとボクシンは配所を逃れ、百済各地で蜂起した人々に檄文を送った。

「わが百済の同胞たちよ。

竹槍や棍棒であの弓矢と剣を持った者どもと戦うならば、必ず敗れ去るであろう。

われらが敗れれば百済の運命はそれまでである。

今、唐は十万の大軍で海を渡って来ているが、その食糧は新羅からの供給とわが人民からの略奪に頼るしかない。しかし、新羅はうち続く戦いで食糧は底をついている筈である。またわれらからの略奪ぐらいで十万の兵の腹を満たすことは出来ない。出来ないどころか反感をかうのみである。

まもなく雪の舞う冬がやって来る。

彼らが愚かでないのならば、遠からず大部分の兵は国へ帰るだろう。

われらは今はただ険阻な要害を固く守ろう。

彼らが帰ったら、機を外さず残った唐の守備兵を叩けば祖先の土地は回復出来るであろう。

どうして今戦って僥倖の勝利などを願うべきであろうか。今はただひたすらに守れ」と。

南部のフッチサンチらはついにボクシンが立ったかとこれを喜び、賛意を示した。

しかし、短期決戦を主張する人々は、各城をしゃにむに攻めたてたが、大敗を喫していた。

やがてボクシンの見込みどおり、蘇定方はウイジャ以下捕虜を引き連れて十万の軍の撤収を始めた。

劉仁願率いる一万の兵が占領軍として残った。

ボクシンは唐兵が引き上げる最後尾を襲い、熊津城《ウンジン》から出てきた救援の部隊を待ち伏せ、これを全滅させるなど、抵抗戦を展開し、新羅軍をも追い返した。

戦うたびに義勇兵が増え続けた。

そしてついに熊津城と新羅との糧道を遮断し、熊津城を包囲した。

これを聞いて各城邑《じょうゆう》は唐が任命した城主を殺して、ボクシンに従った。


チクシでは百済からの亡命者が入り込み始めていた。

政府高官や下級官吏、兵士、それだけではなかった。不安にかられ動揺した農民や漁民たちも混じっていた。

彼らは筏のような舟や、丸木舟で家族ごと漂着した。

チクシは動揺と緊張で騒然としていた。ヤマトからは沿岸警備をと言ってきている。

アソカは今やチクシの重臣であったが、自ら浜へ出て陣頭指揮をとっていた。

流れ着いた者を追い返すわけにはいかない。

住むところを与え、食料も手配しなければならなかった。

漂着民たちは日毎に増え続けている。アソカ以下沿岸の人々は不眠不休で対応に追われた。

王宮ではチクシ王を中心にして唐、新羅対策を協議していたが、いつ果てるとも知れなかった。

いつものようにヒミカは馬に乗って海岸に来ていた。

「アソカ、唐と新羅はわが国へも押し寄せて来るのであろうか」

「わかりませぬ。私は愚か者ですので先を見通すことは出来ませぬ。ただ、この連中を何とかしなければと動き回っているだけなのです」

年寄りもいれば、幼な子もいる漂着民たちを目で追いながら、アソカは答えた。

「あれは?」

ヒミカが水平線を指さした。

人々も気がついたらしく、彼方を指さしていた。

大きな帆船が現れていた。漂着船ではないようすである。

「唐軍が来た！」

人々は口々に叫んだ。

「あわてるでない！」

アソカも叫んだ。

「見よ、一艘だけだ」

慌ただしく沿岸警備隊が騎馬を走らせて湊へ向かっている。

警備船が湊から動き出した。

やがて帆船は沖合に停泊した。

彼らは百済の旗を掲げた。

「どういうわけだ？」

アソカが呟いた。

「媛、湊へ参りますぞ」

二人は馬を走らせた。

船は百済の恩率クシルボクシンという者の使者であった。

船の中には唐軍捕虜百人が乗っているという。

人々は百済が勝ったのだと言い合った。

歓声がさざ波のように広がった。

チクシ王に対面した使者は言った。

「プンジャン君を王として迎えたい」

「プンジャン君は今はヤマトにいる。まずはそちらに回られよ」

この上唐兵百人も預かるのは迷惑な話であった。プンジャンがいないのを良いことに使者をヤマトへ遣った。

ボクシンは捕虜を送り込むことによって、否応なく倭国を巻き込む魂胆であった。

百済介入のきっかけをつかむことを考えていたヤマト朝廷はボクシンの使者を迎えて、思惑が一致した。

詔して曰く。

「救援の軍を乞うていることは前からよく聞いている。危うきを助け、絶えたものを継ぐべきは当然のことである。いま百済国が窮してわれに頼ってきたのは、本の国が滅んでしまって、依るところも告げるところもないからである。臥薪嘗胆しても必ず救いをと、遠くから申してきている。その志は見捨てられない。

将軍たちにそれぞれ命じて、八方から共に進むべきである。雲のようにつどい、雷のように動いて共に新羅の地に集まれば、その仇を斬りそのさしせまった苦しみをゆるめてやれよう。

役人たちは王子のために充分備えを与え、礼をもって送り遣わすように」

新羅、そしてそのうしろに控えている唐。

その強大な力が今現実のものとなって立ち現れてきた。

百済のようにチクシもこのヤマトも滅ぶのか。

わずか三日で百済は破れ去った。

カマコは一日中自室に籠もっていた。

勝てるわけがない。

どう考えても勝てる状況ではない。

何度も同じ考えが堂々巡りしていた。

しばらく黙然としていたがやがてカマコは例の老人の書を手にした。この書はいつも大事な時に何かの示唆を与えてくれた。始めから全部読み返すつもりであった。

食事も摂らず日没が迫っていたのも気がつかなかった。

カマコの視線が止まった。

ある個所を身じろぎもせず凝視していた。

それから思わず低く呻いた。

「老人よ。

あなたはそれを私に命じるのですか。

私に裏切れ、と。

何ということを。

あなたは鬼か――噫」


その夜カマコはヨギ、オオアマトと内密に会った。

「高句麗の動きがおかしいとは思いませんか」

カマコは続けた。

「高句麗と百済はこれもと同根。この二国が連携してはじめて唐と戦えたのです。百済が破れれば、百済は唐の補給基地となり高句麗が破れるのも時間の問題です。ですから高句麗が生き延びるためには絶対に百済を見離せないのです。ましてやゲソムンがいるのです。ところが実際には高句麗は百済を見離しました。

　これをどうご覧になられますか」

「もしや高句麗に異変が起きたのでは」

　とヨギ。

「恐らくは。私はすでにゲソムンは死亡していると見ています。

　とすれば、もはやこれは勝ち目のない戦さとなりましょう」

　カマコの分析は説得力があった。ともすれば情に走りやすいヨギ、最後の一兵まで戦うと言ったオオアマトであるが彼らにとって、この難局の向こうには国家の独立という大前提が横たわっている。

　長い沈黙が続いた。

　やがてオオアマトが口を開いた。

「勝てなくとも負けぬ戦い方もあるのではないか」

「そうです」

　カマコも口が重かった。

　ややあって続けた。

「一つだけ策があります。お二人に実行する気があればの話ですが」

「聞こう」

　二人が答えた。

「新羅と密約を結ぶのです」

カマコは二人を見て話し始めた。

「チュンチュ王を通して唐へチクシを進呈する、というのです。実際の百済救援の本隊はヤマトではなくチクシですと。

それと引替えにわがヤマトの安泰を唐・新羅に確約させるのです。戦いが終わってからでは何の役にも立ちません。今だから意味があるのです」

あまりの意外なカマコの提案に二人ともしばらく声がでなかった。

最初に口を開いたのはヨギだった。

「チクシはヤマトではない。相手のあること」

「こたびのわれらの百済救援の真の目的はどこにあるのか、これをきちんと押さえなければなりません。この機を捕らえてチクシを併合し、念願のヤマト独立を果たすべきです。

われらはチクシに大軍を派遣します。しかし実際にはチクシ軍が百済へ向かうように策を立てます。こうしてわがヤマト軍はチクシを事実上占領してしまうのです。この絶好の機会を見逃すべきではありません。

唐はあまりに遠い。一時的にチクシをくれてやっても事実上の管理はわれらが行なうことになりましょう。

チクシが百済復興を果たせば、それはその時です。いくらでも打つ手はあります」

二人はカマコの奇策ともいうべき提案を結局は受け入れた。

「さて、そこで新羅に遣わす使者ですが」

とカマコはオオアマトに向き直った。

「これはキムトングスをおいて外にはありません」

「いや私が行こう」

とオオアマトが言った。

「わがヤマトにとって危急存亡の時です。トングス一人に任せられない。トングスとともに私が直接チュンチュに会う。総司令官劉仁願にも会おう。私が人質になるということです」

さすがはチュンチュの子かとカマコは思った。


「座して死を待つか、はたまた事にあたって僥倖を頼むか、二つに一つです」

ヤマトの使節モリキミノオオイワは静かに話しだした。

チクシ王サチヤマの前で、イハラノ君、アズミノヒラフ、同じくアズミノアソカ等々チクシの重臣が列座していた。

モリキミノオオイワ。アリマ事件に連座、上毛野に配流されていたがこの時すでに呼び戻され、外交官として登場している。

ヤマトはすでに三回、チクシと共同防衛の交渉をしていたが、すべて決裂していた。

反対の急先鋒はアソカであった。

アソカは元々戦いなど必要ないと思っている。

来る者は拒まず、去る者は追わずである。

唐が来るなら迎えれば良いではないか。海の彼方を十年も二十年も占領出来るわけがない。

ヤマトでさえ、わがチクシを征服することは出来ていないではないか。

いずれ帰る。

唐は大義名分の国である。

冊封をし、貢物を受け、名分が通ればそれで良い。

大義名分などまやかしにすぎぬ。

互いに欲しい物を交換してそれで生きてゆく。それで良いではないか。

大義名分など有りもせぬものを、無理に持ってくるから戦いが止まぬのだ。

それにカマコだ。

何だあの男は。今はヤマトの中枢に入って何を企んでいる。

ヨリコはタマコの子を誠心誠意育てた。ところがマヒトが十才を過ぎたばかりだというのに、一番可愛い盛りではないか、それも大王の子と偽って唐に送り込んだ。

ヨリコはカマコと大喧嘩をして私の処へ戻ってきてしまった。

それ以来ウンでもスンでもない。

ヨリコは惚けたようになっている。

それこそ大義名分が立たぬではないか。何を考えているのか、あの男は。

「……いずれにしろ過酷な運命がわれらを待ち受けているのです。われらは運命共同体なのです」

オオイワは話を続けていた。

「百済もそうです。百済はいま復活しようとしています。プンジャン君を百済王として推戴しようと使者が来ていることはご存じのとおりです。

ところでプンジャン君が百済に戻り、百済が再興出来ればそれで事は終わりでしょうか。唐の軍勢は十三万、新羅五万、合せて十八万の軍勢が百済を包囲しています。

事は簡単ではありません。

もしあなた方が戦わずして国の安泰を計りたいのならば良い方法が一つだけあります。

プンジャン君を拘束して唐に差し出すのです。

そうゆうことであればわれらはプンジャン君をあなた方に引き渡しましょう。

先手を打って身を屈すれば唐からお誉めの言葉をいただけます。しかし足下を見られ、つけ込まれ、耐えられぬ屈辱を受けることもたしかです。

プンジャン君は長いこと、ここチクシにいらしたのではありませんか。

亡国の王子を見捨てられるのでしょうか」

「そのようなことには耐えられぬ」

とサチヤマが発言した。

オオイワは涼しい顔をして続ける。

「しかし、プンジャン君を百済に還しても状況はもっと悪くなるかも知れません。この瞬間われらは百済と運命共同体になるのですから」

沈黙がその場を支配しはじめた。

うーむ。今度来たオオイワと申す男は憎たらしい奴だ。だが騙されぬぞとアソカは思った。

「やはりここはプンジャン君を拘束するしかありませんね。そうすれば少なくともあなた方の国は唐に尻尾を振って生きて行くことが出来るのですから」

「そういうヤマトはどうするのだ。そうやって尻尾を振るおつもりか」

誰かが声高に言った。

オオイワは声の方へ顔を向けた。

「誰かと思えばヒラフ殿ではありませぬか。

お答えいたしましょう。

わがヤマトは大義の国です。大義のためならわれらは死を厭いませぬ。

窮鳥懐に入れば猟師もこれを撃たずというではありませんか。死力を尽くして唐と戦う所存です。

あなた方が尻尾を振れば当然のこととして唐の先兵としてわがヤマトと戦うことになりましょう。

われらは覚悟が出来ております。どうぞお国の安泰のために唐へプンジャン君を差し出したら良いではありませんか」

「そうはさせぬぞ」

イハラノ君が叫んだ。

口々に同意の声が挙がった。

王は言った。

「モリキミノオオイワといったか。よろしい、ヤマトと共同防衛の提案受け入れようぞ。われらはプンジャン君とともに百済復興に立ち上がる。皆の者それで良いな」

これで決まった。

アソカはいつものように海岸へ馬を走らせた。日が暮れかかっていた。

本当に決まったのだろうか。アソカには何か釈然としないものがあった。うまくいいくるめられたような気もした。

聞けばオオイワとか申す男は謀反人だったとか。カマコが差し向けてきた男だ、一筋縄ではいかぬようだ。カマコは何を企んでいる。

ふと後を追いかけてくる蹄の音を聞いた。

「媛！」

ヒミカであった。髪が風で乱れ、落陽を浴びた姿が美しかった。

「何か気が落ち着かぬ」

私もですという言葉を呑み込んで、ヒミカを見た。

ヒミカはしばらく馬をあやしながら海を見ていたが、

「そうだ、あの山へ登ってみたらいくらか気が晴れるかも知れぬ」

と言った。

海岸に突き出た小さな岩山があった。

「気をつけて」

アソカが後を追う。

二つの黒い影が岩山の上に立った。

日輪が糸島の向こうに沈もうとしていた。

玄界灘が金色に輝いている。

「アソカ、この国は滅びるのであろうか」

「国が滅びても山河は残ります」

「私はこの国が好きだ。そなたは」

「私も好きです」

「私を好きか」

ヒミカはアソカを正面からみつめた。

アソカも正面からヒミカを見た。

「好きです。媛を一日たりとも想わない日とてありませぬ」

何をおれは言ってしまったのだ。取り返しのつかない。

「私はそなたが好きだ。だから何処へも行かなかった。そなたも独り身を通している。うれしく思うぞ」

「媛」

今まで秘めていたのにどうしたことだ。もうどうなっても良いと思った。不思議な開放感があった。

二つの影は一つになった。

日が沈んだ。


タカラはヨギ、オオアマトとともに大軍を率いてナニワを出立した。

チクシ娜大津《なのおおつ》に到着したのはおよそ三ヵ月後のことである。

タカラ崩御の時、その遺体は十六日間でナニワに到着している。

これは百済救援を名目として四国、中国地方の各地を固めて行ったことを示す。

倭国王チクシ君サチヤマはヤマトの策に乗った。

ヤマトは膨大な軍と軍需物資をチクシに送り込んだ。


夜半宗像に向かう二つの影があった。

オオアマトとトングスである。

「お待ちしておりました」

「徳善、世話になる。頼むぞ」

翌早朝、徳善の船は宗像を出た。

「ひと眠りする間に慶州に着きますぞ。時にお子はお元気か」

「おう、元気だ。中々利発そうであるぞ。

そうだ、私は当分ヤマトへは帰れない。徳善、帰り船でこのままアマコのところへ行ってくれぬか。

父の顔を見たがっている。そなたも孫の顔を見たかろう」

「有り難うございます」

「トングス、航海の無事を祈って海神に酒を捧げよう。支度を」

胸形徳善の船は新羅慶州に向かって荒海を駆けた。


「オオアマトがいなくなって寂しいか」

ヨギはタカラに仕えている額田を見つけて声をかけた。

「オオアマト様は無事に帰って来られましょうか」

「何をしに行かれたかと聞きたいところであろう。敵情視察だ。実際にこの目で確かめてきたいと言って、行ってしまった。

ところで十市《とおち》は大きくなったであろう。そろそろ大友と目合わせようか。

そうだ、ついでにそなたも一緒に私の処に来ないか。オオアマトが帰って来るかどうか、わからんぞ」

「お戯れを」

額田は笑った。

しかしオオアマトは最近は滅多に顔を見せない。

「真面目な話だ」

そういってヨギは部屋を出た。

フヒトは田辺の郷《さと》で育てられていた。

時折ウノの郷へ連れていかれそこの媛君がよく遊んでくれた。

ウノ・サララ媛である。

夫のオオアマトがいなくなってからは乳母の郷であるウノに住んでいた。十五、六歳であったろうか。

フヒトはまだ物心がつくかつかない年頃であったが媛によくなついた。フヒトの乳母の下女たちが、

「ウノの媛君はなんとまあ若君のお母様に似ていらっしゃること……」

などと話し合っているのを聞くにつけ母の面影すら憶えていないフヒトは早くまた媛に会いたいと心待ちにする日々であった。

サララが同母の姉であることをフヒトは知らない。

サララに対する想いはついにはフヒトの心に決定的な刻印を押すことになる。

チクシは続々と軍を百済に派遣した。チクシの都はヤマトの大軍で充満した。各種の政令は倭国王とタカラ大王との連名で発令された。

当然ながらこの事態を喜ばない人々がいた。

何かがおかしい。

日増しに増えてくるヤマトの軍勢。チクシの軍は海外派兵のため日毎に減少していく。

アソカはもどかしさを感じていた。

チクシはチクゴ、ヒノクニ、ヤメ等九州全域から兵を集めるのに狂奔していた。

あちこちで兵船の建造に忙しい。今日も部隊が対馬へ出た。

何が引っかかるのだろう。オオイワの言葉だ。

あ奴は何をしゃべった?

唐に尻尾を振って生きてゆけと?

そう言ってわれらを挑発したが、おれがカマコだったらどうする?

アソカは頭を振り払って、ヤマトの部隊が何処かへ走り去るのを見ていた。

そういえば、配下の者の報告でオオアマトが徳善の処へ行ったという。徳善はオオアマトの舅になるから特に不自然ということもないが、翌朝、徳善の舟が出たというのが気に入らぬ。

カマコは何故おれに会おうとしないのか。

いろんな連中がおれの処に来て、このままではチクシはヤマト人だらけだと苦情を言ってきている。

あっと思った。

尻尾を振ろうとしているのはカマコではないのか。

幾つにもちぎれた絵がアソカの頭の中でつながった。

アソカはカマコに面会を求めた。

ようやくカマコが出てきた。

「カマコよ、ヨリコに会ってやれ。あの子は惚けている」

「わかっている。だが、今は私事はあとだ」

「チクシをどうする気だ」

カマコは黙って海を見ていた。

「われらは人身御供か」

「……」

「答えろ」

「唐は強大だ。こちらを向いたらひとたまりもないだろう。百年先を考えるしかない」

「だがな、やって良いことと、悪いことがある。承服出来ん」

「来る者は拒まずといったのはお前ではないのか」

「やり方というものがあろう。死を恐れて言っているのではない。喜んで死ねるやり方をしろ。それを教えてくれ」

「そんなものがあるか」

「そこがお前とおれの違いだ。断っておくが、今度のヤマトのやり方に反対しているのはおれだけではない。むしろ反対派の方が多いかも知れぬ。おれを殺してもあまり意味がないぞ」

カマコは何も言わなかった。

見えすいた手は打ってこなかったはずである。主だった武将は派遣軍につけてやったし、これからもつけるつもりである。ヤマトの軍も混成させもしている。今度のことはヨギとオオアマトと私しか知らぬことだ。一、二の腹心の者を除いては。タカラにもわれらの真意は伝えておらぬ。いわんやヤマトの大臣や武将たちは言わずと知れたこと、誰一人として知らぬ。

しかしアソカは気付いている。

アソカは危険な存在になっている。

カマコは不穏な空気を感じていた。狭いチクシの都が過密状態になっている。何かが軋んでいた。中々思うようにはゆかぬ。

ヨギに進言した。

「ここは危険かも知れません。

あの山の裏側に朝倉というところがあります。

大きな川のほとりです。川を下れば有明の海に出られます。北に道をとれば遠賀、東北に少し山を越えれば中津に出られます。これはヤマトへの道です。いざという時に使えます。また万一唐が攻めて来た時、チクシを盾にすることが出来ます。

ここへ移りましょう」

ただちに朝倉の山林を切り開いて宮の造営を開始した。

ここならばチクシの人間は入り込めぬ。安全だ。あのチクシの都では敵地にいるようなものだとカマコは思った。

「朝倉山に宮を造り始めたと、バカな。あそこは神の依る森だ。カマコの考えそうなことだが、神罰が降《くだ》るぞ」

アソカは言った。

はたして、夜になると森林のあちこちに鬼火が現れた。そのうち宮殿内にも現れ始めた。恐ろしい呻き声が一晩中続いたりした。

払いをしたが、一向に効力が無かった。

得体の知れない病気が流行り、食中毒者が続出した。ついに死者が出始めた。一人や二人ではない。死者の表情は毒を飲んだ者に特有なものであった。

チクシの国中に噂が立ち始めた。

ヤマトの王は王宮を造るために神聖な朝倉社の木々を切り払ってしまったので、雷神が怒って王宮を壊したと。

また王宮内にも鬼火が現れて死ぬ者が増えていると。

朝倉社の神はお怒りになっている。

ヤマトの王はまもなく神の怒りに触れるであろうと。

チクシの神はあらゆる方法を使ってヤマトのチクシ進駐を断念させようとしていた。

ヨギとカマコは憔悴しきっていた。

「カマコ、これは真に神罰であろうか」

「これは明らかに陰謀です。反乱者の群れがいると見て間違いはないでしょう。チクシ王に厳重に対処を申し入れましょう」

「母が今朝から臥せっている。大丈夫だろうか」

「医師と薬師《くすし》を侍らせております。食事は必ず毒見を。滅多な者を近づけないようにいたしましょう。それからもう一度払いと清めの儀式を行ないます」

これ程振り回されるとは。場所の選択を間違えたか。

急に女王の寝所の方角が騒がしくなった。

女王の容態が急変したという。

「まさか」

カマコは絶句した。

そして遂に、タカラは朝倉宮で崩御する。

「母上！」

ヨギはハシヒトとともに一晩中泣き崩れていた。

タカラは毒殺された可能性が強い。

タカラは私が殺したとカマコは思った。私の謀りごとがタカラに死を招いた。


ヨギは大王タカラの喪をつとめた。夜になっても暑さは引かなかった。

この宵、朝倉山の上に鬼が現れ、大笠を着て喪の儀式を覗いていたという。

ヨギは一時的に帰国をよぎなくされた。

カマコに駐留軍の指揮を授け反乱者の輩《ともがら》を摘発せよと言い残し、タカラの遺体とともにヤマトへ向かった。

反乱者はまもなく芋づる式に逮捕されていった。

頭領は意外にもチクシ王の重臣アソカであったとチクシ側の報告であった。

アソカは縄を打たれ、王の面前に据えられた。

「王よ、あなたには何度も申し上げげた。あなたは何もわかっておらぬ。誰が何を吹き込んだか知らぬが」

アソカは王の隣に並んでいるカマコを睨みつけた。そしてまた王の顔を正面から見据えた。

「ヤマトに騙されるな、むやみに挑発されて右往左往するのではなく、百年先のことを考えよと」

「だまれ、アソカよ。ヤマトの女王を弑逆し、それがその方のいう正義か」

王は叫んだ。

「私は知らぬ。ヤマトのカマコよ」

とアソカは語調を改めた。

「われらがいては仕事がしにくかろう。それで女王を殺し、われらに濡れ衣を着せたか。カマコよ、あなたはそれでも人か。

そうまでにして守らなければならないものがこの世にあるのか。そうだとしたら女王の死も、われらの死も、わだつみの彼方のわが同胞の死も無駄にはせぬことだ。

少ししゃべりすぎたようだ。もう殺したがよかろう」

カマコは目を閉じたままだった。

刑場が設えられ、処刑役の兵士が現れた。

アソカは刑場へ引きたてられた。

アソカは静かにすわり目を閉じた。

兵士が剣を抜いた。

「お覚悟を」

というと一閃剣が空中を舞い、アソカの首が落とされた。

その時。

「アソカ！」

と空気を切り裂くような声とともに白い衣を翻してアソカに走り寄った者がいた。

王女ヒミカであった。

ヒミカの首から鮮血がほとばしった。

自らの剣で喉をかき切ったのである。

そしてアソカの上に折り重なるように倒れた。

まるで白鷺が羽を拡げてアソカを愛おしむように。


シカノシマのアソカの館にアソカの遺体が帰った。付き添ったカマコはヨリコに会った。

ヨリコはことの状況が飲み込めぬようだった。

カマコを見ても反応が無かった。

白村江

百済は滅んだ、と高宗李治《りち》は思った。次はいよいよ高句麗である。先朝隋も、父李世民も成し遂げられなかった高句麗征伐が、百済を倒した今は容易に成就しそうであった。

この記念すべき出兵には父にならって自ら陣頭指揮をとろうと思った。

だが武后が反対した。

たしかに李治は父とは違い宮廷のなかで育てられ、身体も性格も弱かった。それにくらべ、武照は身体も性格も強くそれに頭も良かった。全ての面で立ち打ちできなかった。そして何よりもその容姿に魅了され、父の妃であったにもかかわらず、自ら招き入れたことではあったが、今は疎ましいだけであった。

李治は高揚した気分が萎えてしまった。

三十五万の高句麗征討軍が蘇定方以下三人の将軍に率いられて平壌をめざしたのは、遼東の雪が融け始めた頃であった。

病床から見る木々の翠が日増しに濃くなってゆく。

今日は久し振りに気分が良い。

ようやく百済を倒すことが出来た。

「ようやく――」

チュンチュはそう独り言を言いながら小鳥たちがさえずっている姿をぼんやり眺めていた。

しかしまだ高句麗がいる。そして強大な唐が。

太宗が薨《みまか》ってからの唐は何かが変わった。ユシンの言う通りかも知れぬ。

子供たちはまだ若い……

まだ死ぬわけにはいかない。

少し疲れただけなのだ。

少しうとうととした。

取り次ぎの者が病室に入ってきた。

「ただいまトングスがオオアマト王子と胸形徳善と申すお二人を同道して帰還いたし、目通りを願っております」

「トングスがオオアマトと戻ったと、胸形徳善？　思い出した。三人とも通せ」

チュンチュ王はうれしそうに言った。

徳善とは瞬間会っただけであったが、まるで旧知のようであった。

「そなたと私は親同士というわけだ。これは近頃愉快だ」

オオアマトを前にして二人は笑い合った。

唐に滞在していたチュンチュの子、キムインモンが帰国したのはこの頃である。

「唐の皇帝はすでに蘇定方《そていほう》を総司令官とし、水陸三十五万の兵を率いて高句麗の討伐に出発しました。私は、新羅がこの軍に呼応して出兵するように命じられました。皇帝の勅命に違うことのないようにしてください」

報告しながらインモンは王の顔色がただごとでないのに気がついた。

チュンチュは百済攻撃の時すでに病魔に犯されていた。

父は子らを呼び寄せた。

「私の余命はいくばくもない。この度の皇帝の勅命はもう私には果たせそうもない。百済はいまだ残党がはびこり、それに倭国が手を貸そうとしている。一つ間違えたらわが新羅も滅亡する。インモン、ムンワン、そなたたちは兄と力をあわせてほしい。これからはボムミン、そなたが指揮をとるように。すべてのことはユシンに計れ」

そしてインモンに向かって言った。

「ヤマトのオオアマトがトングスとともに来ている。話を聞いてやってほしい」

インモンはオオアマトと会った。

これがわが兄かも知れぬヤマトのオオアマトか、と。

単身異国へ乗り込んでくる迫力に威圧されそうであった。

自分も長安に長いこと留まっていたのだと思いきかせ、すぐにそれは人質としてであったと思い直し苦笑した。

やがて二人はトングスを伴って馬を走らせた。

ボクシンの軍を避けるため険しい間道を走った。


インモンはオオアマトを、今は旧百済領内熊津城に駐留している唐駐留軍総司令官劉仁願に引き会わせた。

倭国ヤマト王位継承候補者オオアマトは述べた。

「倭国、といっても実際はいくつかに国が分かれております。中でも大きいのはチクシ、エミシ、そしてわがヤマトでしょうか。

エミシは辺境の地、今は語るに値しない国であります。

わがヤマトの王は百済王族であるとはいえ、人民は性穏やかであり争いごとを好みません。それにひきかえ、チクシは古来百済とは一衣帯水の間柄。百済敗軍の将兵が続々とチクシに渡り、反攻を期していることはご存じの通りです。

さらには、今わがヤマトに対して、ともに百済に渡りこれを救援せよと、迫ってきております。

わが国は王が百済王であるだけに窮地に立たされております。われらはただ穏やかに暮らしたいだけなのです。どうかわれらの苦衷と真意をくみとっていただきたい」

「いかにも身勝手な話と聞こえるが」

劉仁願は口を開いた。

「わが大唐にとって倭国の中がどうなっており、内部で何が起きているかは、あずかり知らぬこと。重大なことは、倭国がわが大唐に反抗しようとしていることである。すでに倭国の軍隊がこの百済国内で跋扈しているではないか。百歩ゆずってそなたのいうとおり、倭《ヤマト》は筑紫《チクシ》ではないというのであれば、その証を示すべきではないか」

「われらは小国、今チクシを倒す力はありません。しかしながらあらゆる方法をもってチクシに当りたいと考えています。お国と新羅の軍勢がチクシを破った暁には、チクシを存分に料理なさってください。わがヤマトはその時倭国を代表して協力こそすれ、決して反抗しないことを誓います。そのために私はここに来ています」

熱弁をふるうオオアマトをじっとみつめている男がいた。幕僚として劉仁願の軍に参加している郭務悰である。倭国にもこのような男がいたか。

郭務悰は劉仁願に進言した。

「ここは大海人《オオアマト》に乗ってみるべきでしょう。いずれにせよ倭国が弱体化することには違いありません。今、百済が治まらないのは筑紫《チクシ》が補給基地になっているからに外なりません。筑紫を叩くべきです。

そうすれば筑紫は閣下の支配地となりましょう。

大海人《オオアマト》は春秋《チユンチユ》の子ともいわれております。

しかし倭《ヤマト》の王は百済王族です。翹岐《ヨギ》一族はやはり危険な存在と見てよいでしょう。

いずれ時をみて彼らを取り除き、大海人を傀儡政権として立てれば、閣下の地位は盤石なものとなるでしょう」

仁願は笑みをかみ殺した。富貴が自ら飛び込んできたと。

「大海人を粗略に扱うな。幕客として帷幕におくように」


オオアマトが帰還するのは白村江会戦の年である。あしかけ三年滞在したことになる。


チュンチュが薨去した。おくり名を太宗武烈王という。

国中が王の死を悲しんだ。

ユシンは自分が先に逝かなければならないのにと思い、甥でもある王子たちの行く末を思った。

若かった頃チュンチュを気に入り、妹たちと目合わせようとわざとチュンチュの衣服を裂き、家に招き入れたことなどを思い出していた。

ユシンには二人の妹がいたが、末の妹がチュンチュと結婚した。ムニである。

後になってムニがこんな話をした。

初め姉のポヒが山に登って小便をする夢をみたという。

するとその小便は都いっぱいに満ちてきた。

翌朝妹にその話をすると、妹は、

「その夢を買いましょう」

といった。そしてその夢と錦のチマと交換した。

結局、その夢は王妃になる夢であったのだと。


高宗は知らせを聞いて洛陽城内で葬儀を営んだ。

しかしチュンチュの死を悼んでいる時間はあまりなかった。

インモンの報告どおり唐軍は大軍を擁して高句麗に向かっていたのである。

ボムミンはただちにユシンを大将軍とし、インモン以下態勢を整えて唐の指示を待った。

やがて高宗の勅命が伝えられた。蘇定方《そていほう》軍に呼応せよと。喪中であるにもかかわらず、ボムミン王以下諸将は軍を率いて高句麗に向け出発した。途中まで進軍した時、唐使があわただしく追いかけてきた。

「百済の残党が反旗をひるがえしたので、そちらへ回るように」

新羅軍は進路を変え百済国境へ向かった。そこでの戦いは一ヵ月に及んだ。

冬に入り唐の使者が慶州に到着しているとの連絡があり、ボムミン王はあわてて慶州に戻った。使者は勅命により喪中の人々を弔い慰め、前王を祭り、綾絹五百段を贈与した。

蘇定方が高句麗莫離支《ばくりし》ナムセンを鴨緑江で破り、続いてナムセンを追って平壌を包囲したとの報告が入ったのは、それからまもなくのことである。

再び高宗の勅命が伝えられた。平壌へ兵糧を運ぶようにと。

タカラの葬儀を終えて急遽戻ってきたヨギは、百済王子プンジャンに兵五千をつけて本国へ送り出した。

アズミノヒラフが軍船百七十艘を率いてこれに従った。

「全力を尽くして百済を再興せよ。出来れば私が替わりたいくらいだ」

カマコの案を飲むには飲んだが、これは真意であった。

やがて高句麗莫離支ナムセンから救援の要請が入った。

正月。ボムミン王が冊命された。開府儀同三司《かいふぎどうさんし》・上柱国《じょうちゅう》・楽浪郡王《らくろう》・新羅王と。

ユシン、インモンらの輸送隊が平壌に向けて出発しようとした時、熊津府《ウンジン》の劉仁願から府城が孤立し、餓死の危機にあると報告が入った。

先に平壌に兵糧を送れば、恐らく熊津城は陥落し百済は完全に復活する。そうなれば平壌を攻めるどころではない。しかし平壌へ兵糧を送ることは勅命であった。

余力はない。ボムミン王は進退きわまった。結局二手に分けるしかなかった。しかし熊津へは老兵と弱兵を送った。

ユシンは平壌へ出発した。二千両の車両に米四千石、もみ二万二千石が積まれていた。氷雨が降りだしていた。道は凍てつき険しくなるばかりであった。雨は雪に変わった。やがて車を乗り捨て、荷はすべて牛馬に乗せかえられた。吹雪の中、身の切れるようないくつかの河を渡った。そこには敵が待っていた。ようやく敵を撃破し先に進んだ。

二月に入って平壌の近くまでたどりついた。

飢えと寒さと疲労ですでに半数以上の兵が倒れていた。

平壌を包囲していたはずの蘇定方軍は大敗していた。唐の兵士たちはユシンらの運んだ兵糧をむさぼり喰った。

ユシンは蘇定方に銀五千七百分、細布三十四、頭髪三十両、薬十九両を送った。

蘇定方は貰うものを貰うと、さっさと兵を引き揚げ帰国してしまった。

ユシン以下新羅の輸送隊は茫然として見送った。

帰路、ふたたび高句麗軍に襲われた。新羅軍のほとんどは手足が凍傷にかかり、惨憺たる状態で慶州にたどりついた。

熊津におもむいた輸送隊もまた、ほとんど死に絶え百人に一人も帰って来なかった。

新羅の備蓄用の食糧はほとんど出尽くしてしまった。

タカラの娘ハシヒトが大王となった。オオアマトが新羅に潜入している間にヨギが王位につくわけにはいかなかった。即位式はチクシ長津宮で行なわれた。

ハシヒトは抵抗軍の主将ボクシンに矢十万本、糸五百斤、綿千斤、布千斤、なめし皮千張、稲種三千石を贈った。ボクシンはプンジャンを得て、百済全土を回復するのも時間の問題と思われた。

倭国連合は二万七千の部隊を百済に送り込んだ。


四月に入って唐は改めて冊命書を新羅王に伝えた。

それには新羅を鶏林《けいりん》大都督府とし、王を鶏林州大都督としてあった。

新羅は唐の一州とされてしまった。ボムミンは今や一地方長官でしかなかった。

新羅朝廷は寂《せき》として声がなかった。


ボクシンの率いる百済抵抗軍は劉仁願の立てこもっている熊津城を包囲した。

劉仁軌《りゆうじんき》が新羅兵と合流して救援に向かった。

ボクシンとともに立ち上がった武将にフッチサンチ等がいた。

そのうちの一人にジシンという者がいた。

もと佐平であるという理由でボクシンの上位にいた。

ところがジシンはボクシンの声望をねたみ、劉仁軌《りゆうじんき》に、

「皇帝がもし百済を一国として認めてくださるのならばボクシンを捕らえましょう」

と伝えた。

このことはすぐにボクシン側の知るところとなり、ジシンを斬刑にしようとしたところ、プンジャ

ンは、

「たとえジシンに罪があっても、佐平なのだから極刑にするのは良くない」

といったが、ボクシンはジシンを斬った。


やがてボクシンは一旦熊津城の包囲を解いて白江周留城《ペッガンチュユ》に退いたが、しかしその勢力は強大であった。劉仁軌は熊津城に入ったが、長安にさらに救援軍を求めた。

高宗は孫仁師《そうじんし》の派遣を命じた。孫仁師は四十万の兵を率いて白江周留城へ向かった。

その頃、周留城では信じられないことが起きていた。

プンジャンは突然ボクシンを捕らえ、掌をうがち革を通して縛った。

一年前、五千の正規軍を従えて帰還したプンジャンと、抵抗軍の指導者ボクシンは互いに涙を流して百済復興を誓った。ボクシンらは素手で、あるいは棍棒を持って立ち上がってきたのであった。

ボクシンは神武の謀《はかりごと》をおこして一度滅亡した国さえも興したといわれた。

彼らは百済全土に展開し、唐・新羅軍を翻弄していった。

やがてプンジャン・ボクシンの立てこもった周留城の攻防が戦局の鍵をにぎる情勢となってきていた。

周留城は白江すなわち錦江下流北岸に位置し、遡れば泗沘城、さらには熊津城を望むことが出来る要害の地である。

しかし、決戦を目前にして二人の関係は急速に悪化していた。

ボクシンは病気と偽りプンジャンが見舞いに来るのを窺ってプンジャンを殺害しようと企てた。しかしこれはプンジャンの知るところとなり、逆に不意を突いてボクシンを襲った。

プンジャンのまわりを固めていたのはヨギ直属の将兵であった。

「ボクシンの罪は明らかであるが、斬るべきかどうか」

プンジャンには迷いがあった。

家臣の一人が
「この悪者を許してはなりません」

というと、ボクシンはこの男に唾を吐きかけて言った。

「腐り狗《いぬ》の馬鹿者！」

プンジャンは兵に命じてボクシンを斬り、さらし首にすべく酢漬けにした。

プンジャンは高句麗と倭国に援軍を求めた。ともあれ、ヤマトにとっては都合のよいプンジャンの行動であった。

百済にとっては最後の悲劇の始まりであった。

ボクシンが斬られたことは直ちに郭務悰の耳に入った。

すでに四十万の唐・新羅連合軍が周留城を包囲していた。

郭務悰は劉仁願に建言した。

「福信《ボクシン》がいなくなれば彼らは烏合の衆です。今が決戦の時です」

やがて四十万の軍は行動を開始した。

孫仁師・劉仁願・新羅王ボムミンは陸路をとり、劉仁軌《りゆうじんき》、ウイジャ王の子ユンは水路をとり、白江から周留城へ迫った。

郭務悰は更に提案した。

「皇帝陛下の名で福信配下の諸将に密書を送りましょう。彼らが寝返れば戦わずして勝つことができます」

「やってみる価値はあるな」

と劉仁願は答えた。

軍の行動とともに密書が百済諸将に伝えられた。

——豊璋《プンジャン》王は残忍で猜疑心が強く、自らを擁立してくれ、大きな功績もあった福信《ボクシン》を殺したくらいであるから、まして公らに対してはいわずと知れたことであろう。

わが唐は元々百済の土地を取ろうとしたことはなく、百済が高句麗と組んだことに対して、新羅とともに百済を討ったのである。

今、先王の太子である隆《ユン》は朕の信任を得て百済王として、孫仁師以下大軍をもって護衛させ、帰国の途についた。

百済の聡明な将士である公らが朕の言葉を信じ、隆を王として奉戴するならば、戦争の苦労なしに、故国を回復し、安らかに富貴を享有しうるであろう。

だがもし、反抗するならば、朕も公らを許さないであろう。

公らは残忍な豊璋を君主として奉戴していたのでは、敗れた場合にはわが大軍に誅殺されるであろうし、たとえ勝ったとしても、豊璋《プンジャン》の猜疑にあって福信《ボクシン》のように残酷に殺されることになるであろう。これがどうして智者のなすことであろうか――と。

フッチサンチらはかねてからプンジャンがボクシンを殺したことを憤り憎んでいたから、ついに配下二百余城を挙げてユンに降伏した。

サンチは西部の将らに、ともにユン王に仕えようではないかと勧めた。

西部の将は、

「われらはボクシンとともに義兵を起こし、百済を復興しようとしたが、不幸にもボクシンを死なせてしまった。まことに痛恨事である。しかしボクシンが義兵を起こしたのは、元々唐賊を追い払おうとしたものであった。それであるのにボクシンの死を悼んで、その復讐のために唐に投降するのであれば、それはボクシンに背くのみならず、すなわち百済に背反するものである。

もしボクシンの霊魂があるならば、その心痛は手のひらに革紐を通された時よりさらに激しいものに違いない。われらはあなたが悔い改めて再び帰ってくることを望んでいる」

と返事をした。

しかしサンチは答えることもなく、部下五万の兵を率いて周留城攻略に参加した。

プンジャンの援軍要請がチクシに届いた。

「いよいよ最後の決戦が近づいたようだ。私が自ら軍をひきいて海を渡ろう」

とチクシ王サチヤマはある決意を込めてカマコに言った。

二人は玄界灘を眺めていた。

「王自らが征くことはありませぬ。ここはイハラノ君とアズミノヒラフに任せれば良いではありませんか」

「ヤマトのカマコよ」

サチヤマは振り返って言った。

「言い繕《つくろ》いはせぬことだ。

今にしてアソカの言っていたことがわかった。刻《とき》すでに経ち、元には戻らぬ。

われらは今、チクシの人柱となって赴《おもむ》こうと思う。

それでチクシが立ち行けば、もって瞑すべきではないか。

後のことはそなたたちの責任だ。思う通りにしたが良い。

わが愛する山河を、この火の国をそなたたちに委《ゆだ》ねよう。

最後に頼みがある。

アソカとわが娘ヒミカをふたり一緒に葬ってほしい」

カマコは頭を下げたまま身体が動かなかった。

負けたと思った。

後年カマコはアソカとヒミカの墓を玄界灘と火の国が見える処に造り二人を手厚く葬った。

土地の人々はいつしかそこを比翼塚《ひよく》と呼んだ。

今はすでにふたりの愛する山河と化している。


倭国王サチヤマはイハラノ君とともに、自ら一万の兵を率いて白江に向かった。

西暦六六三年夏の盛り、唐・新羅連合軍はプンジャンのたてこもる周留城を包囲した。

唐の水軍百七十艘も白江に陣を敷き倭国軍を待った。

ついに倭国連合水軍四百艘が姿をみせた。その先頭にタクツがいた。

先年、カマコとここ白江に来た時はのんびりしたものだった。

あの時はこれが母の国かと、その美しい風景に見とれていた。

今は――倭国では白村江《はくすきのえ》と呼んでいる――その白江を唐の水軍がびっしりと埋め尽くしている。

潮の流れが早く、吸い寄せられるように見る間に唐軍に近づいていく。

先着した船から順に小競り合いが始まった。倭国軍は混乱を避けるため退き、態勢を立て直しにかかった。

多少の小競り合いがあったものの、そのまま睨み合いが続きやがて日が暮れた。

軍船の数量からいえば倭国軍の方が圧倒的優位に立っていた。

それがわざわいしたのか、戦い方は拙劣であったという。

「われらが先を争って攻めれば敵はおのずと退くだろう」と。

翌未明、倭国水軍はすでに隊伍の乱れた中軍を率い、遮二無二唐軍の堅陣に突入した。

タクツは指揮者の采配に疑問を持った。これはチクシ水軍の戦い方ではない。

勝つことを考えていないのではないか。

王は何を考えているのだ。まさか、そんなバカな。

何故なのだ。

そういえばアソカは何故死んだ？　ヤマトの女王を毒殺したとして処刑されたのだが。真実はどうだったのだ。

チクシは――王はヤマトと何を取引したのだ。

唐軍は倭国軍を挟み込むような形に船を引き、左右から火矢でもって攻撃を開始した。

倭国軍は船のへさきをめぐらすことも出来ず、溺死者が続出した。

タクツは阿修羅のようになって戦っていた。

すでに何十人の敵を殺したかわからない。動きが緩慢になってきていた。

見ると火矢が何本も身体に突き刺さり煙がくすぶっている。

目の前に巨大な男が現れた。

その男に身体を預けるようにしてそのままタクツは海中に沈んだ。

こうして倭国連合水軍は壊滅した。

倭国の軍船四百艘がことごとく燃え、その煙と炎はいつまでも天を焦がし、海水は炎と血で赤く染まった。

倭国王サチヤマは捕虜となった。

百済王プンジャンは周留城落城とともに行方が知れなかった。
王の所持していた、きらびやかな宝剣だけが残されていたという。

カマタリ

唐・新羅連合軍がチクシ長津に入港したのはそれからまもなくのことである。

オオアマトとトングスが同行帰還した。チクシの都は無血開城された。

カマコが密かに二人を出迎えた。

チクシの人々の手前表だったことは出来なかった。倭国連合水軍は破れたのである。すでにヨギは大王ハシヒトとともにヤマトへ引き上げていた。

チクシの都は大唐帝国筑紫都督府《ととくふ》とされた。今の太宰府《だざいふ》である。

カマコとモリキミノオオイワ等外交団がキムトングスを通して折衝にあたった。

百済の敗将たちが続々と倭国に渡ってきた。これもオオアマトとトングスに託した密約の一つだった。新羅にとっても、反乱の芽をつむ渡りに船の申し入れであったのである。


戦いが終わってまもなく熊津城において、新羅のキムインモン、唐の劉仁願、旧百済太子ユンとの間に講和会議が持たれた。唐はユンを利用して百済領を復活させ新羅を牽制しようとしていた。当然のように新羅は反発。この会議は不調に終わった。

麟徳元年（西暦六六四年）五月十七日。

百済占領軍総司令官劉仁願《りゅうじんがん》は郭務悰を筑紫都督兼全権大使として筑紫都督《ととく》府に派遣した。

ヤマト側からは中臣カマタリが出席し、第一回の講和会議が開かれた。カマコはこの会議に臨むにあたり名をカマタリと改めた。彼なりのこの会議に対する思い入れがあったはずである。

郭務悰はすでにオオアマトとキムインモンを通じて、ヤマト側の条件提示を承知していた。

また相対するカマタリの人物については、すでに法興寺の清安から報告が入っていた。オオアマトと新羅との特別な関係についてももちろん把握していた。

倭国の内情は複雑であった。郭務悰の外交手腕が試されていた。

いきなりの先制攻撃であった。

「ハシヒト王のご病状はいかがでしょうか。お見舞い申し上げます」

ハシヒトの病については伏せていたことであった。元々丈夫な質ではない。いつまで持つかという状態であったのである。それが筒抜けになっている。

「良い薬が用意してあります。どうぞお使いください。この次参るときには良い医師を連れて参りましょう。

王には長生きをしてもらわねば、心よりお祈り申し上げます。

こんなことを申してはなんですが、皇帝陛下におかれましては、次期倭国王は自らが決めるとおっしゃっておられるのです。

万一の場合は筑紫都督である私がヤマトの都督も兼ねて政《まつりごと》をしなくてはなりません。なるべくならそんなことはしたくない」

そういって郭務悰はカマタリを見た。

次期倭国王の決定権を郭務悰に握られている。

カマタリは愕然としていた。

「お心遣い悼み入ります」

と答えるほかなかった。

チクシ倭国を唐が占領することには双方異存がなかった。ヤマトはそれと引替に国の安全を求めていた。郭務悰はそれに新羅包囲網を絡ませた。

はたして交渉は難航した。ヤマトは白村江会戦前夜に新羅・唐と密約をとりつけた。その新羅と今度は戦えという。ヨギはともかくとして、オオアマトはどうか。カマタリは自信がなかった。


膠着状態がつづいていたある日、郭務悰がふと話を変えた。

「ときに先生のご子息がわが国に留学しているという噂をお聞きしましたが」

カマタリは不意をつかれた。

「ご存知でしたか。もうかれこれ十一年になりましょうか。

マヒトが、いや僧となって定恵《じょうえ》と名を変えましたが、まだ十一歳の時でした。

親として少し厳しすぎたかと、時々胸が痛むことがあります」

「いやいや、厳しい修行を終え、ご立派に成人されていると聞いております。一度親子のご対面をなさってはいかがでしょう」

定恵を帰国させるとは言わなかった。

受けて立つカマタリにとってもこれは大事な材料となった。

定恵は双方から利用された。

やがて郭務悰は占領軍総司令官劉仁願の任地熊津都督府へ戻った。十二月十二日のことであった。

チクシには都督代理の将校が占領軍を率いて駐留した。


ヤマトと唐の筑紫占領軍は共同で、対馬、壱岐、筑紫に防人《さきもり》と狼煙《のろし》台を置き、筑紫に大池を造った。対新羅軍事基地の建設である。特に対馬は最重要拠点となった。

講和条約より実体が先行していた。

明けて二月二十五日。大王ハシヒトが薨じた。

ヨギはハシヒトの亡骸《なきがら》の側で三日の間哭き崩れていた。

先に母を失い、今また最愛の妹を失った。

三百三十人をハシヒトのために得度《とくど》させ盛大に送った。

恐れていたことが起きてしまった。これで王位が空白になる。

唐の決定が出るまでは、何としても二人の間に亀裂を生じさせてはならない、とカマタリは考えていた。

そうでなくてもタカラ、ハシヒトと二人の女王が亡くなり、ヨギとオオアマトとの緩衝地帯がなくなってしまった。

王位争いがむきだしになるのは、目にみえていた。

ここで亀裂が生じると国が潰れる。ここはじっと耐えなければならない。

唐につけこまれてはならない。郭務悰はしたたかであった。ハシヒトの喪が明けるまでの間に何とかしなければ。ヨギに、三人目の媛もオオアマトに嫁がせることを囁いた。

百済・倭国連合軍が敗北したことはオオアマトにとっては好機であった。これで海峡から向こうと縁が切れる。いつまでたっても腰の定まらない部族たちにいらだっていた。ヤマトを本当の意味で独立させてから、新羅・唐とどう付き合うか考えればよい。

ヨギはオオアマトの独立論に基本的に賛成していた。だが百済はわが母国であった。百済への思い入れはどうなるものではなかった。唐と新羅の亀裂はヨギの心に動揺を与えていた。

前年の唐・新羅間の講和会議が不調に終わったことは、すべて新羅の責任であると、唐は厳しく責めたてた。

八月を期して熊津において講和会議を再開する——と。

参加国は唐・新羅・旧百済に加えて、耽羅、倭国を参加させ新羅に圧力をかけようとしていた。

同時にヤマトとの条約締結のため劉徳高《りゅうとっこう》、郭務悰を全権大使として派遣した。カマタリとの約束どおり定恵が同行していた。

唐は旧百済領を新羅に渡さず、旧太子隆《ユン》を領主として復活させようとしていた。熊津とアスカの二つの地で、同時に新羅包囲作戦を外交手段で実現させようとしていたのである。

七月二十八日。全権大使劉徳高、筑紫都督郭務悰は対馬に到着。しかしそのまま駐留した。かわりに耽羅の使者が彼らの意を受けてアスカに入った。その内容は意外なものだった。

来たる八月、百済熊津において唐・新羅・旧百済に耽羅・倭国を加えて講和会議を開きたい。ついては大使を派遣していただきたいというものであった。

またわれらはこの会議が終了してからヤマトとの交渉に入る、それまではこのまま対馬に駐留すると。

倭国が敗戦国として参加するのか、立ち会い人としてなのか、はなはだあいまいだった。カマタリはこのあいまいさの意味をつかんでいた。

ヤマトは代表団として小錦《しょうきん》モリキミノオオイワを首席に以下サカイベノムラジ等四人を送り出した。

われらは何のために戦ってきたのか。何のために国の食糧を吐き出し、何のために人民を飢えと戦いで苦しめたのか。

劉仁願《りゅうじんがん》以下唐の兵士たちの皮や骨は生国のものであっても、その血や肉はともにわれら新羅によって作られたものではないか。子供を交換して食べあうことをせずにすんだではないか。唐の李世民は先王に、平壌以南と百済の土地はすべて汝の国に与えようといったのではなかったか。それを今、百済を復興し、国境を定めよとは。

新羅にとってこれは屈辱の不平等条約であった。

今の新羅には唐の無理難題に対抗する余力がなかった。


八月。新羅王ボムミンは熊津に到着した。

占領軍総司令官劉仁願《りゆうじんがん》、勅使劉仁軌《りゆうじんき》、熊津都督となって戻ってきたプヨユン、耽羅大使、倭国大使モリキミノオオイワ等が一堂に会した。

壇を築き、白馬をいけにえにして、天地《あめつち》の神々や川や谷の神々を祀った。

劉仁軌が盟文を読みあげた。

——昔、百済の先王たちはことの順逆に迷い、高句麗と結託し倭国と交際し、ともに新羅の領土を侵略した。唐の皇帝はそれを憫み、しばしば使者に命じて三国の和好をはかったが、百済は天の常道を侮った。皇帝は大変怒り百済王を討ち、その軍旗のゆくところ一戦にして平定した。

本来ならばその宮殿を沼沢《しようたく》にし、その邸宅を牢獄にすべきであるが、なつくものは帰順させ、そむくものを討つのは前王の教えであり、国の興亡と王室の継絶とは聖賢たちの教えるとおりである。

それゆえ、前百済の扶余隆《プヨユン》を熊津都督《ウンジンととく》とし、百済の祭祀を守り、その故郷を保全させよう。百済は新羅を頼りにし、長く同盟国となりそれぞれ宿怨を捨て、すすんで和親を結ぶようにと、それぞれに勅命を賜った。

ここに盟約を誓言し、盟約の誓文とする。
もし盟約にそむくときは、神々によって多くの災いがくだされ、あますところが無くなるであろう
――と。
いけにえの血をすすり合い、いけにえと供物を壇の北に埋めた。その場所に塚を建てて国境とした。

劉徳高らが動きだした。九月二十二日。筑紫都督府に到着。

十月十一日。二百五十人の兵を率いて宇治に入った。盛大に閲兵式を行なったという。カマタリは定恵と十二年ぶりに対面した。

「マヒトか」

「父上」

二人は人目もはばからず抱き合った。涙が止まらなかった。

「積もる話もおありでしょう。今夜は水入らずでお過ごしください」

と郭務悰は口を添えた。

しかし定恵は帰国したのではなかった。唐側の代表団の一員としてこのヤマトに来たのであった。

宇治に留まったのには訳があった。劉徳高と郭務悰はここで極秘裡にヨギと会ったのである。同席者はカマタリだけであった。

唐側は条件を出した。

「皇帝は倭国王にはオオアマトではなく貴方が適任であると判断されました。ただし新羅討伐に協力

するならばということです。百済王子ユンは都督でありながら、熊津での会盟が終わると劉仁軌将軍とともに長安に戻ってしまいました。彼はそういう男です。

あなたがユンにかわるべきです。もし新羅討伐のあかつきにはあなたには楽浪郡王・新羅王・百済王・倭国王を冊命することになりましょう」

ヨギの心は動いていた。

カマタリには子定恵を見せ、ヨギには半島統一の夢を見せる。カマタリはまたしても唐の外交手腕をみせつけられた。

西暦六六五年十一月十三日。講和条約締結。内容は概略次のようなものである。

一、九州倭国の割譲。具体的には筑紫地域の唐の軍事基地化、倭国の都筑紫は大唐帝国筑紫都督府とする。すなわち九州筑紫倭国の滅亡である。

倭国王サチヤマはいまだ唐にとらえられたままである。

これ以後防人《さきもり》と呼ばれるヤマトの筑紫占領軍が筑紫都督府の警護にあたる。

二、ヤマト王国の承認。及び中ノ大兄の倭国王即位の承認。その存在の保障。

ただし最終決定は高宗の承認を得ることになる。

三、百済人の亡命受入れ。

四、対新羅秘密協定の成立。ヤマトにも対新羅戦にそなえて唐駐留軍を常駐させる。

ヤマトをも占領する唐の意図が見えている。

唐はこれで熊津、耽羅、対馬、倭と、新羅に対して大包囲網を完成させた。

十二月十四日。全権大使一行帰国。定恵もそのまま唐へ戻った。やはり定恵は人質であった。

第四条が入ったことでヨギとオオアマトとの間に亀裂が入ることは避けられなかった。

カマタリはおのれの限界を知らされた。

自らの策が良かったのか、悪かったのか、なまじいの知恵がつけこまれることになったのでは。チクシのアソカの顔が浮かんだ。

すでにヨギは新羅攻略の策を練っていた。耽羅との行き来が急に頻繁になった。亡命百済人を官職につけ、チクシに二城、長門に一城を築き、琵琶湖―敦賀―新羅の直接侵攻路の検討に入った。


ヨンゲソムンの三人の子に争いが起きていた。

長子ナムセンは孤立し、唐に救援を求めてきた。次子ナムゴンが莫離支となりナムセンを追った。

六月。ナムセンは身をもって唐へ脱出したため、唐にとって願ってもない機会が訪れた。

李勣《りせき》を総司令官として高句麗討伐軍が長安を出発した。

河北諸州の兵糧はすべて遼東に送られた。


二月。前大王ハシヒトの喪が明けた。タカラとハシヒトを合葬した。

運命の変転は二人の女性をヤマトの大王に押し上げた。二十五年前、少年ヨギは母と妹とともに半ば心細い思いを抱いてこの国にやって来た。

以来、数多くの女性と接し、子供たちも出来た。

しかしこの異国にあって母と妹は何ものにも替えがたかった。

何よりも二人は美しかった。

母が大后としてイルカの室に入った時は、まだ若いヨギはまったくの放心状態に陥ってしまった。

イルカを倒したのは政治的状況がそうさせたと、周りでは見ているが、はたして本当にそれだけの理由であったかと自らに問いただしてみると、自信はなかった。

その後の母は何かが少しずつ変わりはじめた。

そして妹がカルに嫁いだ。

カルに敵意を持っていたわけではなかった。それどころか同志であったといってよい。

しかし妹が人の妻になるのは耐え難かった。理不尽なことであるのはわかり切っていた。

この時も大王位をめぐってのオオアマトとの駆け引きという、政治的状況のなかで妹を引き戻してしまった。

こうして今、ようやく二人は私のもとにいる。しかし、私は本当に二人を取り戻したのだろうか。

手厚く葬るほど、悲しみと空しさの入り混じった感情がヨギを襲った。

ここはやはり異国でしかないのか。

ここもまた唐に支配され、いる処がない。

私は何処《いづこ》へ行こうとしているのか。

二人の陵《みささぎ》の前にオオアマトに嫁いだ長女オオタ媛を埋葬した。

高句麗はじわじわと押し込まれていた。

冬。新羅王ボムミンは平壌近くまで来て、またも唐軍に兵糧を手渡しただけで終わった。李勣《りせき》は兵糧を受け取ると引きあげてしまった。

新羅は唐に牛馬のように扱われていた。ユシンは年老いていたが、わが身のことよりも王を不憫と思った。ボムミンは彼の甥でもあった。

味酒《うまさけ》　三輪《みわ》の山
あおによし　奈良の山の
山の際《ま》に　い隠《かく》るまで
道の隈《くま》　い積るまでに
つばらにも　見つつ行かむを
しばしばも　見放《さ》けむ山を
情《こころ》なく　雲の　隠さふべしや

三輪山を
しかも隠すか

雲だにも
情《こころ》あらなむ
隠さふべしや

額田の惜別の歌である。

額田の惜別とは何に対してなのか。

二人の男になのか。

自らの人生になのか。

オオアマトとの子十市《とうち》が今年で十七才になる。

あの頃は額田も丁度そんな年であったか。

額田は巫女であった。

半ば強引に犯され十市を生んだ。

オオアマトは十市のことは可愛がったが額田とは次第に疎遠になっていった。

十市がヨギの子大友の妃となったのは白村江の戦いが終わってまもなくのことだった。百済泗沘城が陥落してすぐにオオアマトは新羅に渡って三年間帰らなかった。当時の額田にはオオアマトの帰国が何時になるのか、生きているのか、死んでいるのか知る術《すべ》はなかった。

十市と大友のことにかこつけてヨギの手がついたのはそんな頃であった。

すでに愛情があったとは思えぬオオアマトが額田が原因でヨギと対立するようになったとは考えら

れぬが、帰国後のオオアマトとヨギはごとごとに対立することが目立ってきた。

ハシヒト王が薨って未だ次の大王が決まらずにいるが、ヨギが大王になることは誰の目にも明らかだった。

あとは唐の皇帝の承認を待つばかりであった。

東宮太子は当然大友である。

ヨギが齟齬をきたしているオオアマトに次期大王を約束するとは思えぬからだ。大友が大王になれば額田は大后十市の母となる。

額田は恐ろしかった。

オオアマトにはヨギの娘が三人とも嫁している。なかでも正妃であるウノ・サララ媛はさすがにあたりを払うような気品と美しさがあった。

とても額田には太刀打ち出来なかった。まして額田はすでに三十路も後半を過ぎていた。

あの気位の高いサララが大友の次期大王を黙って見過ごすだろうか。姉弟とはいえ大友は采女《うねめ》の子である。

サララには五つになる男の子がいる。

このままではすむはずがない。

運命の糸にあやつられてしまった自分の人生。

何も知らずに生きていた巫女の頃——

額田の郷の幼い自分——

懐かしいアスカの地――

惜別の刻《とき》であった。

ヨギは遂に都を近江に移した。新羅を望み、熱田をにらむ戦略拠点であった。熱田はオオアマトの拠点である。臨戦体制であった。

占領軍総司令官劉仁願《りゅうじんがん》は熊津都督府県令上柱国司馬法聡をチクシ都督府に派遣した。高宗がヨギの倭国王即位を承認したことを伝えてきた。

唐はヤマト政権を正式に保障したのである。

耽羅《たんら》、対馬、チクシ、長門《ながと》、高安城《たかやす》に至る軍事基地は向きを大きく変えてオオアマトを包囲した。

そうしておいてヨギは四人目の娘オオエ媛をオオアマトに嫁がせた。これで四人の娘をすべてオオアマトに嫁がせたことになる。


一月三日。ヨギ中ノ大兄が即位した。四十三歳になっていた。ヨギがヤマトに来て二十六年が経過していた。母タカラも妹ハシヒトもすでにいない。額田の予想に反してオオアマトを東宮太皇弟とした。

国名を日本と改めた。

倭国を唐に売り渡した者たちにとって、これ以上その国名を名乗るわけにはいかなかった。しかし実体はその日本も被占領国であり、大王即位の決定もままならぬありさまであった。

それでも春になると人々の心は華やぐ。

琵琶湖の東端の蒲生野《かもうの》では王朝の人々による薬猟《くすりよう》が行なわれた。
紫草が一面に咲いていた。

茜《あかね》さす　紫野ゆき　標野《しめの》ゆき
野守《のもり》は見ずや
君が袖振る

額田はオオアマトを見かけて歌った。
オオアマトが答えた。

紫の匂へる妹《いも》を
憎くあらば　人妻ゆゑに
我恋めやも

束の間の春の宴であった。

再び平壌を包囲すると、新羅へ唐の勅命が降った。
ボムミン自ら陣頭指揮をとった。

旧百済領の唐占領軍司令部が置かれている熊津都督府の名目上の都督であるプヨユンを通し百済の使者が訪れた。

大唐が新羅とともに高句麗討伐に動きだした。新羅はこの戦いで国力を使い果たすだろう。高句麗討伐後はただちに新羅討伐にかかる、今から準備にかかってほしい、と。

カマタリは慎重だった。

何のためにヨギとオオアマトが連合したのか。

ヨギが暴走すれば全てが無意味になる。唐に利用されてヨギは見果てぬ夢を見ようとしている。

郭務悰にしてやられたと思った。抱いていた不安が的中した。

私の浅知恵のせいで唐は武力を使わず外交だけでヤマトを占領してしまっているではないか。いずれまもなく高句麗も滅亡するだろう。そのとき唐は対新羅作戦と称して軍隊をヤマトに派遣してくるであろう。これはすでに条約で確定されていることなのだ。

そう、何のことはない、私がチクシに対して行なったことを、今度は唐がヤマトに対して行なってくるのだ。ヨギはチクシ王と同じ立場にいる。建言しても聞く耳を持たぬであろう。

私はアソカと同じ道をたどるのか。

オオアマト――そう、オオアマトにかけてみる。私の命もそれほどは長くないだろう。

カマタリは精神が肉体を蝕んでいるのを感じている。

私の命が終わった後は……

その先が読めなかった。

読めない先に神経がいらついた。

今二人を結びつけているのは、カマタリの存在であるといってよい。

当面、外交戦略を曖昧にせよというのがカマタリの論である。

近江朝廷はボムミンとユシンに船一艘ずつ贈った。


ほうき星が東北に現れた。

李勣《りせき》、劉仁軌《りゅうじんき》、新羅のキムインモンらに率いられた唐・新羅連合軍が平壌に入った。

高句麗を逃げ出したヨンゲソムンの長子ナムセンが先導をつとめていた。

九月。平壌城が包囲されて一ヵ月以上たった。遂にポジャン王はナムサンとともに白旗を掲げて城を出た。ナムゴンは自決しようとしたが死ねなかった。

ここに高句麗九百年の歴史が閉じた。

まもなく唐と新羅の対決が始まろうとしている。


カマタリの屋敷に落雷があった。

その時カマタリは夢を見ていた。

カマタリは死んでいた。

人々が喪の儀式をしていた。

そこへ山の上に大きな鬼が現れ大笠をかぶってカマタリを見て笑った。よく見ると鬼はタカラであった。噫々と思ってタカラを見ようとすると鬼はアソカであった。

死んでいるのにかかわらず、カマタリは大声をあげた。

その時雷が落ちた。

アソカよ、そなたには負けぬ。

びっしょりと寝汗をかいていた。

カマタリは死期の近いことを覚った。

現実の世界で自分に出来ることはもうない。死後に何が出来るのか。

われらは何処より来たりて、何処へ行こうとしているのか。

それを解き明かさなければならぬ。

病床につくことが多くなった昨今、ヤマトの国の成り立ちをどう構築するかを考えるようになっていた。

百年・千年・二千年の後には、それがわれらの正統性の証となる。

基《もと》となった物語はイルカを殺した時に取り上げたソガ王朝史であった。

それは恐らくはウマヤド大王の頃に造られたものであろう。ウマヤド即位には讖緯《しんい》がちりばめられていた。

そこにはウマヤドの祖父イナメが始祖とされていた。

イナメから先は今は亡き彼らの祖国、大伽耶の国の物語が神話という形で記されている。

カマタリはこのソガ王朝史を何処まで引き伸ばせるかを考えていた。そのために遣唐使を派遣して、このヤマトの列島のことが何処まで中国の史書に書かれているかを見極めさせたのである。具体的に国名と人名が出てくる最古の記事が記載されている史書は、三国志魏志倭人伝であった。

そこに登場する邪馬壹国《やまい》とその女王卑弥呼《ひみこ》は今から四三〇年前のこととして記されていた。

われらの物語はそれ以前、思い切って卑弥呼の時代の三倍、一二〇〇年ぐらい前に遡《さかのぼ》らせられないか。もちろんそれはもう神々の世界であろう。それでよかった。

そう、神々の世界から人の世に降りてくる、その初代大王はヨギか、オオアマトか、あるいは二人がないまぜになったものか。

そういえば、チクシには昔から、兄弟が互いに幸を交換する物語があるという。たしか海を支配している兄と、山を支配している弟がその場所と道具を取り換える話であった。

ところが弟は兄の大事な釣針を海に落としてしまった。兄は弟に釣針を返せと無理強いをし、弟は海の国へ行って釣針を探し出した。そして弟は海の王《わだつみ》とともに兄に復讐したという。

そうであった。

あの老人の書に記してあったことなのだ。

しばらく紐解くのを忘れていた。

あの書は一体何であるのか。

過去の物語なのか、未来を指し示している予言の書なのか、はたまた現在の進行しているさまが書き記されているのか……

昨日見ると似たことが起きており、今日見るとこれは今のことかと疑い、明日見ると今日の文が変わっているのではと……

いや私の頭がおかしいのだ。

しかし――この物語が私の背中を押した。

われらは大唐にチクシ倭国を売り渡した。

この兄弟の物語はチクシの運命を予告していたのだ。

チクシは兄海彦、火照命《ほてりのみこと》、ヤマトは山彦、火遠理命《ほおりのみこと》。

――ここに火遠理命、その兄火照命に、

「各幸を相易えて用ゐむ」

といひて三度乞ひたまえども許さざりき。

然れども遂にわずかに相易ふること得たまひき――

まことに、アソカは私の要求を三度断った。

何ということだ。

われらの、ことを運んだ始終がこの書に記されている。

オオアマトが新羅を訪れ唐軍に参加し、凱旋して来たのもあしかけ三年に渡った。

オオアマトはヤマトすなわち火遠理命、新羅を豊玉毘売命《とよたまびめのみこと》とし、海神《わたつみのかみ》を大唐とすれば恐ろしい程この物語は現実と重なる。

――ここに豊玉毘売命（新羅）あやしと思ひていでみて、すなわち見めでて目合してその父（海神・大唐）にまうしていわく、

「わが門に麗しき人あり」と。

ここに海神自らいで見て、すなわちその娘豊玉毘売命を婚せまつりき。

かれ三年に至るまでその国に住みたまひき――

三年後どうなったのか。

火遠理命は海神の支援のもと塩満珠《しおみつたま》と塩干珠《しおひるたま》という二つの強力な武器をたずさえて火照命の国へ向かう。

――すなわちことごとに鰐どもを呼び集めて問いていわく、

「いま火遠理命上つ国にいでまさむとしたまふ。誰か幾日に送りまつりて覆奏す」といひき――

こうして海神とオオアマトは白村江で塩満珠を用いてチクシ水軍を水没させオオアマトは凱旋帰還したのだ。

チクシは破れた。

――ここをもちてつぶさに海神の教えし言の如くかく悩まし苦しめたまふ時に火照命まおさく、

「僕《あ》は今より以後汝命《なんじみこと》の昼夜の守護人となりて仕えまつらむ」とまおしき――

老人は何のために私にこの書を授けたのか。

まるでアソカと私を見通していたようではないか。

だが今は問うまい。

アソカよ。

そなたの国のこの物語を借りて、われらとそなたの国とのいきさつを、そして私とそなたの個人的な関係もともに神々の国の物語の最後に納め、記し遺しておこう。

それでそなたも生きられる。ヤマトが生き延びられればの話だが。

そしてヨリコよ。

実はそなたたち姉妹のことがすでにあの老人の書にあったのだ。

アソカやそなたたちに再会したおりに私はアソカに竜宮の美しい姉妹と陸の若者との恋物語の話をした。

若者と姉との子を妹が育てる——

あれはそなたたちのことであったのだ。

姉の名は豊玉毘売、すなわちタマコ。

妹の名は玉依毘売、すなわちヨリコ。

何ということだ。

うかつであった。

せめてもの罪滅ぼしとしてそなたたちを海彦山彦と合わせて物語ろうと思う。

そんなことでそなたの傷が癒えるわけはないのはわかっている。

そなたには何もしてやれなかった……

思い出したことがある。

いや思い出したことではない、いつも心に掛かっていたことなのだ。

私が初めてあの老人に会った時に老人はこう言った。

天《あま》の磐舟《いわぶね》に乗りて翔び降ってくる者があると。

さらに西方ヒムカからアスカに攻めのぼってくる者があると。

やがて二人は争うであろうと。

今にして――

あれはヨギとオオアマトのことであったのだ。

ただ、ヒムカは西方ではなく東方、伊勢のヒムカであった。

私の目の黒いうちはそうはさせない……


さて、もう一つの問題がある。

このソガ王朝史をどう扱うかということだ。

最大の問題は、われらがイルカを殺したことをどう説明するか。

とどのつまりはソガ王朝史それ自体を抹殺しなければ、われらの正統性を主張するのは難しい。そうでなければただの王殺し反逆者になってしまう。そう、わが王朝は一二〇〇年前から存在するのだ。

ソガ王朝が存在する場はない。

カマタリはうとうとし始めた。

イルカの首が枕元に飛んできた。

首が笑った。

気力で振り払った。

熱があるようだ。

人を遣って、史官田辺史《ふひと》を呼び寄せた。彼はカマタリの子、フヒトの養い親となっていた。

七日にわたって口述筆記をさせた。やがて言った。

「誰にも口外無用。わが子フヒトが成人のあかつきにこの先朝の史書二巻とともに渡してほしい。それと、この不思議な老人から渡された書も。ただし、そなたがフヒトをその任にあらずと判断したら焼き捨てよ。封印のうえ、すべて秘密とせよ」


十月十日。大王ヨギはカマタリを見舞った。

「あなたがいなくなったら私はどうしたらよいのですか。私を救い出してくれたのはあなたです。まだまだ助けてもらわなければならないことがたくさんあります」

「私のような愚か者が何を申し上げることがありましょう。私はお役にたてなかったような気がします」

カマタリの最後の言葉であった。


その夜カマタリはまた夢を見た。

一本の道を歩いていた。

一面靄が立ちこめていた。

やがて自分の前を歩いている人影が浮かび上がった。

杖をついていた。

老人のようである。

あの老人だ。

今こそ確かめねばならぬ。

声をかけた。

「ご老人――ご老人、あなたは一体何者なのですか」

老人はゆっくり振り向いた。

その顔はカマタリ自身であった。


十五日。オオアマトをカマタリの家に遣わし、大織冠と大臣の位を授けた。姓を藤原とした。

すでにカマタリの意識はなかった。

嘆息してわれ知らずオオアマトは語りかけていた。

「遠い昔、私はあなたに尋ねました。

われらは何処より来たりて、何処へ行こうとしているのですかと。

あなたは答えてくれませんでした。

今またあなたは何も答えてくれない――

あなたは私に何処へ行けと」

翌十六日。カマタリ死す。五十六歳であったという。

定恵

旧百済領に新羅軍が侵入し始めていた。四年前の取り決めは無視されていた。人々のあいだに噂が流れた。

――唐では船舶を盛んに修理しており、表向きには倭国を征伐するためといっているが、その実新羅を攻めるためだ――と。

西暦六六九年十一月。郭務悰が軍船四十七艘、二千の兵を率いて筑紫都督府に入った。この時捕虜になっていた筑紫王サチヤマが同行帰還した。

サチヤマは唐の勅命により郭務悰に代わって筑紫都督に就任した。

チクシ都督府にはすでにヤマトより、大使としてクルクマ王が赴任し実権を握っており、サチヤマの都督就任はチクシ人民を慰撫するだけのものであった。

郭務悰は劉仁願《りゅうじんがん》の委任を受けた倭国占領執行官といった任務を帯びていた。

唐軍はほどなく瀬戸内を通りナニワから近江に入った。

定恵が帰国したのはこの時である。カマタリはすでにこの世にいない。幼いフヒトと兄弟の対面をした。

フヒトは兄定恵の寂しそうな笑顔を憶えている。

郭務悰はカマタリの死を悼んで、定恵とともに摂津阿威山にあるカマタリの墓を詣でた。

一月五日。大唐帝国軍が見守る中で、太子大友が太政大臣となった。大友二十四歳である。額田は娘の婿が二千の外国軍に取り囲まれて叙されているのを茫然として見ていた。

郭務悰はこの時点でオオアマトを廃することを考えていた。

大赦が行われた。百済のボクシンの子ら亡命者たちに冠位を授けた。彼らが再び故国に帰る日は近いと彼らは思った。

時を同じくして劉仁願の使者李守真が百済人を従えて近江に入り、郭務悰とともに大王ヨギに上表文を奉った。

雪が融け、種蒔きが済んだ頃、わが皇帝は新羅と対決するであろう。その時までに万全の準備を整えておくようにと。

六月に入って再び熊津から使いが来た。すでに唐の大軍が新羅国境に迫り、小競り合いが始まっていると、日本の参戦を促していた。

新羅も手をこまねいているわけではなかった。

すでに昨年、高句麗ポジャン王の嗣子アンスンを高句麗王に冊命、旧高句麗領を傘下に治めようとしていた。そしてその高句麗を通して、シナノにいるクニオシに、あるいは新羅自身によって、チクシ都督府に派遣されているクルクマ王へ、中央のオオアマトへ、今はオオノホンジと名乗っているキムトングスへと働きかけ、日本に密かに反唐・反ヨギ戦線の構築を工作していた。

日本の政権内部が大きく二つに割れれば、日本の参戦は不可能となり、新羅に対する外圧が一つ減ることになる。カマタリが亡くなったいま、その可能性は大いにあると見られていた。

カマタリが亡くなると堰を切ったように世情が不穏になった。元々近江に都を移すこと自体が都人にとっては不満であった。

ヨギが対新羅戦略として高安城等の構築を始めると裏腹に人夫たちの怠業が始まった。組織的にしているという噂が広まっていた。そんな中、大蔵に付け火があり、ついには法隆寺が一屋も余さずに燃えてしまった。反ヨギ戦線の行動であろうか。

ヨギ政権は外国軍に守られて成立している——

彼らのこのような主張は人々の間で一定の支持を集めつつあった。

オオアマトの独立論とはまた少しずれがあった。

大王ヨギの去就が注目されていた。

だがヨギは動かなかった。いや動けなかった。身体が動かなかったのである。

「どうゆうことなのです」

李守真は郭務悰にただした。

「わかりません」

「まさか毒を盛られたのでは。このところ新羅の動きが激しい。怪しげな高麗人もうろうろしているようです。

あなたも気をつけたほうがよい」

李守真は近江を去った。

ヨギの病は徐々に進行していった。九月に入ってもいっこうに回復しなかった。

郭務悰は嫌な予感がした。

何のために二年近くもこの国に滞在しているのか。

唐の遼東方面軍司令官薛仁貴《せつじんき》は、新羅に最後通牒を突きつけている。新羅との全面戦争が始まろうとしている。

倭国を挙げてこの作戦に参加させる任務であった。これを遂行できるのはヨギをおいてはほかにはいない。

そのための大唐帝国駐留軍ではなかったか。いま大王に万一のことがあってはならない。

だが十月に入ると大王は重態に陥った。唐軍は緊急態勢を敷いた。

十月十七日深更。ソガ臣安麻呂を遣わして東宮オオアマトを大王の寝所に呼びよせた。

安麻呂はオオアマトに囁いた。安麻呂はオオアマトに恩があった。

「心してご返事を申し上げてください。郭務悰の兵が王宮を固めています」

オオアマトは大王の寝所に入った。

寝所に郭務悰とわずかの廷臣たちがいた。

張《とばり》の陰には郭務悰の配下の者たちが潜んでいるのはわかっていた。

殺気が充満していた。

大王は衰弱しきっていた。

大王ヨギはオオアマトに大王位を譲りたいと言った。

受け入れても殺されよう。断っても叛意あり、として殺されよう。

オオアマトは進退極まったかに見えた。

一瞬の静寂が走った。

と、いきなりオオアマトは剣を抜いた。

ほの暗く揺れ動く灯明に照らされて、その姿は阿修羅のように見えた。

郭務悰はオオアマトを襲撃せよと手を上げかけた。

その瞬間、オオアマトは髻《もとどり》を切っていた。

そして静かに剣を納め、剣帯を外し、髻とともに大王に差し出した。

「勝手な真似をお許しください。私は元来病弱。とてもお言葉に沿えそうにありません。ねがわくば、天下のことは大后に託してください。東宮には大友王子を立てられんことを。私は陛下のために仏門に入りとうございます」

ヨギはオオアマトに初めて出会った時のことを思い出していた。

この男とならば何かが出来そうだった。

娘のすべてをオオアマトに与えた。

しかし二人の間に亀裂が入ってきたのはまぎれもなかった。

百済復興という夢を見たことが、その原因であるといってよい。

その夢はしかし今は破綻していた。

郭務悰は大友に託そうとしているが、それが無理であろうことは彼自身がよくわかっているはずである。

私に毒を盛ったのは、このオオアマトなのだろうか。

あるいはカマタリの意を継いだ誰かであるのか。

あるいは毒などではなく、ただの病いなのだろうか。

今となってはどうでもよいことであった。

天意はそれが見果てぬ夢であることを示している。

私は何をしてきたのだろう。

何が出来たのだろう。

何のために生まれてきたのか。

何処へ行こうとしているのか。

意識が薄れかけた。

……今はオオアマトを助けたい。

オオアマトとは兄弟ではないか。

オオアマトが実の兄であることは薨る間際の母から聞かされていたことだ。

母の愛人とはあのキムチュンチュであった。

オオアマトには新羅に行っていたことでそのまま言いそびれてしまっている。

郭務悰の刃から守らねばならない……

オオアマトの声が聞こえてきた。

「……すでにわが館の武器庫には封印をいたし、家の者たちには暇を出してあります。どうかお聞きくださることを」

大王はオオアマトの願いを許した。

郭務悰は間合いを失っていた。


オオアマトは即日出家して法服に着替え、武器はことごとく大王のもとへ納めた。二日後吉野へ向かった。左右大臣が宇治まで見送った。

郭務悰は言った。

「虎に翼を付けて野に放つようなものだ」と。

この時郭務悰に総司令官劉仁願からの緊急命令が届いた。

――わが唐の軍船七十艘が新羅のためにことごとく破壊された。溺れ死んだ者は数えきれない。残された軍船は日本駐留軍のものだけとなった。筑紫にて待機せよ――と。

全てが終わった。

遠からずわが唐は新羅からも手を引くことになろう。

「われらは筑紫に戻りますが、あなたはどうされますか」

と郭務悰は定恵に尋ねた。

「母がチクシにいると聞いています。尋ねてみたいと思います」

「それは——ご一緒しましょう」

郭務悰はこの青年に好意を持っていた。

「有り難うございますが、父の墓を今少し祭ってからにいたします。向こうでまたお会い出来ればと思います」

と定恵は丁寧に答えた。

定恵は再び阿威山に登りカマタリの墓を詣でた。

それからカマタリの遺骸を掘り出し自らの首に懸けて今度は談岑《とうのみね》に登り小さな祠を建て、遺骸を安置した。

そして小骨を三個取り出し再び首に懸けて山を降りた。


郭務悰が大王ヨギの崩御の知らせを聞いたのは、筑紫都督府に戻ってからのことである。

崩御は西暦六七一年十二月三日のことであった。

謚号《しごう》天智。四十六歳であったという。

郭務悰以下将兵は全て喪服を着て挙哀の礼をとった。

終日雨であった。


そよと微風が吹いた。

今日は鴎《かもめ》が多い。
定恵はシカノシマを尋ねていた。
いくつかの集落をまわり、やがてとある館《やかた》の前に立った。
館といっても荒れ果て、見る影もなかった。
「あそこにいらっしゃいます」
今は主のいない館を守っている年老いた男が言った。
「いつもあゝして海に向かい波の音を聴いているのでございます。雨の日を除いては」
数枚のむしろの上に魚が干してあった。
その前に老婆がちょこんと座って、持っている笹で蠅を逐っていた。
穏やかな日であった。
波の音も今日は静かである。
定恵はそっと近づいていった。
なにやらぶつぶつ言っている。
ようく聴いていると、
マヒトこいしや、ほうい、ほい。
と聞こえた。
そう繰り返しながら蠅を逐っているのである。
ふと声が途切れた。

怪訝そうに老婆は顔を上げた。

目が見えぬようであった。

「旅のお方か」

定恵は老婆の前に回りひざまずいた。

そして静かに老婆の手のひらに自分の手のひらを合わせ、

「母上」

と言った。

「マヒトか」

「はいマヒトでございます」

母の見えない目から涙が溢れ出た。

まだこんなに老け込む歳ではないのに。

残り桜が春の雪のように舞っていた。


それからふたりはかたときも離れなかった。

母はいつもマヒトの手を握り、髪を触っていた。

マヒトもそうであった。

起きている刻《とき》も、寝る刻も。

暖かな初夏の日差しと潮騒の音がふたりを包んでいた。

ひと月後。

定恵は二人の母の墓を並べて造り、カマタリの小骨をそれぞれ供え墓誌を刻んだ。豊玉毘売《とよたまびめ》の墓、玉依毘売《たまよりびめ》の墓と。


東宮大友から郭務悰に鎧、甲、弓矢、絹千六百七十三匹、布二千八百五十二反、綿六百六十六斤が贈られてきた。

郭務悰に帰還命令が来た。筑紫都督府を去るにあたって彼はこう述懐したという。

「歴史とはかくも変転きわまりなきものか。われらははじめ翹岐《ヨギ》に対抗して、大海人《オオアマト》をたきつけた。やがて新羅がわが敵となるに及んで、皮肉にも翹岐が最大の味方となった。翹岐が天に去った今、わが二千の部隊は翹岐の遺児大友にとっては、百万の味方にも等しかったはずである。しかるにこの時、われらはこの国を去らねばとは。大海人は殺しておくべきであった」と。

郭務悰の傍らには定恵がいた。

定恵は寂しげな笑みを浮かべ、故国に別れを告げていた。

＊　＊　＊

オオアマトが動いたのは、それから僅か二十日余りのことであった。

夜の冷気はさすがに京とは違う。

仲秋の月が湖水を照らし始めた。

紫子《むらさきこ》が石山寺に参篭して七日目になっていた。

左大臣道長の訪《おとな》いを受けたのは夫の野辺送りをしてまだ間もない頃であった。

「このままやもめとして朽ち果てるおつもりか。どうであろ、彰子さまのために物語なぞつくってはもらえまいか」

と磊落に話しかけてきた。

「ただし手きびしいのは駄目ですよ。あなたの手きびしいのは私が一番良く知っています。相手は女子供たちです。お手柔らかに願いますよ」

そう言ってニヤリと笑った。

あの時の笑いだ。

まるであの書庫であなたが袂に入れたものを私は知っているのですよと言いたげに。

そう、あのお方はすでにあの書を見てしまわれたのだ。あの書には呪いがかけられていた。

恐ろしい呪いが。

呪いの文字はかろうじて、
不許開巻
仮有犯者

呪詛子孫
藤原不比等
と判読出来た。

だからあの年、思い出したくもない身の毛のよだつことが——

あのお方も私も生き残ったのは呪いがたまたま他の人々にかかったにすぎない。

そういえば封印が新しかったような。

それ以来、私はあのお方に見張られている。

文箱の中には二巻の書が納められていた。一つは鎌足《かまたり》が子不比等《ふひと》に宛てたものである。

あと一つは不比等自身の日記とも言えるものであった。

鎌足の書簡には筑紫を唐に売り渡し韓《から》の国の王子を日本の王に据える経緯が生々しく記されていた。

天皇とは決して神代の昔から存在していたものではなかった。今まで講読を受けていた日本紀とは一体何だったのだろう。

あくまでも藤原一族のための日本紀——

「神代より世にあることを記しおきける日本紀などかたそばぞかし——」

そんな言葉がいつも口をついて出るようになってしまった。

そして不比等の書はそれにも増しておぞましいものであった。

今日は仲秋の名月というに靄が多い。

月が滲み始めた。

虫の声が神経に刺さってくる。

「この子は帝王に登る相であります」

赤子の不比等を観た高句麗の使者はそう言ったという。その不比等が憧れていたのは亡き母の面影を色濃く宿している実の姉サララであった。サララとの出会いが不比等を業の世界へと引きずりこんでゆく。

遂に月は靄に覆われてしまった。

虫の声もいつか止んでいた。

恐ろしい闇の世界を見てしまった私の命もそう長くはない……

物語の中にこそ……

濃い靄の中からそれは現れた。

光が射すように……

……一人の青年貴公子。

「あなたは等しく比べるものとて不《な》い闇の世界のお人……

そう……あなたには皮肉な名を付けてあげましょう。

光——ひかるの君と呼びましょう」

やがて紫子は側にあった大般若経の料紙を引き寄せ筆を取り始めた。

……心もあくがれ惑ひて、いづくにもいづくにも、まうで給はず。内裏にても里にても、晝は、つくづくとながめ暮らして、暮るれば……うつゝとは思えぬぞ……

天武帝皇后鸕野讃良《うのさらら》への不比等の熱い想いから再び物語は始まる……

＊　＊　＊

西暦六七三年二月二十七日。大海人飛鳥浄御原宮《きよみはらのみや》において即位する。

この日藤原不比等初めて参内。弱冠十六歳。

皇后鸕野讃良、この時二十八歳。匂うばかりの美しさであった。

――白村江　了――

付記

チクシ都督府が消滅したのは西暦六七七年天武六年十一月一日のことである。

後記

一見脈絡の無いようなものでも物事には全て原因と結果がある。

例えれば気象のようなものである。

こちらに高気圧があり、あちらには低気圧が発生しそれが発達して台風になり、やがてそれが日本を襲う——

そんな目で歴史を見たら——と思った。


この後記のあとに掲載してあるもう一つの「あとがき」は実は二〇〇四年出版の表題「イルカ暗殺」として日新報道から出版した時のものである。

今回郁朋社から「白村江」と合わせて改めて出版することになったが、全文そのまま転載させていただいた。そもそもは「白村江」を含めての「あとがき」を想定していたのであるから。

快く了承していただいた郁朋社の佐藤聡さんには改めて感謝したい。

なおこの本の装丁についてはは私の友人であるグラフィックデザイナーの寺澤彰二君に大変お世話になったことを記しておく。

二〇一八年春　　　　柳　成文

あとがき

私たちの日本古代史に関する知識は、そのほとんどを日本書紀という書物から得ている。

これは日本の正史といわれ、単に知識だけではなく、その影響は日本人の精神構造にまで及んでいる。

しかし、この書が実は恐るべき陰謀と真実を封じ込めているとしたら……？

物語は今始まったばかりである……


この本は山科誠氏との出会いが無かったら生まれなかった。氏の著作「日本書紀は独立宣言書だった」が契機となって、以後あしかけ三年に渡ってご助言、ご示唆をいただいた。というより、ほとんど二人三脚だったと言って良い。思いもかけず、私には分の過ぎたものとなった。

その上、氏の主宰する逗子文庫に納めていただく光栄に浴し、感謝の言葉もない。

とはいえ、これは私の日本書紀論でもある。したがって、この著作に関する一切の文責は私にあることを明記しておく。

実際の執筆にあたっては次の古典文献、および諸先生の学説、文献、論文等を参考、または一部引用させていただいた。その他多くの参考文献については割愛させていただいたが、あわせて深く感謝の意を表したい。（敬称略）

・日本書紀　日本古典文学大系　岩波書店
・全現代語訳日本書紀　宇治谷孟　講談社学術文庫
・古事記　日本古典文学大系　岩波書店
・古事記全訳注　次田真幸　講談社学術文庫
・万葉集　日本古典文学大系　岩波書店
・三国史記　東洋文庫　平凡社
・三国史記列伝　東洋文庫　平凡社
・三国遺事　東洋文庫　平凡社
・旧唐書　中華人民共和国出版局
・朝鮮上古史　申采浩　訳　矢部敦子　緑陰書房

当時の東アジアの国際情勢については、基本的に申采浩の朝鮮上古史に依拠した。最も論理的かつ説得力があると思うからである。

白村江会戦において百済人同士が相争い自滅していったことについて「悲しいかな」と痛恨哀切きわまりないこの言葉を最後に、朝鮮上古史は未完のまま終わる。

一九三六年、抗日運動家でもあった申采浩は日本官憲に逮捕され、極寒の旅順監獄で獄死する。五十六歳であった。

・古田武彦　九州王朝説　法隆寺の中の九州王朝　朝日新聞社　他

・小林恵子　中大兄＝翹岐説　白虎と青龍　文藝春秋　他
・大和岩雄　天武天皇＝漢皇子説　天武天皇出生の謎　六興出版　他
・田中俊明　大伽耶連盟の興亡と「任那」　吉川弘文館　他
・塚口義信　茅渟王―塚穴山からのメッセージ（原点日本仏教の思想）　岩波書店　他
・山科　誠　日本書紀は独立宣言書だった　角川書店

なお、朝鮮系人名等については山口祐子さんと金美賢先生の手をわずらわした。紙面を借りてお礼を申し上げたい。
最後に、出版を快く引き受けていただいた日新報道の遠藤留治氏とスタッフの方々に心よりの謝意を申し上げる。

二〇〇四年夏　　柳　成文

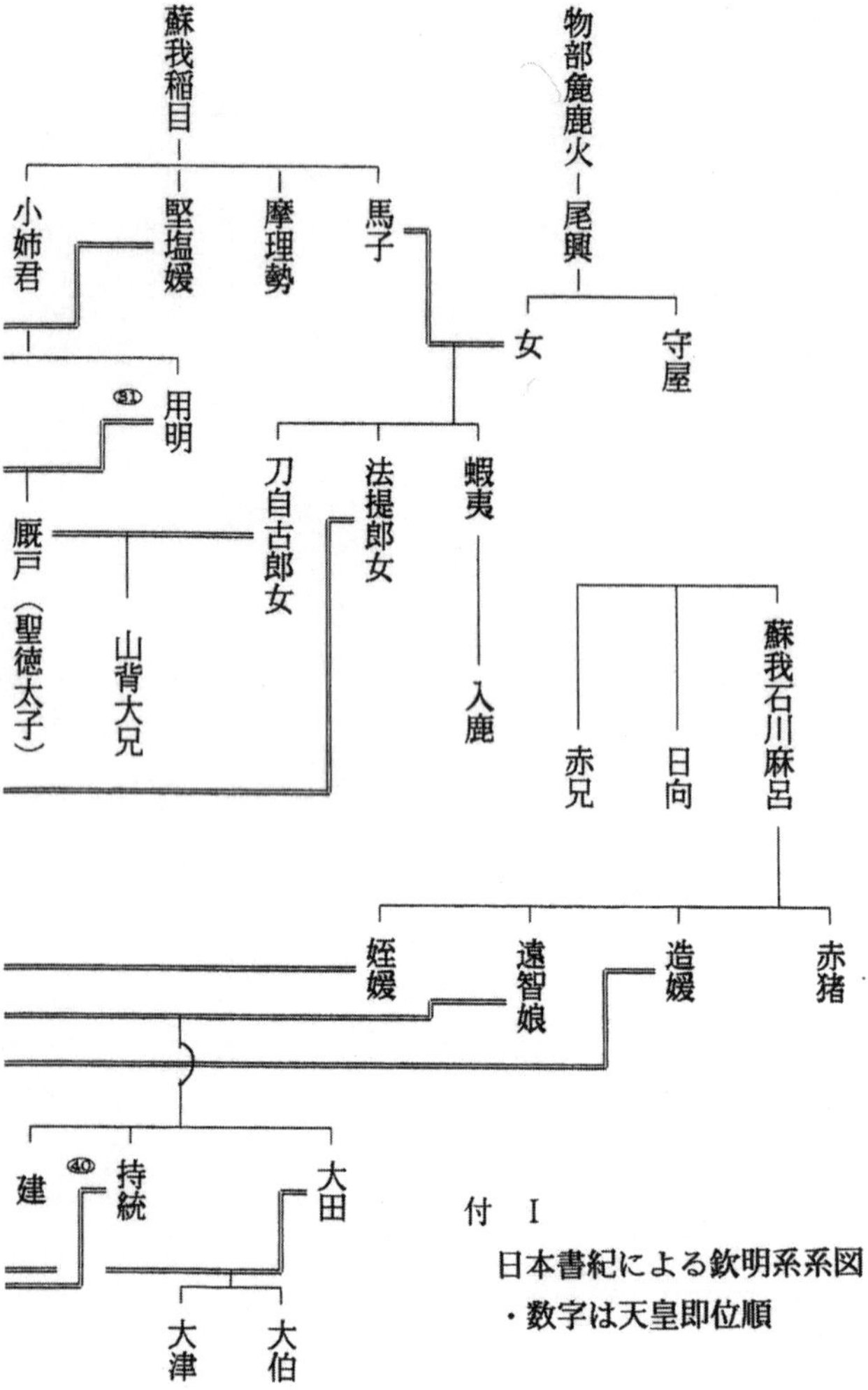

付　I

日本書紀による欽明系系図

・数字は天皇即位順

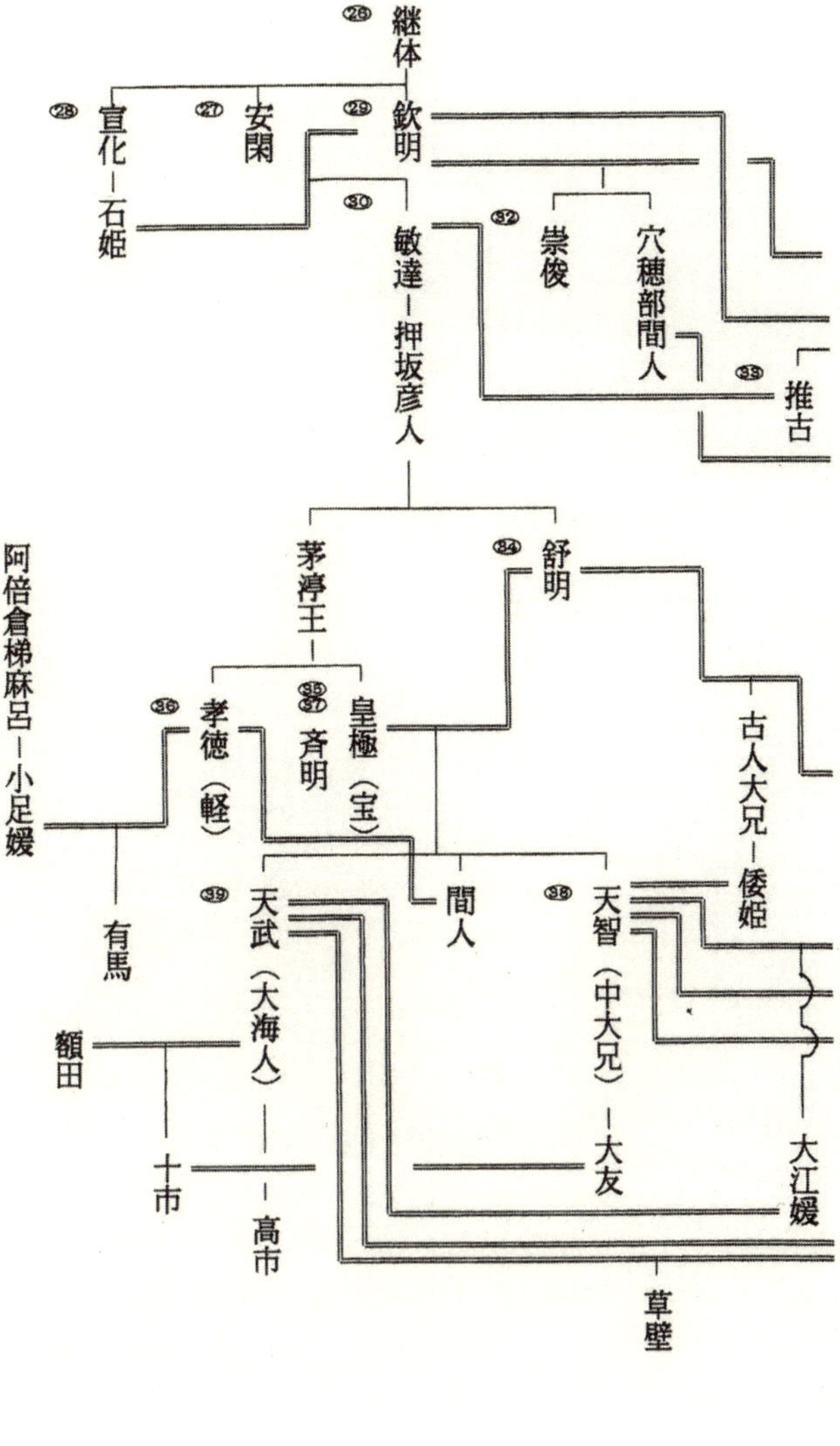

(26) 継体
(29) 欽明
(27) 安閑
(28) 宣化
石姫
(30) 敏達
(32) 崇峻
穴穂部間人
(33) 推古
押坂彦人
(34) 舒明
茅渟王
(35)(37) 皇極（宝） 斉明
(36) 孝徳（軽）
古人大兄
倭姫
阿倍倉梯麻呂
小足媛
間人
(38) 天智（中大兄）
(39) 天武（大海人）
有馬
額田
大友
大江媛
十市
高市
草壁

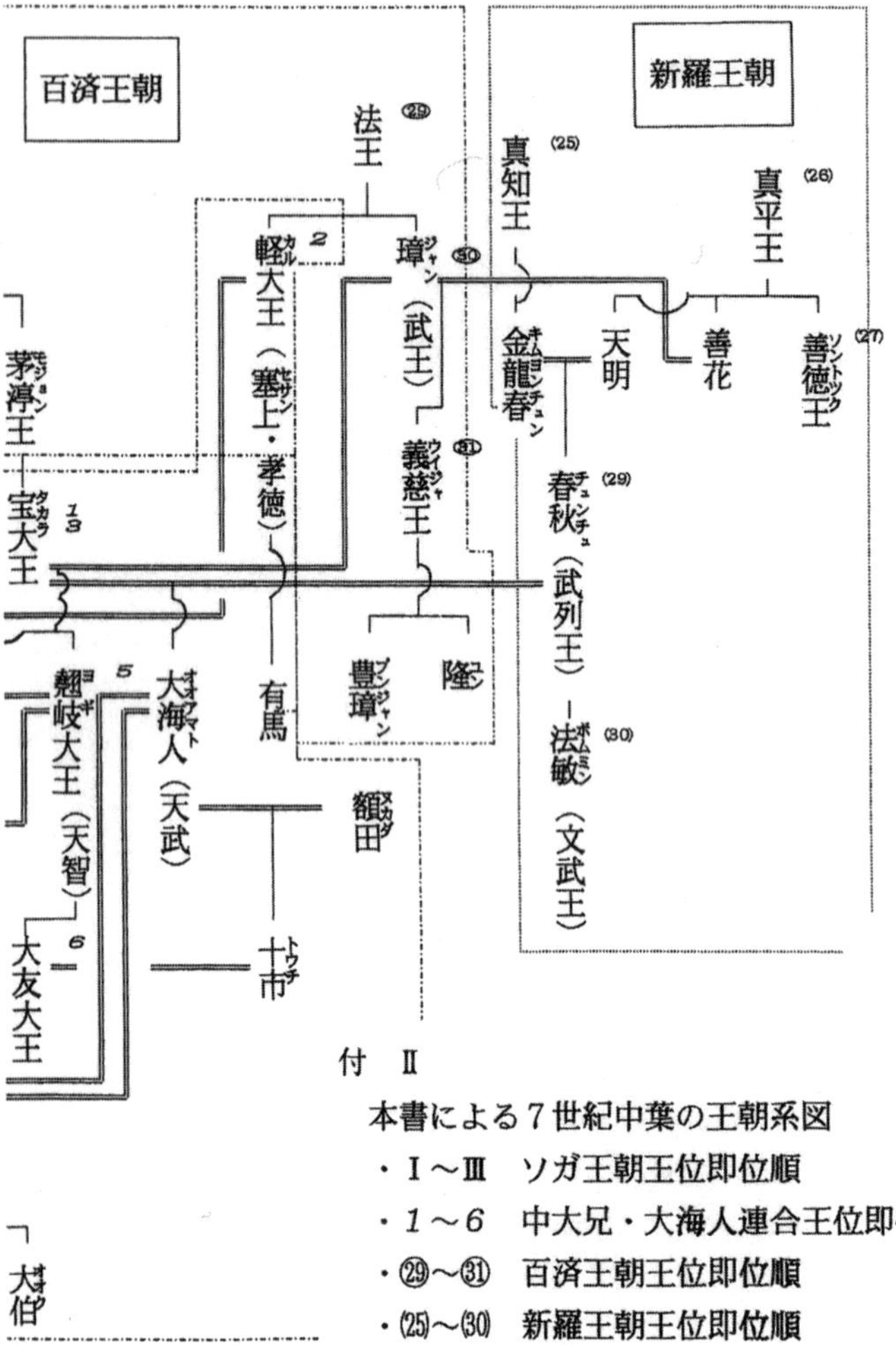

付　Ⅱ

本書による７世紀中葉の王朝系図

・Ⅰ～Ⅲ　ソガ王朝王位即位順
・*1*～*6*　中大兄・大海人連合王位即位順
・㉙～㉛　百済王朝王位即位順
・(25)～(30)　新羅王朝王位即位順

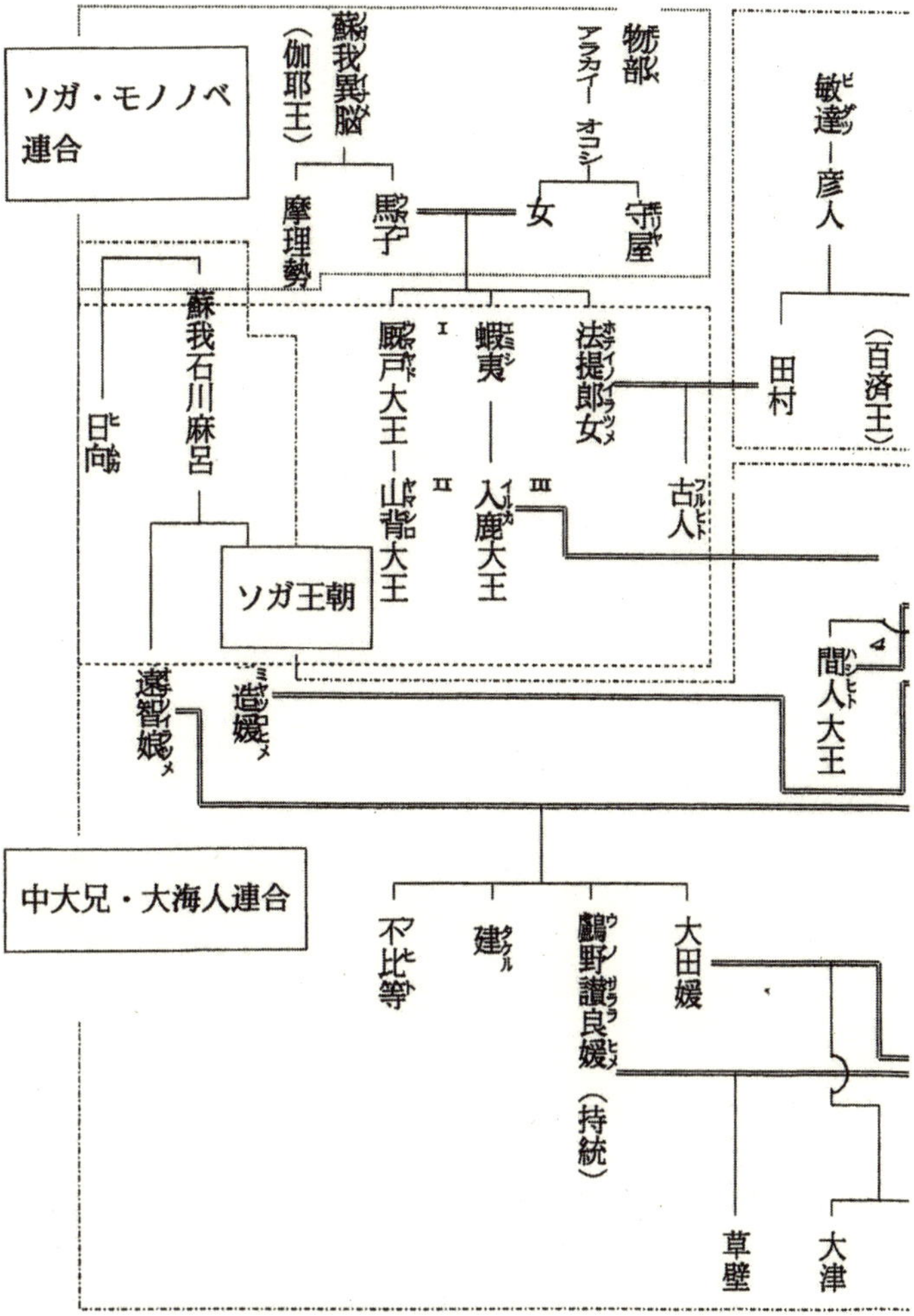
ソガ・モノノベ連合
蘇我異脳
（伽耶王）
物部アラカイーオコシ
摩理勢
馬子
女
守屋
敏達
彦人
田村
（百済王）
蘇我石川麻呂
日向
厩戸大王
山背大王
蝦夷
入鹿大王
法提郎女
古人
ソガ王朝
遠智娘
造媛
間人大王
中大兄・大海人連合
不比等
建
鸕野讃良媛
（持統）
大田媛
草壁
大津

付 Ⅲ

書紀による年表と本書による年表の比較

書紀による年表		本書による年表	
AD507	継体		ヲホド王
531	安閑	モノノベ(アラカイ)	連合
535	宣化		
539	欽明	ソガ（イナメ）	
572	敏達	モノノベノオコシ	
585	用明	ソガノウマコ	
587	崇峻	モノノベノモリヤ	
592	推古	ソガノウマコ	
		601　ウマヤド大王	
621	聖徳太子死	621　ヤマシロ大王	
629	舒明	ヤマシロ大王	蝦夷・入鹿
642	皇極		
643	入鹿、山背を殺す	643	入鹿大王
645	孝徳	645	宝大王
654	（白雉）孝徳	654	軽大王
655	斉明	655 ～ 661	宝大王
661	天智称制	661 ～ 665	間人大王
		665 ～ 668	空白
668	天智	668	翹岐大王
673	天武		

＊ 665 ～ 668 年の空白は唐に占領され倭国は王を立てることが出来なかった。

付Ⅳ　予定

漆黒の海　第三部「かがやく日の君」（仮題）

漆黒の海　第四部「蘇我王朝記あるいは宮子狂乱」（仮題）

付Ⅴ　次の小文は本書のもととなったものである。

もう三十年以上前のものであるがあえて収録させていただいた。

本書の理解の一助となれば幸いである。

海幸山幸

柳　成文

日本書紀編纂委員会の中心メンバーは、大陸北方系人の在日二世、三世である。委員会の最大の中心テーマは、彼等大陸北方系人の出自を持つ伝承を、いかに土着の伝承と整合性を持たせるか、この点にかかっていた。

書紀発想の時点で、彼等は祖国へ還ることをあきらめていた。過去いかに多くの部族たちが祖国へ還ることを夢みてきたことか。

終に祖国へ凱旋することの出来た部族は皆無であったのである。

それ故、彼等大陸北方系人は腰をすえて、この列島を永住の地すなわち祖国とする決心を固めたのである。

西暦六六三年八月。大唐帝国軍、倭国と交戦。倭国を占領する。そして倭国の滅亡。

すべては、ここから始まる。

――海彦・山彦――

昔、海彦と山彦という二人の兄弟がいた。兄の海彦は海の大小さまざまの魚をとり、弟の山彦は山にいる大小さまざまの獣をとって生活していた。

ところが、山彦が兄の海彦に「それぞれ弓矢と釣り道具を交換して使ってみよう。」といって何度も頼んだが、兄は許さなかった。しかしついに、やっとのことで取替えてもらうことが出来た。そこで二人はそれぞれ道具を交換して幸を取りに出かけた。しかし海彦はけものの足跡さえみつけることが出来なかった。山彦は魚を釣りに行ったが、ついに一匹の魚も釣れず、あげくに釣針を海の中に失ってしまった。

兄は「山の幸も、海の幸もめいめい自分の道具でなくては得られない。今はそれぞれ道具を返そう。」といったとき、弟が答えて「あなたの釣針を海の中に失くしてしまいました。」といった。兄はむりやりに返せと責めたてた。

そこで弟は、身に帯びていた剣を砕いて五百本の釣針を作って償おうとしたが、兄は受けとらなかった。また千本の釣針を作って償ったけれども受けとらずに「やはり元の釣針を返してくれ。」といった。

こうして山彦は途方にくれていたが、シオツチの神の導きで海神の国、すなわち、わたつみの国へ行くことが出来た。そこで海神の娘トヨタマビメに会い、二人は結婚し、三年間わたつみの国に滞在した。

ところが、山彦は初めのことを思出して、深い溜息をついた。それをトヨタマビメと海神にみとがめられ、兄が、失ってしまった釣針を返せと責めたてた様子をくわしく告げた。海神は海の大小の魚をことごとく呼び集めて尋ねて、ついに赤鯛の喉に突きささった釣針をみつけて、山彦に渡した。そしていうには「この針をお兄さんに返す時『この釣針は憂欝になる釣針、気がいらいらする釣針、貧しくなる釣針、愚かになる釣針。』と、唱えて手をうしろに廻してお渡しください。そしてお兄さんが高い土地に田をつくったら、あなたは低い土地に田をおつくりなさい。あるいは、低い土地に田をつくったら、高い土地に田をおつくりなさい。

私は水を支配していますから、三年間は必ずお兄さんは凶作のため苦しむことでしよう。恨みに思ってあなたに改めて戦いをいどんでくる時は、この潮満珠を出して潮水に溺れさせ、もしお兄さんが苦しんで許しを乞うならば、潮干珠を出して命を助け、こうして悩ませ苦しめなさいませ。」といって潮満珠と潮干珠を授けて、山彦を送り出した。

山彦は、そのとおりにして兄を苦しめた。兄の海彦は頭を下げて「私はこれから後は、あなたの昼夜の守り人となってお仕えいたしましょう。」といった。そこで今日に至るまで兄海彦の子孫であるハヤトは、その海水に溺れたときの様々なしぐさを、絶えることなく演じて宮廷に仕えているのである。

この海彦・山彦の話は日本人ならば子供でも知っている。

しかし、この山彦が神武のお祖父さんであることを知っている人は、どのくらいいるだろうか。私自身、長い間、単なる昔ばなしと思っていたものである。いま掲げた文は、書紀、古事記のいくつかの話を私の子供の頃の記憶と合せて一般に知られている話として書いたつもりである。

実際には書紀、巻第二神代下、本文、一書（第一、第二、第三、第四）、古事記、火遠里命の項と計六話が存在する。

参考までに海彦・山彦の元の名を一応掲げておく。

	海彦	山彦
書紀本文	火闌降命（ホノスソリノミコト）	彦火火出見尊（ヒコホホデミノミコト）
一書第一	火酢芹命（ホノスセリノミコト）	（同右）
第二	兄	（同右）
第三	火酢芹命　海幸彦	（同右）　山幸彦
第四	火酢芹命	火折尊（ホオリノミコト）
古事記	火照命（ホデリノミコト）	火遠里命（ホヲリノミコト）
	海佐知毘古（ウミサチビコ）	山佐知毘古（ヤマサチビコ）

物語の内容は、いずれも、ある一部を除いて大同小異であり、つづいて話は妻であるトヨタマビメが山彦のあとを追い、陸に上がり子供を産む。この際、夫である山彦に、決してみてはいけないといった産屋で、妻の本性であるワニの姿で出産している様を覗かれ、恥と恨みを抱いてトヨタマビメは、わたつみの国へ帰ってしまう。

後、山彦の子は、トヨタマビメの妹タマヨリビメに育てられ、成人の後タマヨリビメと結婚する。

そして生れたのが五瀬命、神武を含む四人の男神である。

——海幸山幸の普遍性——

海幸山幸を子供むけの昔ばなしとして話す時は、神武云々の話は出てこない、海幸山幸の話で完結している。いわば一つの昔ばなし、民話としてとらえられている。この感覚は実は正しい。大林太良氏の文から引用させていただく。少し長くなるがお許しいただきたい。

——この海幸山幸神話はかなり複雑な話であって、いくつかの構成要素から成り立っている。少なくとも次の三つを挙げることができよう。

一、失われた釣針
二、洪水ないし水の支配
三、メリュジーヌ・モチーフ

これから、これらの構成要素について海外の事情を紹介することにしよう。

第一の失われた釣針を求めて海中に行き、釣針をとりもどし、また場合によって海の少女と結婚する形式の神話伝説が、インドネシアに広く分布し、そのほかミクロネシアの一部や北アメリカの北西海岸にもおよんでいることは昔からよく知られており、さらにビルマにも例があり、中国にも痕跡がある。(中略)

チモール島の例では、意地悪された弟は別に兄に復讐することもなく、円満に終わっているが、スラウェシのミナハッサンやケイ諸島などの類話には復讐モチーフが出ている。

話の展開から言っても、日本の海幸山幸をはじめとする、これら復讐モチーフの伴った形式が古い形式なのであろう。また、チモール島の例をはじめとして、物語の発端は兄弟の一方が他方から釣針を借りる形をとっており、日本のように兄弟が狩猟・漁撈の用具を交換する形はとっていない。しかしスラウェシ北部のプオール王国の起源神話では、兄の猟犬と妹のミサゴ（魚を捕る鳥）の交換と、兄がミサゴを返さなかったため二人が仲違いすることが語られており、交換型もあるのである。

次に第二、第三の構成要素にうつろう。第二は洪水ないし水の支配を通じて王権を確立するという筋であり、第三のメリュジーヌ・モチーフとは、中世フランスの伝説の女主人公の名から採った名称であって、竜蛇の女を妻とした男が、妻の禁止にもかかわらず、妻の本当の姿を見てしまったので、夫婦が別れることになったというモチーフだ。

この二つの構成要素も東アジアのシナ海をめぐる地域や東南アジアに多い。第二の洪水ないし水の支配のモチーフは、兄弟ないし宇宙の二大原理（たとえば海と山）の争いによって洪水が生ずる面に重点をおくもの（日本、中国東南部、ベトナム、カチン族）、水界の支配者と結びつくことによって、水を支配する力を得る面を強調しているもの（日本、朝鮮、中国、インドシナ）の二つの傾向が大ざっぱに言って認められる。第三のメリュジーヌ・モチーフのほうは、日本、朝鮮、中国、インドシナにおいてことに著しい。（中略）結局、海幸山幸神話を構成している諸要素の分布は、東アジアから東南アジアにかけて広く及んでいる。かつては、失われた釣針の要素がインドネシアに多いことから、この神話はインドネシア系で、日本では隼人がその担い手だという説が有力だった。しかし、類話の分布がより広いこと、また失われた釣針以外にも、洪水ないし水の支配、メリュジーヌ・モチーフなどの分布も併せ考えると、事態はそれほど単純ではない。むしろ、中国東南部の水稲栽培・漁撈民文化に一つの中心があり、そこから日本に入ったもので、日本での担い手も、隼人よりもむしろ北九州の海人だった可能性も考慮に入れなくてはならないと思われる。

日本神話中における南方的要素は何も天地分離神話と海幸山幸神話だけなのではない。オオゲツヒメ型の作物起源神話はおそらく華南の焼畑耕作民文化に、イザナギ・イザナミの国生み神話はおそらく中国東南部の漁撈民文化に基盤があったと思われる。これら南方系神話要素も、結局は北方系の支配者文化の体系の中に組み込まれ『古事記』や『日本書紀』に記された形にまとめられていったのであった。——（神話の系譜・講談社学術文庫）

ここでは海幸山幸説話というのは、要するにあちこちにある話の一つであって、神武に結び付けなければならない必然性はないということを押えておきたい。

——海彦の罪はそれ程重かったのか——

大林氏は事態はそれ程単純ではないといっておられるが、私も別の意味で事態はそれ程単純ではないといいたい。

問題はこの様な一大分布をなしている一つの昔ばなしが何故、神武の祖父の物語として挿入されているか、ということである。

ある人たちは、この話は日本神話中、最も文学的詩情豊かな美しい物語であるといっている。文学的ということは、その物語が多少とも何らかの感動的な要素が入っているということであろう。たしかに失われた釣針に執着する兄には問題があろう。しかし物が単なる物ではないことは現代においてもそうである。物にどれだけの想いが込められているか。――いわんや霊的な存在が確信されていた時代においては。

私には兄の気持ちがわかる様な気がする。それから三年後、弟はかなりいい思いをしたうえで、兄の釣針もみつけて戻ってきたのである。しかるに兄を待ち受けていたのは、弟の過剰ともいえる復讐である。

三年間凶作の罰を受け、洪水に責められついに未来永劫にわたってその敗北の仕草をしつづける、という屈辱的な条件によって許しを乞わなければならなかったのである。

兄はこの様な罰を受けるに価いする程の悪行をしたのであろうか。

弟はその様な復讐をする程の正当な根拠を持ち合せていたのだろうか。

この物語のどこが美しい物語なのか。

そしてなにより重大なことは、そもそもこの事件はどちらが仕掛けたか、ということである。私は、これは弟が仕掛けたと考えている。そして書紀は、このことは隠蔽し口をぬぐっていると思った。

はたして、

書紀本文では――始め兄弟二人が語りあって――それぞれの道具をとりかえた。

一書（第一）――ときに兄弟は互いにその幸をとりかえようと思った。――

一書（第二）はこの部分が省略されている。

一書（第三）――兄は風が吹き雨が降る度にその幸を失った。弟は風が吹き雨が降ってもその幸が違わなかった。兄が弟に語っていうのに「私はためしにお前と幸をとりかえてみたいと思う。」――

一書（第四）――しかじか――

一書（第三）を除いて、どちらがいいだしたかをあいまいにしている。一書（第三）に至っては始めから兄を悪者にしてその上、兄がいいだしたとしている。

古事記はどうだろう。

――ここに火遠理命、その兄火照命に「各幸を相かえて用いたい。」といって、三度乞ひ願ったが許されなかった。――

釣針一本の争いの結果、弟は無事釣針もみつけだした上、海神の娘と結婚し、わたつみの国と姻籍関係となり、この国の新兵器を使用して兄の国も自分の領土としてしまったのである。

弟は巨大な利益を得たことになる。失った釣針を奇貨として弟は幸運を手に入れたのである。

この事実は、弟はすでに復讐の根拠を失っているとみてよい。というよりも弟がいいだしたとしたら、その時点で復讐の根拠を失っていたはずである。むしろ兄に感謝すべきではなかったか。にもかかわらず兄は完膚なきまで、たたきのめされたのである。

文学的詩情豊かな物語の実態は、この様なものであった。

この話はどこかおかしい。

ただし、事実は古事記の記述の方にあるとするならば、話のすじがとおる。一貫して弟が意図し計画的に事を運んだ場合である。その場合はどの道、兄海彦は滅亡の道をたどる運命にあったといえよう。

仕掛けたのは間違いなく弟である。兄は弟に計られたたれたのである。

再び問う。一介の昔ばなしである海幸山幸は何故神武の祖父の話として、いいかえるならば、何故神代から人の代に移る結節点という重要な位置に入ってきたのか。

海幸山幸は、たとえば宇治谷　孟氏の全現代語訳・日本書紀（講談社学術文庫）を例にとって説明すると、巻二神代下三六ページ中十五ページを占める。異説四話を含む。神代下の約半分――位置、量ともに異常に重要な部分を占めているのである。作者たちがこの物語をどれ程重大なものとしてとらえていたか。考えようによっては、すべての神話は海幸山幸に収斂させるためにあった、ともとれるのである。

八世紀の史官が巧みに海人族の伝承を取込んで、これらの神話を創ったという解答では解答にならない。

例えば、何故畿内が政治・文化の中心地になったのか、あるいは神武即位年は何故讖緯説を利用したのか、といった従来だれも疑問に思わなかったが故にその疑問に対する解答がどこにもないように。――

神武の前世代に海幸山幸をはめ込まなければならなかった絶体的な理由があった。その理由によって海幸山幸は政治的神話として再生したのである。

同時に海幸山幸の伝承をうけて登場する神武とは誰のことか。

――倭国滅亡の謎――

白村江の戦いの実態は、案外わかっていない。白村江が何処にあったのかもわかっていない。ただ白村江の大敗として知られているのみである。その上大敗にもかかわらずヤマト王権は位階を定めたりして、まるで戦勝国の様である。そういえばヤマト王権の中枢から敗軍の将がでた話も聞かない。依然として謎のままである。

西暦六六三年八月。

九州倭国、近畿王国、百済連合軍は大唐帝国、新羅連合軍と朝鮮西岸白村江において会戦した。だが倭国、百済側は壊滅的打撃を受けついに九月、百済が滅亡した。つづいて九州倭国も占領され倭国王が捕虜となった。

その間、近畿王国すなわち中大兄、大海人連合軍は水面下において、独自な外交を展開し唐、新羅と秘密条約を締結することに成功する。これは同盟側である倭国を裏切る内容を持つものであった。

翌六六四年五月十七日。

占領下の九州筑紫において、大唐帝国と近畿王国との間で講和条約締結の会議が開始された。大唐帝国占領軍総司令官劉仁願の全権大使として郭務悰が就任した。近畿王国からは中臣鎌足が出席した。

十二月十二日。

郭務悰、占領軍総司令官劉仁願の任地熊津都督府へ戻る。

翌六六五年九月二三日。

唐側、劉徳高、郭務悰、以下二五四人を擁して第二次講和会議。

十一月十三日

講和条約締結。内容は概略次のようなものである。

一、九州割譲。具体的には筑紫地域の大唐の軍事基地化、倭国の都、筑紫（太宰府）は大唐帝国筑紫都督府とする。

近畿王国はこれに協力し実質的に九州を管理支配する。

二、近畿王国の承認、その存在の保障。

三、百済人の亡命受入れ。

四、対新羅秘密協定の成立。

一と二、三と四はそれぞれセットになる。特に四については、ここではすでに東アジア情勢は目まぐるしく転換していたということを、挙げておくにとどめたい。

十二月、全権大使一行帰国。小錦守君大石等同行。

六六七年三月十九日、近江遷都。

同年十一月九日。占領軍総司令官劉仁願は熊津都督府県令上柱国司馬法聡等を九州筑紫都督府に派遣した。この時、近畿王国に対し何らかの具体的な保障をもってきたと思われる。その結果、一ヵ月後の翌六六八年一月三日、中大兄、大王位に就く。天智である。

この日をもって日本国を宣言。

いろいろいわれてはいるが、六七〇年、三国史記にある記事はこれを受けたものである。

これら日本建国に関するさまざまなことごとについては改めて稿を起こしてみたい。

ここでは必要最小限にとどめておく。

すなわち、

先住海洋民族——海人族である兄海彦と遅れて来た大陸北方系人、弟山彦はこれまで同盟関係にあったが、国際的動乱の中で弟山彦は兄海彦を裏切り、大唐帝国、海神と結び兄海彦を滅ぼし、海彦の領土を獲ったのである。

すでに白村江前夜において山彦は、海神あるいはトヨタマビメ（ここでは新羅）と密かに接触して、白村江戦に備えていたふしがうかがえるのである。そして海彦を挑発し海彦を戦いの最前戦に送り出すことに成功した。（釣針とは何を象徴しているのだろうか）

山彦が海彦に徹底的な復讐を遂げるのは、終戦後（山彦側にとっては敗戦ではない）九州割譲という仕打ちによって表面化する。

兄海彦は将来にわたって、九州隼人としてヤマト朝廷に仕えることで許しを乞うことになる。海彦とは倭国のことであり、山彦とは中大兄、大海人連合のことである。

山彦とトヨタマビメの子ウガヤフキアエズはトヨタマビメの妹タマヨリヒメと結婚し、四人の男神をもうける。長男を五瀬命といい、神武は第四子である。成人ののち彼等はいわゆる東征をすることになる。出発地は九州である。目的地はヤマトである。これも従来あたりまえのように考えられていたが、今考えると非常に興味深い。

現実は西暦六六三年八月、出発地はヤマト、目的地は九州である。

中大兄・大海人連合は九州倭国併合に白村江参戦を最大限に利用する。

やがて彼等は河内の国に上陸。生駒山で長髄彦と戦い、五瀬命は戦死する。残された神武たちは紀伊半島をまわり、熊野からヤマトに入り長髄彦を倒し神武即位となる。といいたいところだが、長髄彦を殺害したのは、長髄彦の主筋にあたる天神ニギハヤヒである。

ニギハヤヒはどういう理由からか、妻の兄を殺害して神武と手を結ぶ。

ニギハヤヒは海神、大唐帝国なのだろうか。

中大兄、大海人連合がまさに新国家形成という、人の代の始まりであるとするならば、白村江から倭国滅亡までは、まさに神代からの結節点そのものである。

それは山彦が海彦を倒す海幸山幸の話が、まさに五瀬、神武という人の代に移行する神代からの結節点となっている事と、又見事に対応するのである。

海幸山幸の昔話は神話のどこに挿入してもよい、というものではなかった。それは必然的に神武の直前に入れなければならない理由があったのである。

白村江での敗戦、九州割譲すなわち同盟国倭国を裏切り、自国の安全を計った経緯は、中大兄、大海人連合にとって正史に記録するには決して名誉ある行為ではなかった。できれば抹殺したいくらいであったろう。しかしあまりに重大な事が、あまりに近過去すぎるのである。

白村江戦は対外戦であるから抹殺するわけにはいかない。相手のあることである。

書紀における白村江戦はまことにあっさりと記るされている。まるで他人ごとのようである。

同盟国倭国については、これを抹殺するかわりに、神武直前の話として、織り込んだのである。海幸山幸の話は願ってもない素材であった。

ここまで来れば、神武とは何者か、すでに自明の事であろう。ただしこういう比定は、まったく単純というわけにはいかない。

部分的にも、二重にも、三重にも、意味が隠されている場合が多い。であるから、神武即位記事は天武即位だけではなく天智即位ともダブっているはずである。

そしてもう一人の意外な人物にも。

この人物については、ここでは直接関係がないので省略する。

なお大海人の出自については、神武東征記にそのカギがあるとみてよいのではないか。特に五瀬命が落命して以後の記事に。

彼等が彼等の正史を創る動機の一つは、まさに倭国滅亡を抹殺することにあった。いかに口をぬぐって正統性を主張するか。——

同時に人は自分の過去あるいは行為を、何かの形で記録しておきたい本能の様なものがある。あからさまに出来ないもの程、何らかの形で残しておきたい——と。

彼等は倭国を滅亡に導き、敵国に売渡すことと引替えに自らの独立を計り、国家としての体制を固めた。

すべては、ここから始まったのである。

そして、二人の確執も又。——

漆黒《しっこく》の海《うみ》　――第《だい》1部《ぶ》 イルカ暗殺《あんさつ》　第《だい》2部《ぶ》 白村江《はくそんこう》――

2018年3月10日　第1刷発行

著　者 ― 柳《りゅう》　成文《せいぶん》

発行者 ― 佐藤　聡

発行所 ― 株式会社 郁朋社《いくほうしゃ》

〒101-0061　東京都千代田区神田三崎町 2-20-4
電　話　03（3234）8923（代表）
ＦＡＸ　03（3234）3948
振　替　00160-5-100328

印刷·製本 ― 株式会社東京文久堂

郁朋社ホームページアドレス　http://www.ikuhousha.com
この本に関するご意見・ご感想をメールでお寄せいただく際は、
comment@ikuhousha.com までお願い致します。

　ISBN978-4-87302-663-3 C0093